新☆ハヤカワ・SF・シリーズ

5061

書架の探偵、貸出中

INTERLIBRARY LOAN

BY

GENE WOLFE

ジーン・ウルフ

大谷真弓訳

TOKYO HAYAKAWA BOOKS

A HAYAKAWA SCIENCE FICTION SERIES

INTERLIBRARY LOAN
by
GENE WOLFE

Translated by
MAYUMI OTANI
First published 2023 in Japan by
HAYAKAWA PUBLISHING, INC.
This book is published in Japan by
arrangement with
THERESE GOULDING
in care of VIRGINIA KIDD AGENCY, INC.
through TUTTLE-MORI AGENCY, INC., TOKYO.

カバーイラスト　青井 秋
カバーデザイン　川名 潤

書架の探偵、貸出中

1　スパイス・グローヴ公共図書館

　夜、図書館が閉まり、ボットが正面玄関のドアを施錠して、なにもかもが静まりかえると、チャンドラのストラップ付きの黒い靴が白いネオストーンの床に当たる音が耳によみがえる。奇妙なことに、自分の所属する図書館に帰ってきたというのに、わたしはチャンドラのことを考えるのをやめられない。あるいは、オードリーのことを。チャンドラは彼女を〝船長《レディ・キャプテン》〟と呼んでいた。かつて知り合いだった少女と、わたしを愛し受けいれてくれた女性。三人で〈サード・シスター号〉[*1]に乗船したときのことが頭に浮かぶ。ときどき船べりから真下に広がる澄んだ青い水をのぞいたり、深いところを泳ぐ飢えた怪物たちに目をみはったりしたものだ。

　わたしは自分の思考をコントロールしているのだろうか、それとも思考にコントロールされているのか？　チャンドラとオードリーのことは考えないと決めると、今度はドクター・フェーヴルとその兄、そしてドクター・フェーヴルの成しとげたありとあらゆる驚異で頭がいっぱいになる――そういったことすべてと、緑の箱のことも。彼は魔術師だったのか？　とはいえ、わたし自身も、不可能と思われたことをいくつか成しとげてきた。

　またあるときは、当時起きた幾千もの出来事が次々に思いだされて、頭が混乱する。ときには、いいことだけを――純粋で、輝かしいことだけを――考えようと最善をつくしてみる。運命と世界が闇ばかりではないことを知っているからだ。愛はもっとも長い川より真実味があるし、やさしさはどんな山脈よりも意味がある。

　コレット・コールドブルックとどこかの惑星に広がる鉱脈にまつわる、けっして忘れられない無数の出来事に決着をつけたときは、ああいったことは二度と書かないと自分に誓った。書かない！　ぜったいに！　今回のあれやこれやを思いだそうとするのは、あまりにつらく、心をずたずたに引き裂かれるからだ。オードリー、果てしない海、〝解剖用遺体の島〟、バック・バストン、死からよみがえった少女たち、その他諸々。だが、そういったことが頭から消えない。丘のてっぺんに建つ、背が高くがらんどうで音が反響する幽霊屋敷と、それにまつわるすべて。べつの階のべつの部屋に響く硬いハイヒールの音。そこで、ここにすべての重要な出来事を書き留めれば、頭をすっきりさせ、この無意味な館内で起きている空《むな》しい些末《さまつ》なことを考えなくてすむ助けになる気がする。わたしが書き終えれば、すべて終わったことになる。そんな日が来たらだが。

　とにかく、こうして書くことで気がまぎれてほしいと願っている。

　さて、どこから始めようか？　どんな話をご所望だろうか、まだ生まれていない純正な人間の利用者諸君。すべてを理解するために最初に読むべきことはなんだろう？　たぶん、われわれが出発したときのことから始めるべきだろう――いや、それより一日二日前からのほうがいいかもしれない。スタートは遅すぎるより早すぎるほうがよいものだし、少なくともわたしはそう思う。少しばかり早すぎるなら、この原稿にメモを残し、未来の自分にこの柔らかく熟しすぎた冒頭部分を飛ばし、あなた自身がこれをもう一度読むときに適切だと思う正しい冒頭から読みはじめるよう助言していただきたい。未来の自分に、なかなかエンジンのかからない重要な部分が動きだしたページから読むよう指示してほしい。

　というわけで、ずっとさかのぼって、わたしの望むところから話を始めようと思う。優雅なローズと、友人ミリーについて。

　ミリー・バウムガートナーはわたしと同じく、ここスパイス・グローヴ公共図書館の複生体《リクローン》であり、一蔵者である。彼女が実際よりかなり老けて見えるのは確かだ。つややかなブラウンの髪には白髪がまじり、顔には皺《しわ》が刻まれ、少しばかり太りすぎだが、すばらしい笑顔の持ち主だ。しかし、わたしのところに来てこうささやいたとき、その笑顔はなかった。「わたしたち、追いだされるんですって、アーン。聞いた?」

　焼却処分は、どちらにとっても、まだ早すぎる。わたしはかぶりをふり、少なからず当惑した。

「東へ行くのよ、きれいな新しいトラックに乗って。真新しい、たいそう素敵なトラックで」

　わたしは「はあ?」と返したいのをこらえ、口をつぐんだ。

「新しいトラックは大陸図書館行きなんですって。そう聞いたわ」

「図書館がわたしたちを焼却処分するつもりなら、この焼却炉でできるはずですよ、ミリー。それはあなたもご存じでしょう」

　ミリーはひと言も発しないので、わたしは充分な時間をあたえてから、話にもどった。「あなたはたくさんのすばらしい料理本を書きました。ときには、週三回も借り出されているようではありませんか」

　その言葉に、彼女はほほえんだ。素直で温かい笑顔だ。「やさしい人ね、アーン。ありがとう」

「それはどうでしょうか。ともあれ、正直な気持ちです」念のために説明すると、わたしはこういう話し方をするようになっている。好むと好まざるとにによらず、最初のアーン・A・スミスの著書に使われている文体そっくりに話さなくてはならないのだ。そういう話し方をするよう最初から脳に処置がほどこされており、どんなに気恥ずかしかろうが、自分ではどうすることもできない。

「わたしったら、とんでもないトラブルメーカーなの、アーン。食品や料理の批評をしているでしょ。ときどき、キッチンに入って、料理人にトスサラダの作り方を教えようとするんだけれど、彼らはそれが気に入らないの」

わたしはほほえんでいたに違いない。「彼らはありがたく思うべきです」

「そのとおりなのよ。だいたい、どこの誰でも、もっとずっと感じよくするべきだわ。そんなことを言ってもしょうがないけれど」

わたしはうなずいたものの、頬のゆるみを抑えられない。

ミリーが人さし指でわたしの胸をつついた。「あなたもトラブルメーカーよ、アーン。それもかなりの」

純白の雪くらい純粋な気持ちで、わたしはトラブルメーカーにならないよう努力していると断言した。

「あら、それでもトラブルメーカーであることに変わりはないわ」彼女のふくよかな指がわたしの胸をもう一度つつく。「あなたの欠点をすべて挙げてみましょうか？」

それには、わたしもつい笑いそうになる。「一時間後には夕食ですから、時間が足りないのではありませんか」

「じゃあ、あとにしましょう」ミリーはため息をつき、話をもどした。「あなたとわたしとローズ」そのころには、わたしは彼女のオレンジ色のタグに気づいていた。彼女はいま、そのタグをかかげている。「これを持って、ボットがちょうどいまもあなたを探しているわ。このタグには〝AA　二十三〟と書かれている。AAはあの新しいトラックのこと」

そのとおりだった。オレンジ色のタグは、図書館間相互貸借という意味でもある。タグに書かれた数字は、どこの図書館へ運ぶどのトラックに乗せるべきかをボットに指示するものだ。大陸図書館ならば、番号は一であるべきだろうが、われわれのタグの数字はそうではない。そのことにすぐ気づくべきだったが、わたしはあいにくそこまで鋭くはなかった。

約一時間後、われわれ三人――ミリー、ロマンス作家のローズ・ロメイン、そしてわたし――は紺色の冬物のコートを配られ、トラックに乗せられた。前にこの手のトラックに乗ったときは、図書館間相互貸借とは荷台の本の山にすわっていることを指していた。おまけにひどい振動に揺られつづけるうえ、暗すぎて読書もできない。今回は、それとは段違いだった。まず、われわれはトラックに乗っているわけではない。トラックは二台の大きなトレーラーを引いており、われわれはその二台目にいる。約二百ものディスク、キューブ、そして昔風の本物の紙の本も一緒だが、われわれ三人に特別に用意されたトレーラーだ。われわれのようなリクローン――呼吸する、血の通った、図書館の〝蔵者〟――は純正な人間とはみなされず、怒った利用者の意のままに八つ裂きにされることもある。おわかりにならなければ、わたしの最初の本を読むといい。それもここにある。

さて、トラックとトレーラーの話にもどろう。

なによりいちばんの利点は、われわれの乗るトレーラーに充分な暖房が入っていたことだ。もうひとつの非常に大きな利点は、水回りが整っていること。緑色のカーテンにかこまれた化学トイレと洗面台がある。バケツに入った水と床にあいた穴とは、格段の違いだ。

両側に折りたたみ式の狭い寝台もあった。上段と下段があり、ふかふかとはいかないが、図書館でふだん使っている柔らかい自己発熱マットレスと同じくらい寝心地がいい。こういう寝台は、ミリーいわく、うっかり落下する可能性のある本物のベッドだ。純正な人間の基準では、このトレーラーは窮屈で不快だが、わたしがオーエンブライトからスパイス・グローヴに送り返されるときに乗ってきたトラックにくらべれば、とてつもなくすばらしい。

さらに、内部に照明があったことにも触れておくべきだろう。まぶしい瓶詰めの日光を、自分たちで点《つ》けたり消したりできた。しかも濃い原色、おもに赤と青の明かりが、そこらじゅうにあった。しかしわたしにとって大きかったのは、窓があったことだ。まさか窓があるとは思いもしなかったし、もし窓があると聞かされていたら、透明な窓を思いうかべただろう。窓は調光可能だったため、われわれは結構な議論になった。どの窓を明るくし、どれを暗くするか、暗くした窓のうち、どれをかなり暗くし、どれをほんのり暗くするか。まあ、そんな話だ。

ミリーとわたしはすべての窓を透明にしておきたいと思ったが、ローズは全部真っ黒にしたがった。そうしておけば、誰からもじろじろ見られたり、ハンドサインを向けられたりすることはないだろうから。ローズは赤毛に青白い顔、ウエストがきゅっと引き締まった体形で、二十歳前後に見える。実際のところ、いくつなのかはわからなかった（われわれのようなリクローンに年齢を訊いても、まず正確なことはわからない。本当のことを答えるとはかぎらないのだ）。ミリーは五十歳くらいに見えるが、おそらく三十か四十だろう。ローズは？　知る由《よし》もない。彼女の住んでいる棚は床のすぐ近く、つまり一番棚[*2]だったはずだ。というのも、梯子をのぼらなくてはならない棚では、男性が――わたしのことだ――スカートの奥をのぞこうとすると言っていたからだ。ローズがそのことでボットたちと言い争い、図書館員たちに怒鳴っているのを聞きながら、わたしは自分が試そうと思っていた棚までのぼっていき、彼女の平安を守ってやった。ミリーがなぜローズのことをトラブルメーカーと呼ぶのか、これで読者にもわかってもらえるはずだ。

というわけで、三人のトラブルメーカーが大陸図書館へ向かっていた、あるいは、少なくともわれわれはそう思っていた。移動中、われわれがさんざんいざこざを起こしたか？　もちろん！　それを全部――やかましいふたりの言い争いに、もっとやかましい三人の議論をすべて――話そうものなら、あなたは抱腹絶倒することだろう。

一例を披露しよう。ミリーは窓を明るい透明にして、自分の料理本を読みなおしたり、当時の自分が書いたレシピが載っている古い雑誌に目を通したりしたいと思っていた。

わたしも窓は透明にしておきたかった。わたしの場合は、外を眺めたかったからだ。もちろん、広大な冬の平原、雪の舞う松林、凍てついた川と幽霊の出そうな廃墟を見るのが、ほかの人々と同じように好きだからだ。だが、それ以上の理由があった。もし二十一世紀で一生をすごしたうえに、いきなり複製されてわたしのように書架にいた気分を味わえば、誰でも自分のいる位置を確認せずにはいられないはずだ――とにかく、わたしはそうだった。かつてセントルイスだった場所がどこなのかは突き止められていないが、いつだったかアラベラと飛翔機《フリッター》で上空を飛んだことがある、雪をかぶった大きな山脈はロッキー山脈だったと確信している。スパイス・グローヴはネブラスカ州のどこかだろうと思っていたが、間違いかもしれない。ダコタの可能性もあるし、なんならウィニペグ周辺のどこかという可能性すらある。

ともあれ、山は最高の景色だ。最悪の景色は昔の都市――幹線道路から分岐した通りはぼろぼろで、みすぼらしい身なりの子どもがちらほらいて、空き家となったたくさんのビルが並んでいる。わたしはそういうひとつひとつを眺めるのが、ローズがミリーの料理本を好きなのと同じくらい、気に入っていた。

そんなわけで話し合いは二対一となり、わたしはすぐ後ろめたさを感じた。話し合いが終わると、ローズは自分の寝台にすわり、滑らかな長い脚に毛布をかけ、両手で胸をおおって口をとがらせるものだから、ミリーとわたしは申し訳なくなり、ローズの向かいの窓を真っ黒にしてやった。ほかの三つの窓は、完全に透明にした。

ときどき、わたしはミリーにナイアガラのことを訊こうとした。どこにあるのか、なぜナイアガラと呼ばれているのか、どういう経緯でこの大陸の首都になったのか。ミリーの知っていることはわたしと大差なかったが、滝は動くということに気づかされた。滝というものは実際、崖から下へ注ぎこむ水の流れであり、時の経過とともに崖を削り、石や砂利を落下させる。岩がひとつ落ちるごとに、滝はじわじわと上流へ後退していくのだ。

それはまずい、いや、それ以上だ。わたしの時代では、ナイアガラの滝に注ぎこむ水はほんの少しで、残りの水はタービンの駆動に回され、発電に利用されていた。いまではすべて原子力発電になったため、はるかに大量の水が滝に流れこみ、かなりの速度でようすを変えてしまっているだろう。いまのナイアガラは、初代のわたしが生まれた当時、ニューヨーク州ナイアガラフォールズと呼ばれていたものなのだろうか？　それとも、カナダのナイアガラフォールズ？　その両方か？　そうかもしれないが、そうではないかもしれない。そこでわたしは折りを見て、ミリーにたくさんの質問を投げかけた。最初はこれだ。「わたしたちが望まれたのは、なぜだと思いますか？」

その質問に、ミリーは笑った。「呼びだされたからって、望まれてると思ってるわけ？」

わたしはオレンジ色のタグをかかげた。「図書館間相互貸借、ですよね？　彼らはわたしたちを所望しているに違いありません」

よ。所望なんかされてないってば。わたしの情報源によると」

わたしは眉をひそめた。「図書館員と話していたようですね。そのことは黙っておきましょう。あなたも秘密にしておいたほうがいい」

「たくさんの人——リクローンの蔵者六人と図書館員四人——が輪になってキルトを縫っているといったらどうする、アーン？　ほら、ほかのみんなが寝静まったあと、手芸サークルが開催されてるとしたら？　当然、縫いながらおしゃべりするでしょ。昨夜、針で指を刺してしまった箇所を見たい？　エロイーズから、大陸図書館がわたしを必死で手に入れようとしてると聞いたとき、思わず飛びあがっちゃって。そのとき、自分で刺しちゃったの。自殺未遂ね」

必死と自殺をからめた冗談だ。わたしにはわかる。わたしがわかっていることを、ミリーは知っている。それで、わたしはこう言った。「われわれは所望されていないのですか？」

ローズは上を見た。「大陸図書館はわたしたちなんて必要ないし、望んでいるわけがない。あそこには、どの作家のリクローンも数十体所蔵されているのよ」

「スパイス・グローヴ図書館は、わたしたちをお払い箱にしたいのよ。前にも言ったでしょ」とミリー。

「はい。もし彼らに勇気があったら、わたしたちは明日、焼却処分になるでしょう。なにしろ、わたしたちはトラブルメーカーなんですから」

「けれど、スパイス・グローヴ図書館は焼却処分できないの。たくさんの疑問をまねくから。あなたの言っていたことは正しいわ——第一に、わたしはほとんど望みどおりの頻度で貸し出されてきた。追加のリクローンを収蔵しろという圧力があるでしょう、それも相当な圧力が」

わたしはうなずいた。

「ローズはそれほどでもない。彼女の場合、一年に五、六回六回だと思う。それでも……」ミリーは続きを言わなかった。

「確かに。わたしにくらべれば、ずいぶん多いです」

「そうだけど、毎年あなたを借り出す女性には、コネと莫大な財産があるじゃない。しかも、かつてはここで教師をしていたんでしょ」

コレット・コールドブルックのことだ。「はい、ですが教えていたのは私立学校です」

「上流階級の子女が通う私立学校。それなら、余計にコネがあるでしょう、少なくないコネが。彼女が疑問に思うんじゃないかしら。あるいは、彼女の友人で影響力を持つ人たちが疑問を持つでしょう。そしたら、図書館は彼らになんて言うわけ?」

わたしにはずっと考えていたことがある。「もし図書館がわたしたちを処分したいのなら、焼却処分にする必要はないでしょう。わたしたち三人を売りに出せばいいだけです」

「売れるまで何カ月もかかるかもよ、アーン。それに、わたしたちのうち、ひとりかふたりはどんな値段でも売れないかもしれない。こっちのほうが手っ取り早いってものだわ。いなくなるんだから、そうでしょ?」

ミリーは大きく息を吸いこんだ。

わたしには、彼女が運転手に聞かれるのを恐れているのがわかった。トレーラーのなかには、スイッチを入れればいつでも運転手と話ができる装置がある。スイッチはずっとオフにしてあるが、だからといって、こちらの会話が本当に運転手に聞こえていないといえるだろうか? われわれの知るかぎり、スイッチがオフの位置にあろうが、常にオンの状態であるということもありうる。運転手が三人(または四人、寝台は四つある)のリクローンがなにを話しているのかひどく気にしているとは思えないが、わかったものではない。大きな権力を持つ何者かが、運転手にリクローンの会話に注意して、運びおわったら報告書を書くよう求めているかもしれない。

「こうすることで、彼らはしばらくのあいだ、わたしたちを追いだせるわけだし、運が良ければ永久に追いだせるでしょう。わたしたちは図書館間相互貸借のタグをつけられて、大陸図書館へ送られる。スパイス・グローヴ図書館の所蔵するリクローンは、二十人足らず」

わたしはうなずいた。われわれが出発する前は、十八人だった。

「大陸図書館は何百人も所蔵しているでしょう。ひょっとすると、何千人かもしれません。いったいどれほどの予算が組まれているのか想像もつきませんが、途方もない額であることは間違いないでしょう。一年に五億、いやそれ以上でしょうか。ということは、リクローンが三人増えたところで、なんともないでしょうね。そもそも、この三人には料金すら発生しないのですから。わたしが聞いたところによりますと、大陸図書館の書架には、百万冊の蔵書があるそうです。それにともなう作業も膨大に違いありません」

ミリーは自分の話題に乗り気になった。「わたしたちが誰にも借り出されないことに気づいて送り返すまで、何年もかかるかもしれないわね。何年どころか、何十年かも。向こうにはすでに、わたしたち三人のリクローンが何十人もいるでしょうけど、それでも」

「いずれにせよ、あなたのリクローンなら、二ダースは所蔵されているでしょうね」

「あたしのリクローンだって、何十人もいるってば」ローズが割りこむ。

まさか、それはあるまい。ローズも本心ではないだろうが、わたしはこう言った。「もちろんですとも。おふたりとも、それは多くのリクローンが所蔵されているでしょう」平和を守るためなら、なんでもする。

トレーラーの外では、雪だまり、葉の落ちた木々、雪におおわれた廃墟——そして、おそらく発熱機能のある帽子とマフラーを身に着けた純正な人間たち――といった景色が通りすぎていく。とりわけ多いのが、葉の落ちた木々だ。純正な人間と彼らの家を足した数より、はるかに多い。わたしはミリーに山ほど質問したが、どれもたいして興味深いものではなかった。わたしの質問も、彼女の答えも。というわけで、そこは飛ばそう。

一本だけの曲がりくねった道を、単位がマイルやキロからハロンがふさわしくなるほど進んだところで、ようやく止まって夜明けまで休むことになった。つまり、全員に夕食が出され、運転手は近くの快適な暖かい部屋に泊まるのだ。すでに話したかもしれないが、わたしにはまだコレット・コールドブルックの形状記憶バッグから拝借した少なくないお金があり、ポケットに入れたままにしてあった。あとでかならず必要になるという確信があったからだ。

というわけで、三人とも運転手の買ってきた夕食を食べた――チキンヌードルスープ、トーストした精白パンのクラブ・サンドウィッチ。わたしは運転手に、われわれをトレーラーまで送っていく必要はないと告げた。自分たちの面倒くらい自分たちで見られる。しかし無駄だった。運転手はわれわれ三人をトレーラーまでぞろぞろ歩かせると、なかに入れて施錠した。

照明を消し、四つすべての窓の色調を〝漆黒〟に調節すると、なかは真っ暗になるが、それでも服をぬぐのは問題だった。それは、われわれの誰もが予見していたことだ。まずは、わたしが服をぬぐ。女性たちには、見たかったら見てもかまいませんよと言っておく。といっても、どちらも見たくはないだろう。その後、わたしは上段の寝台のひとつにのぼり、壁のほうを向いた。朝になると、ローズが服を着たまま寝ていたのがわかった。それくらい予測がついたはずなのに、わたしは予測していなかった。われわれリクローンがそこまで慎み深いふるまいをするのは、非常に馬鹿げていると思う。

翌朝、ナイアガラに到着した。大陸図書館のほとんどが地下にあることは、すでに知っていた。トンネルと大きな薄暗い部屋は、およそ三百年前につくられたものだ。だからてっきり、地上には小さな建物しか見えないと思っていた。誤解だった！　ピラミッドを見たことのある人間の悪夢から出てきたような、白っぽい石造りの巨大な建物で、階数が多すぎて何階建てなのかかぞえることもできない。やがて、車は内部に入って止まった。まもなく運転手がドアを開錠し、三人ともトレーラーを降りた。次に起こったことは、単純で速やか、かつ静かだった——わたしは不意打ちを食らってしまった。

運転手はわれわれの後ろでドアを施錠したのだ。わたしはトレーラーにもどると思っていたわけではないし、ミリーやローズもそんなことは考えていなかったと思う。だから、運転手の行動はなんとなく奇妙に思えた。彼は、あるいは彼の上司といったほうがいいだろうか、われわれがなにかから逃げようとするかもしれないと考えているのだ。

それからすぐ、トラックと一台目のトレーラーから荷物を下ろしていたボットの一台がやってきた。「一緒に来てください」そしてボットがいつもするように、われわれ三人を自分の前に集め、両腕を伸ばして大きく広げた。われわれは窓のない雑な造りの通路を一時間かそこら歩かされた。いったいどこへ行くのだろうか。ようやくそこに着いたとき、わたしは驚くべきではなかったが、驚いてしまった。

ボットはわれわれを建物のべつの場所に駐車されているべつのトラックに乗せたのだ。ここまで乗ってきたものより小さく、かなり古い。なかは、ほぼからっぽ。あとで、自分たちと一緒にそこに積みこまれた本とディスクをかぞえてみた——十七。二ダースにも満たない本とディスク、二、三個のキューブ、トイレ代わりのバケツ、そしてわれわれ三体のリクローン。

施錠されて閉じこめられたことも、言わなければならないだろうか？　もちろん、閉じこめられた。それ自体はたいしたことではないが、われわれはコートをあのトレーラーに置いてきてしまった。三人ともだ。それについては、女性陣もわたしと同じくらい愚かさを痛感していたと思う。新たなトラック（といっても、かなりの年代物だが）が動きだしたとき、わたしはふたりを見つめ、ふたりもこちらを見つめた。少しして、ローズがなんとか口を開いた。「あたしたち、スパイス・グローヴに帰されたりして」そして笑顔をつくろうとする。

ミリーはタグをかかげた。トラックの荷台は暗いが、かろうじて見える。ミリーは言った。「それなら、新しいタグをくれるはずでしょう」

つまり、これは初めから計画されていたことなのだ。われわれをスパイス・グローヴから直接目的地へ運ぶトラックはなく、用意されていたのは大陸図書館行きのトラックだったのだ。われわれを大陸図書館へ送ると、そこの職員がわれわれを所望する図書館へ運ぶトラックに積みかえるのだろう。われわれを所望する図書館とは、ポリーズ・コーヴであることがわかった。ポリーズ・コーヴについては、のちほどたっぷり話すとしよう。

わかっている、先走りすぎてしまったようだ。しかし、これ以上はたいして話すことはない。われわれを乗せたトラックはさまざまな図書館へ行き、毎回、少しばかりの本やディスクなどを下ろしては、少しばかりの新たな本やディスクなどを積みこんだ。ついに最初の夜間休憩で停車したとき、わたしは運転手と交渉して自分のお金で三人分の毛布を買うことができた。コートのほうがよかったが、全員に素敵な暖かいコートを買うには、手持ちの二倍の金額が必要だったのだ。毛布のほうが安価で、三人分買うだけの余裕があった。

お金は少し残ったが、多くはない。毛布は――たとえ安物でも――くるまれば、充分暖かいものだ。

三日目の夜には、どこへ向かっているにしろ、永遠に到着しないのではないかという気がしてきた。図書館はわれわれをただあちこちへ搬送しつづけ、いずれくたびれはてるか正気を失うのを待っているのだろう。リクローンの蔵者はしょっちゅう発狂するが、われわれのほとんどは作家のリクローンであり、残りの大半は芸術家のリクローンだ。作家の場合、正気か否かを見分けるのは困難で、芸術家の場合はほぼ不可能だ。

トラックから降りたとき、われわれはポリーズ・コーヴ公共図書館に入ろうとしていることすらわからなかった。三人ともひどいありさまで、顔は薄汚れ、服は皺《しわ》くちゃ。ミリーはわれわれの身なりを図書館長にあやまり、ローズとわたしは事情を説明しようとした。われわれが話しているあいだ、館長は無言でこちらを見つめていた。正直、彼女がこちらの話を少しでも理解してくれたのか、わたしにはわからなかった。

館長がいなくなると、わたしはミリーを見て、ミリーはわたしを見た。「たぶん、彼女はフランス語を話すのでしょう」わたしは気の利いたことを言おうとした。

「フランス人には見えなかったわ」とローズ。

その言葉でジョルジュを思いだし、わたしはほほえんで目を閉じ、彼がいまここにいてくれたらと神に祈った。

のちにわかったことだが、図書館長は耳がまったく聞こえなかった。彼女はわれわれの口の動きを読みとっていたが、口をきいても知らない人間に理解してもらうのは難しいとわかっていたので黙っていたのだ。その後、館長とは望んだ以上に顔を合わせることになったので、彼女のことを話しておこう。彼女はわたしより背が高く、かなり痩《や》せている。黒ずくめの服に、黒く染めた髪。名前はプレンティス。おそらく、ファーストネームもあるのだろうが、一度も聞いたことはなかったと思う。わたしはあなたのことを知らないが、たぶんわたしと同じような人だろう。ときどき、プレンティスみたいな人々のことを不思議に思うことはないだろうか？　彼女はこれまで恋に落ちたことがあるのか？　子どもがいたことは？　ジャンプボールのチームに参加したことは？　図書館員なら誰でも本を読むものだが、プレンティスのような人物はいったいどんな本を読むのだろうか？

わたしがまだそんなことを考えているうちに、館長は去り、ほかの図書館員がやってきて自己紹介した。金髪の美しい女性で、館長より少なくとも三十歳は若い。彼女の名はシャーロット・ラング。話のできる図書館員が見つかってよかったというようなことを言ったわたしに、彼女はこう返した。「あら、わたしは本物の図書館員ではないんですよ、ミスター・スミス。ここには、パートタイムで来ているだけです。ただのボランティアですが、プレンティス館長からあなたがたの対応をするよう指示されまして」

もちろん、シャーロットはのっけからふたつの間違いをおかした。ひとつは、パートタイムの図書館員は本物の図書館員だ。ただ就業時間が部分的というだけである。もうひとつは、わたしのことを〝スミス〟ではなく〝ミスター・スミス〟と呼んだこと。図書館員はリクローンに対してそういう呼びかけはしないことになっている。というわけで、ふたつの間違いがあったが、その両方のおかげで、わたしは彼女のことを気に入った。そこでわたしは、とっておきの笑顔でローズとミリーを紹介した。

「まあ、来てくださってとっても光栄です、ミズ・バウムガートナー！　わたしがあなたの取り寄せを希望したんです。そうしたら、プレンティス館長がやっと取り寄せてくださって。館長は蔵者を購入することはできないと言ったけれど――そんな資金はとてもないんですって――その代わり、借りると約束してくれたんです。ナイアガラかどこかの大きな図書館から、あなたを借りてくれるって」

そのとき、ミリーがなにか言いかけたが、シャーロットの話はまだ終わっていなかった。「それにあなたも、ミズ・ロメイン！　結婚前は、ずっとあなたの本ばかり読んでいました。でも、いまはミズ・バウムガートナーの本を読むことが多いんです。あまり料理が得意じゃないものですから。わたしの腕前は母の半分にもおよばなくて。ミズ・バウムガートナーの本で、それはたくさんのことを学びました。この図書館には『おいしいポーク』と『ジビエの楽しみ』があります。じつはいま、『ジビエの楽しみ』を読んでいるところなんです。〝カモとガチョウ〟を読みおわって、〝キジは美味〟を半分ほど読んだところ。あれは第四章でしたっけ？」

そのとおりと答えるミリー。

「わたしのカモ料理も、評判がいいんですよ。オールスパイスではなくチリパウダーを使わなきゃならなくて、わたし自身はあまり気にしてなかったんですけど、バブと彼の友人はおいしいと言ってくれました――実際には、うまいじゃないか、と言ったんですが。それと、キジのローストに栗を付け合わせたあなたのお料理！　ほんとに、もう！　あれは絶品でした」

ミリーはほほえんだ。「ミズ・ラング、あなたがそこまで感激したキジのローストは、わたしのお料理じゃないわ。あなたの作ったお料理よ」

シャーロットは真っ赤になった。「ええと、あなたがたは――入浴なさりたいですよね。誰だって、そうでしょう。入浴と清潔な着替え。あいにく、ここではひとりずつしか入浴できないんです。設備がそれだけしかないものですから、交代で入浴していただくことになります。みなさんの入浴中に、清潔な着替えをお持ちします。いちばんはあなたにしましょうか、ミズ

・バウムガートナー？　ほかのおふたりは、それでいいですか？」
当然、わたしはうなずき、結構ですと答えた。ローズもそうしたと思う。その後、ローズとすわって待つあいだ、わたしは静かにあたりを見てまわって館内のレイアウトを確認できないかと思ったが、着いて早々トラブルを起こすわけにもいかない。こそこそかぎまわっているところをプレンティス館長に見つかったら、大いに厄介なことになるだろう。十分かそこらで、シャーロットがわたしに清潔な着替えを持ってきてくれたが、ローズのいる前で着ているものをぬいで、用意された服を着る気にはなれなかった。気恥ずかしさだけでなく、トラックで輸送されるあいだに体は汚れ、汗ばんでいる。そのうえ図書館はもっとひどい。埃っぽいし、暖房も効きすぎているし、ほかにもいろいろ。

ミリーが出てきて、ローズがバスルームへ行ってしまうと、ミリーはほかのリクローンに会ったかと訊いてきた。わたしは、見かけてすらいないと答えた。

「書架を見にいっていないの？　わたしたちの入る棚が用意されているはずよ、でなきゃわたしたちを借り出すわけがないもの」

わたしは首をふった。「ずっとここにいました。新しい服はお気に召しましたか？」

「エプロンがほしいわ。いいエプロンが一枚あれば、ほかはなんでもいい」ミリーは一瞬、口をつぐんだ。おそらく、わたしの腕時計に目を奪われたのだろう。やがて、また口を開いた。「ローズが出てくるまで、あなたはそこでじっとしていればいいわ。わたしはこっそりそのへんを歩いてくる」

ミリーがこっそりうろつくと聞いて、わたしはつい噴きだしそうになった。彼女はどこかの国の凄腕スパイになれただろう。彼女なら、まず誰にも疑われることはない。「わたしも同行しましょう。ローズの入浴は丸一時間はかかります。ひょっとしたら、もっとかもしれません」

　われわれのバスルームがあるのは、さっきシャーロットに連れられてきた埃っぽい狭い廊下ぞいだった。わたしは自分たちの来たほうを指さし、ミリーにあちらへ行くように言った。わたしは反対の方向へ行ってようすを見てくるので、あとでバスルームにもどったら情報交換をしましょう、と。十歩か十二歩進んだところで行き止まりになり、そこにあるドアが開いていて、大きな部屋が見えた。なかには背の高い書架があり、空いた棚がたくさんある。その向かいにも、たくさんの書架がある。ラベルはどこにも見当たらないが、二冊ほど本を開いてみたところ、〈歴史〉のコーナーだとわかった。おそらく〈古代史〉だろう。というのも、どの本を見ても、古代ギリシャか古代エジプトかバビロンについてのようだったからだ。それらは、本自体がかなり古い。紙は黄ばみ、ある本の余白にはきれいな筆記体の書きこみがあった。筆記体ということは、少なくとも百五十年はたっていることになる。たぶん、それよりはるかに前のものだろう。

　べつの背の高い書架があり、こちらはほぼからっぽだった。そのおかげで、空《から》の書架のあいだから、初代のわたしが死んで以来見たことのなかったものが見えた。鉄製の螺旋《らせん》階段だ。ひと切れのパイのような形の踏み段が、鉄柱のまわりにびっしりと並んでいる。

〈歴史室〉——十数段のぼったところで、すぐに全貌が見えた——は思っていたよりずいぶん小さかった。ただし天井は高く、背の高い窓がふたつあり、大きな書架でふさがれていなかったら、大いに関心を引かれていただろう。

　上階はおそらく、〈閉架書庫〉と呼ばれている場所だろう。利用者が勝手に入って書棚から持ちだしてはいけない本をしまってある場所。ここにはしかし、書棚はなく、紙の本やディスクやキューブなどが、一部はふたつのテーブルに、残りはすべて床に積みあげられていた。そのときは、そういったもののなかに興味を引かれるものはなかった。わたしの興味を引いたのは窓だ。そこにもやはりふたつあった。背が高く幅の狭い、色調調節機能のない汚れた窓。窓から外をのぞくと、たくさんの屋根が見えた。赤や茶色の瓦をのせた、家や店舗とおぼしき建物の屋根。

　そして、そういう赤や茶色の屋根の向こうに、船が見えた。

2　シャツの痕跡

　三艘《そう》の船は漁船のようだった。さらに四、五隻《せき》のスループ型帆船（マストが一本の帆船）（富裕層のおもちゃだ）が、退屈してあきらめたように浮かんでいる。どれも繋留《けいりゅう》されていた。その向こうには海が広がり、水平線に近いほど透明に見える。なにもないただの海水、その向こうも海水、ほかにはなにもない。黒い穏やかな海が、見わたすかぎり広がっている。なんの特徴もない、穏やかすぎてオリーヴオイルのように見える海に、鳴きながら旋回するカモメ。それらすべての上には、雲ひとつない澄んだ蒼穹《そうきゅう》がある。眺めるのは一、二分にして、見るものを見たら自分のいるべき場所へもどるべきだったが、わたしはそうしなかった。船、カモメ、海が、訴えかけてくる気がしたのだ。人生には、わたしが許されている千倍、いや万倍もの世界がある。物として扱われ、ただの図書館の蔵者として、無数にあるかすかに埃っぽい図書館の棚のひとつに置かれた読まれることのない傷《いた》んだ本のようにすごす一生より、ずっと大きな人生がある。というわけで、わたしはいつまでも外を眺め、あらゆるものに見とれてこう感じていた——もう、ただの二足歩行の本ではいられない。海と空がのんびりと話しかけてくる。静かなコーラスで、人生、温もり、友情、そして愛について教えてくれる。その口調に、わたしはその場から動けなくなった。脚が痛み、疲れてこわばるまで立ちつくし、海と空が語るべきことにうっとりと聞きほれていた。

わたしは三等バスルームにもどった。ミリーとわたしが、ローズがバスタブから出てくるのを待つように言われた場所だ。ミリーはすでにもどってきていた。不安そうなようすだが、なんとか感じのよい友好的な笑顔を向けてくるので、わたしもできるかぎり友好的な笑顔を返す。

「ここがどこだかわかったわ、アーン」ミリーはそこでためらった。「気になる？」

そのときは曖昧な質問に思えたが、わたしは笑顔をくずさず、気になると答えた。

「ここは、ポリーズ・コーヴよ」ミリーはそこで間を置いてこちらの反応を待ったが、なにもないのでつづけた。「ある利用者と話したの。チャンドラっていうかわいい子」そこで大きく息を吸いこむ。「はいはい、わたしたちは閲覧を求められないかぎり、利用者と口をきいてはいけないってことくらい、わかっているわ。でも、この状況じゃ、そろそろ……ほら、わかるでしょ。なにかするべきじゃないかって気がして」

そうだねと答えようとしたが、わたしの口から出てきたのは「いかにも」だった。前にも言ったように、わたしはそういう話し方しかできないようになっているのだ。おかげでしばしばうんざりさせられるが、どうしようもない。

「チャンドラはすべての料理本に目を通そうとしているの」ミリーはまた口ごもったが、やがてもう少しくわしく説明しだした。「彼女に必要な本をわたしが探してあげていたんだけれど、『ジビエの楽しみ』は一冊もなかった。どういうことかっていうと、棚に一冊もなかったの――画面《スクリーン》で調べたら、利用不可になっていた。ねえ、わたしのこと意地悪だと思う？　あんな感じのいいパートタイムの図書館員の話を確かめようとしたりして？」

「そんなことはありませんよ。あなたは、シャーロット・ラングが本当のことを言っていたのか知りたかったのでしょう」

ミリーはうなずいた。「それと、チャンドラって子の力になりたかったの、アーン。なのに、キジのあとはなんだったか思いだせなくて。実際、キジは鳥類のジビエの最後の項目だった。チャンドラはカモ、ガチョウ、ヤマシギ、ウズラのページは飛ばしていた。次に来るのは、シカ肉よ」

わたしはうなずく。チャンドラという人物が狩りの獲物を料理していたのは明らかだろう。わたしはふと、コンラッド・コールドブルックの坑道で見つけた鹿射ち銃を思いだした。あれはすばらしいライフルだったが、いまでは永遠に失われてしまった。わたしは不意に、あの銃がひどく恋しくなった。

まだ思い返しながら、五分か十分あの銃のことをミリーに話したいという衝動をぐっとのみこみ、代わりにこう言った。「ローズはまだでしょうか？」

カーテンの向こうからローズの声が飛んできた。

「もうすぐ出るわ。あとちょっと」

ミリーが彼女に急がなくていいと伝える。これは、わたしがミリーを怒鳴りつけたくなった数少ない場面のひとつだ。

これで、さらに少なくとも三十分はかかる。ミリーもわたしも、もうその場から出ていかなかった。ミリーはチャンドラについてわかったことをいろいろ話してくれた。チャンドラがこの町の名前を教えてくれたという。わたしはまだミリーに対してあまり友好的な気持ちになれなかったが、それでも〈古代の歴史〉の書架と背の高い窓、その窓から見えたものについて、少し話して聞かせた。

話しおえたとき、ミリーが言った。「もうひとつ、話しておかなきゃならないことがあったわ。わたしのことを嘘つきと思うだろうけれど、あなたに言わずにいたら、それはそれで、ある意味、嘘——とても不適切で、とても恐ろしい嘘——になると思うの」

ミリーはそこで言葉を切り、話題を変えてほしがっているのがわかった。それでもわたしが黙っていると、ついに彼女はひそめた声でつづけた。「白いワンピース姿の少女を見たの、アーン。あれはチャンドラじゃなかった」

わたしはうなずき、あまり関心はないが、あるふりをするよう努めた。

「その子も白人だった。顔なんて、白いワンピースよりもっと白かった。少女はしばらくわたしを見てから、背を向けて壁に溶けこんじゃったの」

なんと言っていいのか、わからなかった。「おお」とか馬鹿げたことを口にしたように思う。

「証明はできないし、信じてもらわなくてもいい。でも、それがわたしの見たことなの」

その後は、ふたりともなにも言わず、ベンチに並んですわったまま、それぞれ考えごとにふけった。おおかた、誰かがミリーにこっそりなんらかの薬物を渡したに違いない。しかし、いったい誰が？　誰にそんなことができる？　なんのために？　薬物か、彼女がどうかしているかのどちらかだろうが、たいしたプレッシャーがかかっているわけでもないのに、なぜおかしくなる？　そのふたつの可能性について、わたしは長いことあれこれ考えていた。

そこへ、ローズがもどってきた。さっぱりしてにこやかに現れた彼女は、赤いノースリーブのワンピースを着て、前よりずっとロマンス作家らしく見えた。彼女好みの襟元が大きく開いたデザインで、ほぼ新品といってよさそうだ。もう話しただろうか？　図書館がわれわれの衣服を調達する場所は、衣類の寄付を受けつけて売りに出し、収益をチャリティに回す機関だ。大半は亡くなった人々の衣服なので、わたしは一、二分、かつてその赤いワンピースを着ていた女性に思いを馳せた。

その後、わたしはバスタブのあるカーテンの向こうに入った。清潔な下着、靴下、青いキャンバスパンツ、そして丈夫なワークシャツを持っていく。じきにわたしのものになる衣服だ。清潔な上着もある。じつに暖かそうな黒いキルトジャケットが、ハンガーにかかっていたのだ。カーテン付きのバスタブがあるこの部屋に来たとき、シャーロット・ラングがハンガーからはずして釘にかけておいたものだ。そのときわたしはそのままにしていったが、入浴をすませたら、あれを着られるのはわかっていた。

ところで、ここのバスタブは清潔で、水垢がぐるりとこびりついてなどいなかった（ローズが掃除しておいてくれたに違いない）。薄っぺらい古いタオルには、穴がひとつあいていた。濃い黄色の小さな石鹸があり、お湯もふんだんにありそうだ。わたしは思いきってバスタブいっぱいまでお湯を張り、浸かってみた。残りの人生をずっとこのバスタブのなかですごせそうな気がした。

計画を立てるのにふさわしい場所とか、夢を見るのにふさわしい場所というものがある。おそらく、みなさん自身も気づいているだろう。机は計画を立てるのにふさわしい場所で、なんらかの乗り物の座席もそのうちのひとつだ。夢を見るのにふさわしい場所は、すべてBで始まる——ベッド、バー、婦人の私室《ブドワール》、そしてバスタブ。物思いにふける《ビミューズド》のBだ。

　ようやく入浴をすませると、女性陣が乾いたタオルを一枚残しておいてくれたことに気づいた。あくまでも一枚で、薄いうえに非常に小さい。これなら三枚は使いたいところだ。しかたなく、女性陣が使用して洗濯物入れに放りこんだタオルを少々失敬することにする。ほとんど湿っていないものが三、四枚、見つかった。

　これで縞模様の木綿（?）の下着と黒い靴下をはけるようになり、どれもするりとはけた。ワークシャツ——黄色い身ごろに青い袖——を広げてみると、ごわごわした生地に輝く長方形の金属板がふたつ付いていた。ひとつは右袖のかなり下のほうに、もうひとつは身ごろの左側に。金属板どうしを触れあわせてみると、糊づけされたかのようにしっかりくっついた。はずさなくてはならないが、容易ではなかった。わたしは爪を剝いでしまい、悪態をつき、黄色い身ごろについているほうを引きはがそうとしたが、強力にくっついていてあきらめるしかなかった。それらがなんのためのものかは、近いうちに明らかになる。

　服を着て、曇った古い鏡で自分の姿を見たところで、初めて薄い染みに気づいた。わたしのシャツは洗濯され、おそらく漂白もされているだろう。そのせいで薄くなってはいたが、消えてはいない。小さな血痕が、右肩付近に点々とついていた。

3　シグナルヒルの家

複生体《リクローン》が収められているのは、ノンフィクションのコーナーだった。ミリーにはふさわしいが、ローズとわたしにはふさわしくない。ここの樹脂木製の書架には棚が四段あり、それはスパイス・グローヴ図書館と同じだが、似ているのはそこまでだった。ここには、カーテンで仕切られたトイレも洗面台もない——書棚には水回りの設備が一切ないのだ。寝台はあるが、墓穴と同じくらいの幅しかなく、マットレスの厚みはスパイス・グローヴで使っていたものとさほど変わらない。寝台にはヘッドボードに読書灯が付いているが、その程度だ。赤い革張りの椅子にすわって、フロアランプの明かりで読書をすることなどできない。すわりたければ、寝台にすわるか、自分の生活している棚に腰を下ろして脚を組むか、棚から脚をぶらぶらさせることになる。棚から出る必要にせまられた場合は、ミリーは二番棚から、わたしは三番棚から梯子を下りていき、前に使ったバスルームへ用を足しにいく。入浴のときも同じだ。そこは図書館利用者も使う場所で、わたしたち専用ではない。図書館員たちには、プレンティス館長の部屋の向かいに専用のバスルームがある（ことが、のちにわかった）。彼らは館長から鍵をもらい、用をすませたらすぐ返さなくてはならない。われわれリクローンがその鍵を要求しようものなら、館長は机にあるホッチキスかカフェカップを投げつけてくる。なぜ知っているかというと、そのふたつをさっとかがんでよけたことがあるからだ。

とまあ、ポリーズ・コーヴではそんな感じだったが、食事だけは例外で、われわれ三人は喜ばしい衝撃を受けた——スパイス・グローヴのときより、はるかにすばらしい食事だったのだ。最初の夜はロブスターが出た。ゆでた大きなロブスターの半身が、ひとりにひとつ提供された。まずは魚の入ったチャウダーが出され、次に軸付きトウモロコシとベイクド・ポテトを添えたロブスターと最高のサラダ。スパイス・グローヴ図書館のサラダは、ちぎったレタスに酢とオイルをかけたものだったが、ポリーズ・コーヴでは、柔らかいホウレンソウの幼葉に刻んだ赤タマネギ、チェダーチーズ、カントリーハムが混ぜてある。かけるものは、サウザンアイランド・ドレッシングか、ランチ・ドレッシングか選べる。ミリーとわたしはサウザンアイランドを選び、満足した。じつにすばらしい食事で、すばらしい食事は大きな違いを生む。

そのうえ度肝を抜かれたのは、ローズ、ミリー、図書館に収蔵されたすべてのリクローン（なんと、わたしまで）が、三日目に貸し出されたことだ。

わたしが〝若い女性〟というと、十九か二十歳の丸みのある体形に化粧をした女性のことに聞こえるのではないだろうか？　だから、そう呼ぶのはやめておく。彼女は子どもだ。初めて彼女に会ったときは、十二歳だろうと思った。あとになってほぼ十三歳と判明したので、当たってはいたが間違いに近かったことになる。彼女はチャンドラと名乗ったが、最初は名前と外見のつながりがわからなかった。

「あなたを家にいる母さんのところに連れてかなきゃならないの、ミスター・スミス。あなたを借り出したら、なにもかも説明する。それか、母さんが説明するから」

わたしは自分の棚から彼女を見おろしたまま、首をふった。「わたしを借り出すには、多額のお金が必要なんですよ、チャンドラ。あなたにそんな大金はないはずです」

「図書館の人に話してみる、ミスター・スミス。だから一緒に来て」

「わたしと話がしたいのでしたら、ここでもできます。それなら、お金は必要ありません」

今度はチャンドラが首をふり、三つ編みにした茶色の髪を弾ませた。「図書館員を連れてこないと、来てくれそうにないね」

「そのとおりです」わたしもご多分にもれず言葉が出てこないことがあるが、そう答えたとたん、自分の棚から飛びおりてこの少女と貸出カウンターへ行けば、閲覧回数に計上されるかもしれないという考えが染みこんできた。確かに、閲覧は貸し出しには遠くおよばないものの、まったく手に取られないよりはずっといい。ポリーズ・コーヴ図書館がわれわれをスパイス・グローヴへ返却するときには、貸し出しと閲覧の回数を報告するだろう。閲覧の機会を不意にするわけにはいかない。ミリー・バウムガートナーならそれもありかもしれないが、アーン・A・スミスにそんな余裕はない。


こうして、われわれ――わたしと、背丈がわたしのあごくらいのかわいらしい茶色い髪の少女――は貸出カウンターへ行った。そこには、シャーロット・ラングがいた。彼女はわれわれふたりに笑いかけ、チャンドラにこんにちはと声をかけた。

「彼を借りたいんです」チャンドラは説明する。「母さんが彼と話したがってて。それであたしが借りてくるって約束したんです」

「あいにく、お母さまとお話ししなくてはならないわね」とシャーロット。

チャンドラはうなずいて母親のアドレスを教えようとしたが、シャーロットはその必要はないと言い、自分の画面《スクリーン》に向かった。相手につながったら、わたしは相手の顔を見てみたかったが、もちろんそんなことはできなかった。スクリーンはカウンターの反対側にいる人間には見えない角度に向けられている。いつもそうだ。

シャーロットは言った。「ミセス・フェーヴル、お宅のお嬢さんが、新しくうちに入ったアーン・A・スミスを借りたいとおっしゃっています。リクローンの貸し出しには多額の保証金《デポジット》をお預かりし、期限までに返却されれば保証金をお返しすることになっておりますす。そのことはご存じですね」

相手の返事は、わたしには聞こえない。

「期限までに、毀損《きそん》のない状態でリクローンを返却いただいたときです。良好な状態で。そうでない場合は……」

――

「ご存じのように、こちらにはまだ古いリクローンがあります。わたくしどもは現在それを売りに出しておりますが、かなり高価です」

――

「わかりました。彼をチャンドラに連れていかせましょう。ふたりはすぐそちらに着くはずです」

シャーロット・ラングは通信を切り、こちらに向き直った。「お母さまが、まっすぐ家に帰るようにとおっしゃっています。寄り道、道草はしないでください」そして、わたしに言う。「スミス、あなたはこの子の家を知らないわよね?」

わたしはうなずく。「存じあげません」

「ここを出たら、左へ行って。シグナルヒル通りは三本目の道だったと思う。そこで左に曲がって。坂をのぼっていくと、三階建ての白いネオゴシック建築の家がある。見晴台がついている家よ。見逃す心配はないでしょう」

すると、チャンドラが言った。「それに、あたしがついてるし」

シャーロットはうなずいた。「ぜひ、そうであってほしいものだわ」

小さな応接室で[*3]、不用品の山の横に老人がすわっていた。老人は床を見つめ、われわれが通りすぎても顔を上げない。わたしはそのとき、シャーロットのさっきの話と彼とのつながりに気づけなかった。

シグナルヒル通りに出ると、チャンドラにお金を持っているかと訊かれた。

「少しばかり」わたしは答えた。「たいした持ち合わせはありません」

チャンドラは考えこむようにうなずいた。

黙って半ブロックほど歩いてから、彼女は訊ねた。

「もっとお金がほしい？」

「お金を所持していることを図書館に知られるのであれば、いりません」

チャンドラはもう一度うなずく。「あたしもときどき、そういうことあるよ。ねえ、ホットクリーム買って？」彼女は指さした。「この先にお菓子屋さんがあるの」

「そこでホットクリームを売っているんですね」ホットクリームとやらがいったいなんなのか、わたしには見当もつかない。

少女は神妙にうなずいた。

「あなたにそれを買ってあげるのを、あなたのお母上は許してくれるでしょうか？」

「それはまたべつの話。母さんには言わないで」

「それなら、黙っておきましょう」

「ねえ、買ってくれるよね？　お願い。スモールサイズひとつでいいから」

「わかりました、スモールサイズをひとつ買い求めましょう。お味は？」

「メロン・カスタード」チャンドラはわたしの手を取った。「あたしの大好きな味なの」

「わかりました」少し考えて、わたしは訊ねた。「ホットクリームを買ってあげたら、あなたのお母上がわたしになにを望んでいるのか、教えていただけますか？」

チャンドラは困った顔になる。「あんまり知らないの——はっきりとは」

「でしたら、あなたはどう思いますか?」

少女は三、四歩分考えた。「わかった。あたしの考えね」

チャンドラを見て、菓子屋のカウンターの向こうに立つ女性が言った。「メロン・カスタードのお客さんね、いらっしゃい!」

わたしはうなずいて、つけたす。「スモールサイズをひとつです。わたしにはチョコレートをひとつ、スモールサイズで」

チャンドラがかすかに警戒の表情を浮かべる。「シャツにつけないでよ」

「このシャツには、すでに血液の染みがついています。少しばかりチョコレートがついたくらい、なんだと言うんです?」

「母さんにバレちゃう」

「お母上には、こう言いましょう。あなたにもホットクリームを買ってあげようとしましたが、禁じられていると固辞されました」

「ほんと?」

わたしはうなずいた。「はい、本当です」

チャンドラは自分のカップを受け取った。「わかってると思うけど、おじさんのこと、気に入っちゃった」

わたしも自分のチョコレート味を受け取る。「それでは、あなたの考えを教えてください、先ほど約束したように」

少女はうなずき、ドアのほうへ歩きだした。

わたしは勘定をすませ、ひと口すすってからあとを追う。

「あたしが言ったこと、誰にも言わない?」

「はい、言ってほしくないのでしたら」

「OK。母さんはね、誰かが自分を殺そうとしてると思ってるの。凶器はたいてい魔法なんだけど、違うときもある。黒いやつが――」

「待ってください。なぜ、誰かがお母上を殺したがるんです？」

「事故と関係あるんだと思う」チャンドラは明らかに悩んでいるようすだ。「わたしが小さいとき、母さんは事故に遭ってるの。船での事故かなにかみたい。そのせいで、母さんはほとんどベッドから出られなくなっちゃって」

　被害妄想のように聞こえる。わたしは不思議に思った。

「それと、家のなかになにかが潜んでるの。だから母さんは、夜ずっと明かりを点《つ》けてる」

「なるほど」

「あたしには自分の部屋があるんだけど、母さんと一緒に寝なきゃならないから、そこに誰かがいるのかも」

「それに明かりを点けっぱなしでは、なかなか眠れないに違いありません」

「そうでもないよ。目を閉じて、ずっと開けなければいいだけ。ときどき停電になっても、ランタンがある。あたしが起きて、ふたつのランタンを灯すの」

「あなたはご自宅に、本当になにかが潜んでいると思いますか？」

　チャンドラは真面目にうなずいた。

「なぜ、そう思うんです？」

「ときどき寝室に入ってくるから。夜遅くに。床に平らになって、忍びこんでくる」そこで間を置いて、つづける。「それは泣くこともあるの。『嚙まないで』って」

「本当ですか？」わたしはチョコレート味のホットクリームの存在をほとんど忘れていたが、ここでたっぷりとすすり、チャンドラの話に真実はひと言でもふくまれているだろうかと考えた。このかわいらしい少女は、わたしをだまそうとしているのだろうか？　それとも、自分自身をだまそうとしているのか？

「自分の目で見たのですか？」わたしは懐疑的に聞こえるよう意識して訊ねたが、たいして苦労はいらなかった。

「見たっていえるのかな。あれは大きくて、黒くて、引っかくような音を立てて、床にべったり平らに広がってるの。だから、暗いとよく見えない」

「ですが、それは言葉を話したり泣いたりする。そう言いましたよね？」

「うん。ちょっとした言葉と、泣くような音を立てるだけ」チャンドラはそこで言葉を切り、ホットクリームに注意を向けた。「これ、ほんと、おいしいよね」

わたしはうなずいた。「あなたのお話もじつに興味深いですよ。わからないのは、本当に現実の話なのかという点です」

「ほんとのことを話せなんて、言わなかったじゃん。あたしが思っていることを教えてって言ったでしょ」

「つまりあなたは、黒いなにかが床を這い、夜更けにお母上の部屋に忍びこんでくると思っているんですね」

じつに真剣な面持ちで、チャンドラはうなずく。

「見たもん」

「そういうとき、あなたはどうするのですか？」

「出ていけって怒鳴ってやる。靴や空き瓶を投げつけることもある。そのへんにあるものを、なんでも投げつけてやるの」

「あなたが怒鳴れば、当然、お母上は目を覚ましますよね」

チャンドラはうなずく。「うん。めちゃめちゃ悲鳴を上げる。それで、黒いやつは逃げていく」

「ドアから？」

少女は考えた。「ドアやなにかから。あれはどこかへ行っちゃうの」

「ドアやなにかとは？」

「はっきりわからないんだってば。ほかのドアかもしれないし、窓から出ていくのかもしれない。ひょっとしたら、クローゼットにもぐりこんでるのかも」

わたしが黙っていると、チャンドラはつけたした。

「今夜、あたしに代わって母さんと一緒に寝てくれない？　たぶん、あれが見えるから」

わたしはその提案を考えてみた。「あなたはお母上のベッドで、お母上と一緒に眠っているのですか？」

うなずくチャンドラ。

「そういうことはいたしかねます、決まりを破ることになるので。わたしはお母上のベッドの横で、床に寝なくてはなりません」

「たまには自分の部屋で眠りたいの」

「わかります。わたしは喜んで、純正な人間のベッドの横で床に寝ることにしましょう」

そのころには、見晴台のある三階建ての白い家が見えていた。「ひとつ、考えてみてほしい説があります。わたしには、お母上は妄想型統合失調症に悩まされているように思えます。統合失調症患者——とくに妄想型統合失調症患者——にとって、ほかの近しい家族を妄想に巻きこんでしまうことは、めずらしいことではありません。巻きこまれてしまった人は、実際は統合失調症ではないので、本当の妄想型統合失調症患者から離れれば、たいていすぐに回復します。ただし、離れるまでは、統合失調症患者の妄想を信じるようになります」

「母さんは頭がおかしくて、あたしの頭までおかしくしてる。あなたはそう思ってるわけ」

「そういう可能性はないかと、訊ねているのです」わたしは身震いしながら、新しい上着に手袋と発熱機能付きの帽子がついていたらよかったのにと思った。

「黒いやつはほんとにいるんだってば。ほとんど毎晩、見るんだよ」チャンドラの口調は、自分の言っていることに確信を持っているようだ。

「本当にいるとしても、どうやって入ってくるかはわからない？」

チャンドラはうなずく。

「どうやって出ていくのかは、わかっているに違いありません」

「ただいなくなるの。気づいたら、もうそこにはいない」チャンドラは言葉を切って、聞こえるほどの音を立てて唾をのみこんだ。「なんていうか、闇に消えちゃう感じ」

夢に似ている。そう思ったものの、口に出すのははばかられたので、わたしは黙っていた。

チャンドラの母親の寝室は一階にあり、雪が点々とついたふたつの幅の狭い窓からは、チャンドラとわたしがのぼってきた長い坂道の反対側を見おろせる。

「どうぞかけてください、ミスター・スミス」ベッドのそばに、肘掛けのない細長い椅子があった。わたしはその椅子に恐るおそる腰かけた。シーツのあいだからのぞく白い顔の大きな暗い目と高い頬骨を、まじまじと見てしまわないように気をつけながら。

「この村の図書館に新しく入ってきたんですってね、ミスター・スミス？　娘からそう聞いたわ」

「そのとおりです。昨日ここに到着したのは、ミリー・バウムガートナーと」――青白い女性は大きなベッドのなかで、その名前をふりはらう仕草をした――「ローズ・ロメインとわたしです」わたしは最後まで言いおえた。

「ポリーズ・コーヴのことはなにも知らない？」

「おっしゃるとおりです。こちらに来るのは初めてで、話を聞いたこともありませんでした」

「それは残念。ところで、新しく入った男性、というか比較的若い男性というのは……」

「よくあることです。あなたがわたしを借り出したのは、わたしの著書に関する質問をするためではない、わたしはそう理解しています」

青白い女性はチャンドラに言った。「お願い、ふたりきりにしてちょうだい。ヒューズさんに昼食を作ってもらうといいわ」

チャンドラが出ていってドアが閉まると、母親は言った。「あなたに訊きたいのは、わたしの本についてなの」ナイトテーブルに置かれた大きな革装の本を指す。「裏表紙の内側を見て」

それは地図で、わたしにはわからない記号が点々と書きこまれていた。

「これを窓のそばへ持っていってもよろしいですか？」

彼女はうなずく。「そこに置きっぱなしにしなければ、かまわないわ」

「置きっぱなしにはいたしません」

大きな本は思っていたよりかなり重かったが、なんとか窓枠の上に載せた。見おわると、わたしは色褪《あ》せた黒い革表紙を閉じ、小さなナイトテーブルにもどした。

青白い女性は目を開けた。「あなたは几帳面な方ね、ミスター・スミス。いいことだわ」

「そうでもありませんよ。あなたはわたしの名前をご存じですが、わたしはあなたの名前をチャンドラから聞いておくべきだったのに失念していました。いま、お訊きしてもかまいませんか？」

初めて、彼女はほほえんだ。

「表紙の蔵書票が目に入ったでしょう。見たわよ」

「ええ、ですが、あれはあなたの名前ではないはずです。間違っていますか？」

「いいえ。いつかあなたに、どうしてそんなに自信に満ちあふれているのか訊かなくてはいけないわね。わたしの名前はアダ・フェーヴル」

わたしはうなずき、礼を述べた。

「その地図のこと、どう思う？」

「古いものでしょうが、描かれている紙ほど古いわけではないのは明らかです」わたしはそこで言葉を切り、訊ねた。「紙についてご説明しましょうか？」

ミセス・フェーヴルはにこやかにうなずいた。「時間だけはたっぷりあるの、ミスター・スミス。時間はあるし、あなたもいる。どうぞ、つづけて」

「では、つづけます」わたしは大きく息を吸いこんだ。「現代の紙は樹脂木の繊維でつくられています。樹脂木はさまざまな用途のために栽培され、ノコギリで切られたり割られたりして、旋盤にかけられたりルーターで加工されたり、ひょっとしたらドリルで穴をあけられ、やすりをかけられたりもするでしょう。おがくず、切りくず、不要な木片は、かつては燃やして蒸気を発生させるのに使われていました。ですがいまは、回収されてパルプにされます。どんな添加剤が使われるかは、紙の使用法によって異なります。適切な添加剤を加え、どろどろのパルプをシート状に延ばし、そのシートを熱いローラーで乾かします。乾燥したら、コーティングをほどこす場合があります。コーティングも（ほどこすとすればですが）、その紙の使用目的によって決まります」

「つづけてちょうだい。聞きたいことがあったら、その都度質問するわ」

「その地図の紙は、そういった種類のものではありません。その紙にふくまれているのは、なんらかの布の繊維です、たぶんナイロンでしょう。おそらく、ぼろ布を刻んで原料の樹脂木に混ぜたと思われます。今日《こんにち》では、そういった紙を作ることは可能なだけでなく、非常に簡単です。ただ、そんなことをする理由がありません。そういった紙は丈夫ですが、現代の紙にはもっと丈夫なものがあるからです。乾燥した冷暗所に置いておけば、数万年ももつでしょう。それなのに、なぜ、わざわざそんな手間を？」

「理解しているわ。つづけてちょうだい」とミセス・フェーヴル。

「かしこまりました。地図は三つの辺が黄ばんでいます。三つだけで、四つではありません。黄ばんでいない端は、本の小口からもっとも遠いところにあります」

「さっぱりわからないわ」

「黄ばんだのは、日光にさらされたからです。本に綴《と》じられた紙は、三辺が黄色くなります──本の天、地、小口にあたる部分です。その三つの端には日が当たることがありますが、背の内側に綴じられている部分は、けっして日にさらされることはありません」

「この紙はもともと本の一ページだったと思っているのね」

「はい。しかし、いま貼りつけられている本とは違う本でしょう。第一に、こちらのほうが厚手です。この地図をはがして裏側になにが印刷されているか確認できたら、印刷があればですが、興味深いことでしょう。しかしながら、あなたの許可を得ずにそのようなことをするつもりはございません」

「紙が破れてしまうかもしれないので、それはやめておくわ。地図自体については、どう？　それは印刷かしら？　ずっとそれを考えていて」

「いいえ。といいますか、少なくとも、わたしはそうは思いません。それは右利きの、おそらく男性によって、パーマネントインクのペンと定規で巧みに描かれたものです──あるいは、少なくとも、そう見えます。器用で丁寧ですが、地図製作業者ではありません。地図製作業者なら、普通は地図の上を北とするものです。この地図はそうなっているかもしれないし、なっていないかもしれない」

ミセス・フェーヴルは訊ねた。「綴《つづ》りの間違いはない？」

「わたしはひとつも気づきませんでした。あなたは気づきましたか？」

彼女はゆっくりとやさしく、悲しそうに首をふる。

「いいえ、けれどあなたのほうが明るいところで見たし、はるかに頭が切れるのは疑いようがないもの。わたしの頭は、ロバみたいに鞭をくれてやらなきゃ働こうとしない。その地図は、読者になにかが隠されている場所と見つける方法を示している。その緑の長方形はなにを意味しているのかしら？　お墓？　それとも建物？　なにかそういう種類のものかしら？」

わたしはうなずいた。「わたしも、まずそう考えました。墓か、ひょっとすると寺院かもしれません。礼拝堂、神殿、そういった類《たぐい》のもの。魔法や神聖に関わるものでしょう」

最後の言葉に、彼女はかすかな笑みを浮かべた。

「あなたはそれに触れたわよね」

わたしは当惑した。「いいえ、触れてはいないと思います」

「インクに薬物が入っている可能性は？」

「といいますと……？」

「わたしはそれに触れてしまったの。たぶん、あなたも触れるべきじゃないかしら」

触れてみると、紙とインクが指先に滑りこんできて、現実感が消えた。わたしは大勢の黒い亡霊のなかに立っている。ひどく飢えた少女が歯をむき、太鼓腹の老人はいやらしい笑いを浮かべ、毛むくじゃらの小男が棒の先に鋭いとげのついた鉄球が三つ下がった武器をふりまわしている。ほかにも、まだたくさん。黒っぽい人影ははっきりとは見えなかったので、あまり思いだせない。

わたしは手を引っこめた。

「最近では、宗教はほとんど存在しないわ、ミスター・スミス」

まだあえぎながら、わたしはどうにか答えた。「確かに、信仰といったものはほとんど見られません」

「その本を置いたほうがいいんじゃないかしら」

わたしは本をナイトテーブルにもどした。「わたしたちは平和と繁栄の時代に生きているわけですから」

学者ぶった物言いに聞こえるが、つづける。「そのような時代において、ほとんどの人間があまり必要性を感じないのが……」

「思いあたることがあるのね。なに？」

「トレーラーで運ばれてくるとき、廃墟となった街を通過したことがあります。道端にぼろ布をまとった子どもが立っていて、通りすぎていくわたしたちを見ていました。どこかで鐘が鳴りました。ちょうど、わたしたちがその女の子の前を通過したときです。すると女の子はくるりと背を向けて、急いで行ってしまいました。あとで、そのことをいぶかしく思ったのです」

「その子は礼拝に行ったのかしら？」大きな暗い目は、あいかわらず感情が読めない。青白い顔にはなんの表情も浮かんでいない。

わたしはうなずいた。「それが、わたしの導きだした結論です。母親と一緒に、その子は神にすがってお祈りしたのでしょう。食べ物とまともな衣類をお恵みくださいと。あるいは、古紙、木切れ、乾いた草といった、冬に暖をとる燃料だったかもしれません。神がその祈りに応えてくれたことを、願いたいものです」

ミセス・フェーヴルの口調がやわらいだ。「あなたはお金を持つことを許可されていなかったわよね？ わたしはそう認識しているのだけれど」

「おっしゃるとおりです。金銭の所有は許されていませんし、個人の所有物も許されているのはごくわずかです。ちなみに、わたしはこの腕時計を所有しています」わたしはそれを彼女に見せた。「わたしたちは夜、着ていた服を渡し、パジャマかネグリジェを受け取ります。おそらく、ポケットの中身は洗濯前に出されるのでしょう。ポケットに入れていたものがもどってくることは、めったにありません」

「それはみじめな暮らしでしょうね」

「わたしたちは本と同じなのです。所有しているのは、頭脳というコンテンツ。それとページのあいだにはさまれたクローヴァーの葉、つまり、わたしの腕時計のようなものですね。ほかにはなにもありません」

「わたしが持っているこの本には」——ミセス・フェーヴルは、テーブルの上の本にちらりと目をやった——「地図が付いている。それについては考えてみた？」

わたしはほほえんで首をふる。「いいえ。ご指摘に感謝します。なんの地図かおわかりになりますか？」

彼女はじっとこちらを見ている。

「その地図は、本のなかで言及されていますか？ なぜそこに地図が添付されているのか、その手がかりになることが本文に出てきますか？ あるいは、その小さな緑色の長方形が意味することとか？」

「わからない」彼女は首をふる。「読んでいないの。そんなこと、思いつきもしなかったわ」

「緑のインクには、どんな薬物が入っているんですか？ それと、その本はどこで手に入れたんです？」

「主人の本だったの」ミセス・フェーヴルはため息をついた。「何年も前。十年——いいえ、もっと前よ、ミスター・スミス。もう十二年かしら。十三年以上かも」

「ご主人がどこで手に入れたか、ご存じですか？」

「いいえ」彼女は虚《うつ》ろな目を上げ、天井を見る。「見当もつかない」

「詮索したくはないのですが、ミセス・フェーヴル、ご主人の名前をうかがってもよろしいでしょうか？」

「ああ、蔵書票ね。興味を引かれるのは当然だわ。それは主人の名前じゃないの。彼の名前はフェーヴル——あら、わたし、なにか言った？」

フェーヴル！ その名前にぴんと来なかった自分を蹴とばしたくなる。「お気になさらず。話の腰を折るつもりはなかったんです」

「ドクター・バリー・フェーヴル。あなたが会ったのは、わたしたちの娘。あの子はあなたにフルネームを名乗らなかったのね」

「そうなんです、話の腰を折ってしまって申し訳ない。ご主人のことをもう少し教えていただけますか？　おそらく重要になってくるでしょうから」

「あなたが聞きたいのなら。前の人にも同じことを訊かれたわ。あなたもきっと同じ質問をたくさんするんでしょうね」

いやはや、と思いつつ、わたしはこう訊ねた。「かならずしもその必要はありません。その前の人とやらは、警察の人間ですか？　私立探偵？　そういった類の人物でしょうか？」

「古いリクローン。ここの図書館には、あなたがふたりいるのよ、ミスター・スミス。てっきり、知っていると思っていたわ。二冊というのかしら。ただし、もうひとつは前の版のリクローンなの。そのリクローンを借り出したのが六週間前で、返却したのは、ええと、八日か十日前。そっちのリクローンを借りていなかったら、今日、あなたを借り出すことはできなかったでしょう」彼女はかすかにほほえんだ。「驚いているようね」

「驚いています。当然、気づくべきでした。複数の……」わたしは息苦しさを覚えた。「いえ、お気になさらないでください。自分の古い版のリクローンとは話したことがないものですから、ミセス・フェーヴル、彼の話した内容と重複する部分が多くなると思います。あなたはご主人のことについて話していらっしゃいました。バリー・フェーヴルはあなたのご主人ですね？　確か、そうおっしゃったと思います。彼がチャンドラのお父上でしょうか？」

やさしく、アダ・フェーヴルはうなずいた。「バリーとわたしは結婚していたのよ、ミスター・スミス、わたしは彼を裏切ったことはない。ちなみに、あれは主人が選んだ名前なの――チャンドラ。主人がその名前を使いはじめたころは、まだ娘は生まれていなかった……。主人がどこでその名前を見つけたのかは、知らないわ。それは重要かしら？」

「この本から見つけたという可能性はないでしょうか？」

ミセス・フェーヴルは肩をすくめた。「あるかもしれないわね。さっき話したように、わたしはその本を読んでいないの。あるいは、主人はわたしをからかっていただけなのかもしれない。わたしの家族はインド出身なの、ミスター・スミス。ブリテン島という島に四、五世代のあいだ暮らしていて、その後、また移住したのよ。なぜ、どこへ移ったのかとなると、かなり長い話になるので、それには触れないほうがいいわ」

「それでは、触れないことにしましょう。その本はご主人が所有していたもので、ご主人がどこで入手したかについては、あなたはご存じない。では、あなたがその本のことを知ったのはいつですか？」

「船室をひきはらったあと、ここに引っ越してきてから。本は主人のバッグのひとつに入っていたの」ミセス・フェーヴルはそこで言葉を切った。「お話をつづける前に、ひととおり説明したほうがよさそうね。いま、説明させてちょうだい、そのほうが時間を節約できるでしょうから」

わたしはうなずき、先をうながした。

4 アダの話

「あなたは親に反抗した、ミスター・スミス?」アダ・フェーヴルのやさしいほほえみが、そのセリフをやわらげる。「何百年も前、あなたが作家になる前に」

わたしはほほえみ返した。「残念ながら、したでしょうね。人は親に反抗するものです。そうしなければ、一生子どものままですから。少なくとも、当時をふり返ると、そう思います。わたしは両親のいうことに背きつづけ、最後には両親と決別しました。いまとなっては、なんでも差しだしたい気持ちです、もしも……」

「わたしも同じよ——両親への反抗のこと。というか、少なくとも反抗したいと思っていたし、正直、反抗したつもりだった。両親は——かわいそうな母は、とくに——わたしを医者と結婚させたいと熱望していたの。わたしのほうは、医者とは結婚しないと心に決めていた。理由は、ほかでもない、母が医者と結婚していたから。わたしはいろんな職業の男性と交際したわ——エンジニア、警察官、スポーツ選手、若きビジネスマン等々。ビジネスマンの彼はとんでもなく不誠実だったから、きっとお金持ちになったでしょう。エンジニアの男性は退屈で、警察官はほかの女性と結婚した。スポーツ選手は自信過剰で、ビジネスマンは訴えられていて、わたしの父からお金を借りようとしていたの。

けっきょく、運命の導きでバリーとめぐりあった。彼とお兄さんのサイモンは、スパイス・グローヴの大学で教鞭をとっていたの。バリーはハンサムで、魅力的で、知的でやさしくて、わたしは彼のことを教授だと思っていた。彼が医学部で教えているとわかるころには、心から愛するようになっていたわ。もう、夢中！　彼より素敵な人なんて、ぜったい見つかりっこない、そう確信したの。ふたりで新婚旅行に出かけたあと、彼が医学士《M.D.》、そう博士《Ph.D.》ではなく学士だとわかったんだけれど」アダ・フェーヴルは笑った。自嘲的なくすくす笑いだ。「人はみんな、運命に愚弄されるものだわ。人生の最後を迎えるずっと前に。気づいてた？」

　わたしは気づいていると認めた。かつて結婚していたことを説明したかったが、やめておく。

「少し前まで、わたしは大の読書家だったのよ、ミスター・スミス。いまでは時間が無限にあるし、タブレットならコンタクトレンズなしで読めるくらい文字を拡大してくれるけれど、それでは味気なくて。子どものころは、ベッドのなかでよく本を読んだものだわ。両親はわたしのことを眠っていると思っていたけれど。盗んだ果実だからこそ、甘いのよね。あなたのお話を聞かせてちょうだい、ミスター・スミス。お話ししてくれない？　お願い」

「それより、ドクター・バリー・フェーヴルのお話をもっとうかがいたいものです。彼が医学部で教えていたというのは、こちらのことですか？　ご結婚されたとき、あなたがたはここポリーズ・コーヴにお住まいだったのでしょうか？」

　彼女はほほえんだ。「いいえ、ぜんぜん違うわ。あなたに――あなたにわかるかしら、ミスター・スミス」

「おそらく、わからないでしょう。当てずっぽうでもいいでしょうか？　間違っているとは思いますが、それでも試してみたいのです」当たっている確信があったので、わたしは少し相手を不安にさせる間を置いた。

「あなたは高地平原《ハイ・プレーンズ》で育ちましたね？」

「わたしたちは……わたしはたぶん、古いほうのあなたに話したんでしょうね」アダ・フェーヴルの声はかすかに震えていた。「話したとは思えないけれど、きっと話したんでしょう」

「おそらく、話していないと思いますよ。前にも申しあげたように、わたしは彼と話したことはありません。あなたはドクター・バリー・フェーヴルを愛し、彼と結婚した――そうおっしゃいましたね。それから、どうなったんですか?」

「結婚して三年たったころ。バリーは大学で教え、わたしは自分の父の仕事を手伝っていて、そのうちバリーがサバティカルの年を迎えたの。そういったことは知っている、ミスター・スミス?」

わたしは首をふる。「教えてください」

「終身在職権のある教員は、七年ごとに一年間の休暇をもらえるの――サバティカルと呼ばれるその一年間は、なにをしてもいい。実質的には、一年間の有給休暇ってわけ。といっても、大学側はその時間を有効に活用することを望んでいるけれど」

「わかりました。どうぞ、つづけてください」

「ちょうど、わたしの妊娠がわかったときだったわ。赤ちゃんが生まれるのは、まだ二十週間かそこら先。バリーはこう言ったのよ。わたしを置いて研究に出かける、長くて六週間だろう。そのあいだ、きみは実家でのんびりすごせばいい――わたし、とげのある言い方をしてるかしら、ミスター・スミス?」

「いささか、そのように聞こえるかもしれません」

「わざとそう言ってるんですもの。わたしは彼に言ってやったわ。家にいるか、わたしを一緒に連れていくべきだって。そのどちらかなら、受けいれるつもりだったけれど、もし彼がわたしをひとり残して出かけるのなら、離婚を申したて、彼がわたしを捨てたとののしるつもりだった。彼はわたしを連れていくことを承知したけれど、行き先はけっして教えてくれなかった。彼が意固地になることはめったにないのよ。でも、そのときはすっかり意固地になって、その場所の名前は自分も知らないと言い張ったの。嘘よ――わたしには嘘だとわかっていたし、わたしがわかっていることを彼もわかっていた——でも、わたしがなんと言おうと、彼はゆずらなかった」

それは興味深いと思ったので、わたしはそう告げた。「怪しげだと言いたいんでしょう」自分を卑下するような口調だった。「怪しげだったわ。ひどく怪しげだったけれど、わたしはよくよく考えて、あることを思いついた。聞きたい？　きっと、わたしのことを頭がおかしくなったと思うわよ。ただの——なんていうか、直感みたいなもの。女の勘。だから、そこは飛ばしたほうがずっといいと思う」

わたしはほほえんだ。「それでも、あなたは古いほうのわたしに打ち明けたに違いありません」

「いいえ、ミスター・スミス、打ち明けてはいないわ。いまの話は忘れましょう。バリーが船を雇わなくてはならないだろうと言うものだから、わたしたちは海岸へ飛んで——」

わたしは片手を上げた。「直感の話が飛びましたね。それを聞かせてください」

ゆっくりと、ミセス・フェーヴルは枕の上で頭を動かした。「話したくない」

「からかってらっしゃいますね。そこは重要なところかもしれないので、ぜひお聞きしたいのですが」

「わかった。でも、お願いだから笑わないで。わたしにはなぜか、彼が解剖用の遺体を探しているに違いないと思えてならなかったの」

もちろん、わたしは彼女をまじまじと見つめた。「説明してくださいますね、ミセス・フェーヴル」

「ええ。バリーはとくに解剖学を教えていた。人体図を見たことがあるでしょう。ここに心臓があって、こっちに肺があって、ここには胃があって、とか。誰でも見たことくらいあるでしょう」

わたしは身を乗りだし、耳をそばだてた。

「本物の人体はひとつひとつ異なっているということ

は、本では学べない。脾臓は通常の位置にあるかもしれないし、ないかもしれない。小腸は異常に長いかもしれないし、異常に短いかもしれない。あなたは自分の額をなめることはできないし、わたしもできないけれど、できる人もいる。医者はそういうこともすべて学ばなくてはいけない。図解に示された臓器の位置を学ぶだけでなく、実際の臓器はあるべき位置にあるとはかぎらず、あるべき外見をしているともかぎらないことを学ぶ必要があるの。ここまでは、うまく説明できたかしら？」

「はい。完璧です」

「そういったことを教えるため、医学部の学生に遺体の解剖をさせるの。あまり気持ちのいい話ではないわよね」

わたしはうなずき、とにかく先をつづけるよううながした。

「解剖用遺体の入手は、いつも困難なの。都市によっては、ホームレスの遺体を——身元不明で、事件性のないことが明らかならば——近くの医大に引きわたすことを許可するでしょう。もちろん、クローンを、なんなら複生体《リクローン》を生成して、犠牲になってもらうことも可能でしょうけれど、それには莫大なコストがかかる」

ミセス・フェーヴルは長く黙りこんでしまい、二度と口を開かないのではないかと思われたが、ようやくこう訊ねた。「〝バークとヘア〟の話はご存じ、ミスター・スミス？」

わたしはうなずいて、少し時間を稼いだ。「聞いたことはあると思います。ふたりは死体目的の墓泥棒で、墓地から死んだばかりの死体を掘りだし、医学校に売っていたんですよね。危険な仕事です。なぜなら、亡くなった人の友人や身内がしばしば墓を警備していたからです。そういった危険を防ぐため、バークとヘアは人を殺して、その死体を売っていました。ふたりが怪しまれたのは、二、三時間前に医学生といちゃついていた女性を殺害したときです。女性はその後――まだ温かいまま――解剖台に載せられました」何世紀も前の古い犯罪について話していると、ある歌の記憶が呼びさまされた。わたしはどうにかつっかえずにうたえた。

　路地ぬけて
　階段のぼれば
　小さな家に、バークとヘア
　肉売るバークに
　ヘアは泥棒
　ノックス少年、肉を買う

　ミセス・フェーヴルはうなずいた。「何年ものあいだ、主人は必要な数の解剖用遺体を入手できずにいたわ。死後に献体しようという人はとても少ないの。バリーとわたしは数年前に、献体を望む書類にサインしたけれど。人間の寿命はどんどん長くなり、ホームレスが道端で飢えていたのは遠い過去の話になった――余剰食料を配布する食料貯蔵庫や、無料で食事ができるキッチンがあるでしょ、両方ともたくさんあるもの。そういう食べ物のなかには、本当にとてもよい食事もあるそうだけれど、最悪の食事でも生きていくことはできる」疲れて、不満そうに言葉を切った。「当然……そういうことは全部知っているわね」

「あなたは、ご主人が解剖用遺体の新たな入手先を見つけたと推測したんですね」

「ええ、そうよ。そして、わたしの推測は的中していた。彼は船を雇わなくてはいけないと言っていたので、目的地は明らかに沖合の島かなにかだった。小さな島が無数にあって、ちっぽけな島や取るに足らない島は、かなり緻密な地図でもないかぎり、地図には載っていない。それはご存じよね」

わたしは首をふった。「いいえ」

「海図なら、昔はそういう島々も載っていた。いまでは海図はスクリーンに表示されるけれど、そこにもそういった島々は載っているに違いないわ。実際に載っているかはわからないけれど、船がそこで座礁する危険がある以上、載っているでしょう。地図にも載らない小さな島のなかには、人が住んでいる島もある——住民は一世帯か二世帯、十数世帯ということもあるわ。いっぽうで、昔は人が住んでいたものの、何十年、何百年前から放置されている島もある。こういう情報のほとんどは、雇った船に教わったの。バリーが——バリーが……あとで」ミセス・フェーヴルは口をつぐみ、傍《はた》から見てわかるほど、取り乱すまいと努力しているのがわかった。

「わかります」わたしは声に同情をこめるよう努めた。

「彼がわたしから去ったあとで。船のことは説明したかしら?」

「いいえ、なにもうかがっていません。ぜひ、教えてください」

「船は美しくもなければ清潔でもなく、とうてい豪華とはいえない代物だった。でも、バリーがその船を見つけたときには、わたしたちは金額に折り合いのつく船を探して、二週間近くも沿岸をうろついていたところだったの。わたしたちはその船に乗りこんで船と話し、どう回ればなにもかも見られるか教えてもらい、その場で雇うことにした。バリーが料金を払ったと、あとで彼から聞いたわ。彼はその船を逃すのを恐れて、船の言い値をそっくり払ったのよ」

「わかりました。その船について、少し話していただけますか。できるだけくわしく説明してください。あなたが水夫でないことは承知しています。わたしも水夫ではありませんし」

「ええ。あれは漁船で、ただのヨットではなかった。漁船には漁ができる期間に関する法律があるんだけれど、そのことはご存じ？」

わたしは首をふる。

「毎年、漁をできる日は限られているの。その期間にたくさん魚が獲れれば、めでたしめでたし。ほとんど獲れなかったら、運が悪かったってこと。毎年、漁の解禁日にはすべての漁船が出航する。そして昼も夜も漁をおこない、乗組員に休みはなく、漁船の手入れもしない。最終日はいったいどんなありさまになっているのか、わたしには想像もつかないけれど、きっと難破船も同然でしょうね。主甲板の下には冷凍庫があり、運がよければ、そこが魚でほぼいっぱいになって、たくさんのお金が入り、乗組員のお給料や漁船の維持費を払っても、船の持ち主に大きな利益が残る。まったく運に恵まれなかった場合は、船も乗組員もただ同然で奴隷のように働くことになる。とんでもなく厳しい暮らしに違いないわ」

この話がどこへ向かっているのかさっぱりわからないまま、わたしはうなずいた。

「漁のできる期間が終われば、ほとんどの漁船は港に停泊したままになるけれど、その漁船はできるかぎり利用され、あちこちで小金を稼いでいたわ。あのあたりの島に渡りたいという人が二、三人いれば、連れていくの。そして帰る支度ができたら、あるいは島の人々が本土を訪れたいときなんかに、いつでも迎えにいく。スポーツフィッシングの人たちを丸一日、遠洋まで釣りに連れていくこともあるのよ」アダ・フェーヴルはそこでひと息ついた。

わたしが黙っていると、彼女はつづけた。「スポーツフィッシングは、免許さえあれば、まだ許されているの。といっても、一本釣りでないといけないけれど」また休んで、聞こえるように大きくため息をつく。「電極と網は禁じられている」

「ご主人はその漁船をチャーターしたんですね。契約条件はわかりますか？」

「契約書に書いてあることだけなら。バリーの決めたルートに従って航行し、なにか見えたらただちに彼に報告すること。彼が眠っていた場合は、起こすこと」

「なにかというのは、島のことでしょうか?」

「ええ。または、ほかの漁船や船、漂流物。上空を飛んでいく鳥。なんでもよ」

挙げられたものに戸惑いを覚えたものの、それは表に出さないようにして、わたしは訊ねた。「ご主人はどこで船を降りたのですか?」

「わからない。まずは、船室について話しておいたほうがいいと思うわ」ミセス・フェーヴルはためらい、頭を枕に預けたまま、大きな暗い目でひたすら天井を見つめ、こちらには一瞥《いちべつ》もくれない。「船室は三つあった。ひとつは大きい快適な部屋で、ふたつはそれより小さい部屋。もちろん、大きい部屋はよけいに料金がかかったわ」

「どうぞ、つづけてください」

「大きい船室にはふたつの寝台があって、二段ベッドのように上下に設置されていた。ほかには、テーブルがひとつに椅子が四脚、ストーヴなど。クローゼットもふたつあったわ」

「あなたとご主人が漁船に乗りこんだとき、ほかに純正の人間やクローンやボットはいなかった。いかなる同乗者もいなかったという理解で、合っていますか?」

彼女はほとんどわからないほどかすかにうなずいた。

「ええ、合っているわ。わたしたちは出航前に、マットレスとシーツと毛布を新たに二組買いこんだ。船は気にしていなかったわ。新しい寝具が手に入って喜んでいるんだろうと、バリーは言っていた」

「きっとそうでしょう」

「わたしたちはたくさんの荷物を持っていった。少なくともわたしは、行き先も、どのくらいの旅になるかもわからなかったんだもの。夏物も冬物も持っていったわ。それから、たくさんの化粧品も。石鹼とタオル数枚、バリーに必要かもしれないと思った細々したものも。バッグ五つ分になったわよ」そこで、ひと息つく。「同じシリーズのバッグ五つに」

わたしはうなずいた。

「バリーも似たようなもので、大きなバッグを三つ持ちこんでいた。そのうちのひとつは、重すぎてわたしには持ちあげられなかったわ。どうして覚えているかというと、港にもどってきたとき、人を雇って荷物を運んでもらわなくてはならなかったから」

「それは、ご主人が姿を消したあとの話ですよね」

「ええ。わたしはホテルにもどって――」

「ご主人の失踪について話してください。失礼ですが、その部分を飛ばしたようです」

「話せることはほとんどないわ。船は夜、ゆっくりと航行していた。常になにかに衝突する危険があるらしいの。船にはサーチライトとレーダーがついていたけれど、それでも……いくら大きな照明でも、日光と同じようにはいかないから」

「あなたがたの漁船は、夜間も休まなかったのですか？」

ミセス・フェーヴルはうなずいた。「ええ。少なくとも、わたしの知るかぎりは一度も休まなかった。船はひと晩じゅう自動操縦で航行していたわ、ちょうど地上車みたいに」

「わかります。つづけてください」

「ある晩、目が覚めると、船がバリーの寝台を揺すっていたの。わたしは下の寝台で寝ていて、バリーは上の寝台で寝ていた。えっと、そのことは話したわよね？」

わたしは手をふって、先をうながした。

「船はバリーの寝台を揺すりながら、なにか言っていた。内容はわからないわ――わたしは半分眠っていたし。バリーは起きあがって、わたしの寝台の横を下りていき、パジャマ姿で甲板に出ていった」彼女はため息をついた。「これを話すのはつらいけれど、わたしはまた眠ってしまったの。こういうことは前にもよくあったから。わかるでしょう、何度もあった。ひと晩に二、三度ということもあったのよ」

ミセス・フェーヴルは黙りこんだので、わたしは言った。「どうぞ、つづけてください」

「わたしが起きたときには、バリーの姿はなかった。甲板に出たのだろうと思い、わたしは着替えて外に出たわ。たいてい、一緒に朝食を食べていたものだから。けれど、甲板に彼はいなかった。濃い霧がかかっていてよく見えなかったから、わたしは霧のなか、彼を呼びながら甲板を歩きまわった。最終的に船に訊いてみたら彼は出ていったと言うじゃない。わたしが船室から出てくる数時間前に、べつの船が来て、バリーはそれに乗っていったと言うのよ」

わたしが聞いていなかったのではないかと心配するかのように、彼女はつけたした。「船は、バリーがべつの船に乗りこんで去っていったと言ったの。わたしが聞きだせたのは、それだけ」

「それで、あなたはどうしたのですか？」

「そのままバリーの指示どおりに航行をつづけてほしいと、漁船に言ったわ。聞きいれてはもらえなかったけれど。漁船は、バリーから新しい指示を受けたと言うの。ポリーズ・コーヴにもどれって。船はそのとおりにしたわ。支払いをしたのはバリーだから。船をチャーターする契約書にサインしたのは、バリーだけ。わたしは――ええ、五、六回話しあおうと試みたわ。それがどんなものだったかは、言いたくない」

わたしが黙っていると、アダはつけたした。「まるで埒《らち》が明かなかった」

わたしはうなずいた。「それなら、言わなくて結構です」

「それで港にもどったの。船は残りの料金を――全額を——要求してきたけれど、わたしはそれはありえないと思った。船の持ち主から連絡が来て、訴えるぞと脅されたわ。でも——」

「そういったことの前に、あなたは乗っている船に、ご主人を連れさった船のことを訊かなかったのですか？」

「もちろん、訊いたわ。船が多くを知っていたとは思えないし、知っているわずかなことさえ説明するのに苦労していた。船が言うには、バリーが乗っていた船はラガーだったそうよ」アダ・フェーヴルは、そこで少し休んだ。「よくある小型の帆船のこと。そのラガーには数人の男女が乗っていたらしいわ。わたしたちの漁船に近づいてきて、進路を変えろとか——エンジンを逆回転させて停止しろとか指示したんですって。バリーは船べりへ行き、その船の人たちと話をして一、二分すると、船べりを乗りこえてそちらの船に……ラガーに乗りこんだそうよ。その後、ラガーは漁船から離れ、バリーを乗せて去っていった。わたしは船に、バリーは荷物を持っていったか訊ねたわ。持っていかなかったと思うという返事だったけれど、バリーの持ってきたバッグがひとつ消えていたの」

「ひとつだけですか？」

彼女はうなずいた。「帰ってくると、船の持ち主たちと大喧嘩になったわ。わたしはお金なんて一切払いたくなかったし、向こうは訴えると言ってくるんだもの。わたしは向こうの弁護士と話をして、わたしたちが海にいた期間だけ、一日につき一定の金額を支払うということで合意した。わたしはその金額を支払い——契約していた全額ではないけれど——その件は解決した」

「その漁船の名前はわかりますか？」

ミセス・フェーヴルは思いだそうと長々と考えこみ、わたしがべつの質問であやうく邪魔してしまう寸前で、ようやく返事があった。「〈サード・シスター号〉。そういう名前だったわ――というか、とにかく、そんな感じの名前だったと思う」

「この本を見つけたときのことを話していただけますか？　あなたがこの本を見つけたとき、地図はすでに後ろに貼りつけてありましたか？」

「ええ。地図は最初からついていたわ。ここには小さなホテルがあるの。チェーン展開しているようなホテルではなく、独立系の。確か、そう呼ぶのよね。〈ポリーズ・コーヴ・イン〉というホテル。わたしたちはそこに滞在して船を探していて、そのうちバリーが漁船を見つけ――漁船には名前があって、確か女性にまつわるものだったわ。ずっと思いだそうとしているんだけれど」

「〈サード・シスター号〉ですか？　さっき、そうおっしゃいましたよ」

「いえ――話してないと思うわ、ミスター・スミス。あなたの名前はスミスよね？　前のリクローンと同じ？」

「はい、ただし最後にeのつくスミスです。あなたは漁船を降りたあと、〈ポリーズ・コーヴ・イン〉にもどったということで合っていますか？」

「ええ。一週間泊まったと思う。わたしはずっと考えていた。ひとりでハイ・プレーンズに帰って――そしてバリーのことを説明しなきゃいけない。でも、彼にもどってきてほしいという気持ちがおさまらなかった。もう一日。あと一日だけ……。あれから、どれくらいたったかしら？　一年。数年。どれくらいの年月がたったのか、わからないわ。それでもわたしは、まだ待っている」

「チャンドラが生まれたとき、あなたはどこにお住まいでしたか？」

「ここよ。ホテルじゃなくて、ここ。この家。娘を家に連れてきたときのことを覚えているわ。わたしはこう思っていた――わたしには娘を見せてあげる相手がいない。何度もそればかり考えていたけれど、間違いだった。ミセス・ヒューズがわたしと娘を待っていてくれたの。そこの戸口に立って、わたしたちを迎えてくれた。わたしは彼女にチャンドラを見せたわ。ほんとに誇らしい気持ちだった。とても誇らしくて、幸せだった！　それで思ったの――まだ信じよう、いつかバリーが帰ってきて、チャンドラを見せてあげられる日が来るって。彼にあなたの娘よと言ってあげられる日が来るって。ただ……」アダはため息をついた。

「ただ？」

「彼が帰ってくることはなかった。それでも、いずれ帰ってくる。それは確信しているの、ミスター・スミス。帰れるときが来たら、帰ってくる。それもできるだけ早く」

「あなたは〈ポリーズ・コーヴ・イン〉を出て、この家を買ったんですね」

　ミセス・フェーヴルの頭がゆっくりと左右に動いた。

「借りたの。まだ、借りているわ――とても安いのよ。わたしは対面電話《eeフォン》を持っていて、チャンドラがわたしに代わって電話をしてくれる。わたしは預金の引き出しの許可を出すの。ハイ・プレーンズの家は売ったわ。売るしかなかった、おかげで大きなお金が入った……。向こうでは、家の価格がとても高いの」

「大学があるからでしょう」

「わたしたちの家はとても素敵だった。この家ほど大きくはなかったけれど。この家は部屋が多すぎて、かぞえたこともない。からっぽの部屋ばかり。ほとんどの部屋は、ほぼからっぽ。これはわたしの家具。わたしが買ったの……確か、わたしが買ったはず。たぶん確かだと……」

　わたしは言った。「疲れさせてしまったようです。あなたはご主人のバッグを開けたに違いありません。彼が船に残していったふたつのバッグを。この本はそのなかに入っていたものですか？」

「ええ。〈サード・シスター号〉。それが、わたしたちの乗った船の名前。〈サード・シスター号〉」

わたしはもうひとつ質問したが、返事はもらえなかった。アダ・フェーヴルは眠っていた。*4

5　冷たいティーパーティー

ドアを開けると、チャンドラが廊下で待っていた。わたしは咳ばらいをして言った。「ずっと聞いていたんですね。そうではないかと思っていました」いかにも大人らしい、少しも好意的でない口調に聞こえたとしたら、まあ、そういうつもりで発言したからだ。

彼女は黙ってうなずき、わたしと目を合わせようとしない。ほんのかすかな笑みも浮かんでいない。

「これからキッチンへ行くところです。一緒にいらしてもいいですよ」彼女はいい子なので、わたしはやさしい言い方をしようと、つけくわえた。「そのほうが威厳が出るでしょうし、あなたと一緒のほうがうれしいです」

キッチンでは、ミセス・ヒューズが小さな食卓で三本脚のスツールにすわり、なにやら考えこんでいるようすだった。わたしにはわかった、少なくともわかったと思っていた。彼女の顔がはっきり見えた瞬間――彼女の向かいに置かれたぐらつく古い樹脂木の椅子にすわり、その顔をよく見る機会が来たとき――はっきりとわかった。彼女は、わたしと同じ、複生体《リクローン》だ。純正な人間の子どもは生まれる前に修復され、リクローンは修復されない顔の小さな欠点があるが、リクローンのそういった欠点に人々が意識的に気づくことはほとんどないという説がある。その説はおそらく真実だろうが、真実であれ誤りであれ、わたしがそういった欠点に意識的に気づくことはほとんどない。そういう欠点を確実に知る必要があるのに見つけられない場合、確実にわかるテスト法がある。顔の左半分と右半分が完璧に左右対称をなす場合、それは純正な人間だ。保証する。

友好的な雰囲気をつくろうと、わたしは声をかけた。「昼食になにをつくろうか、お悩みのごようすですね」

彼女は顔を上げ、首をふる。「いいえ。この家のお客さま？　ミセス・フェーヴルを訪ねていらしたんですか？　昼食はもう保温器に入れてありますけど、特別なリクエストがあれば、喜んでおこたえしますよ」

わたしは首をふった。「わたしはリクローンです、ミセス・ヒューズ。ミセス・フェーヴルがチャンドラをポリーズ・コーヴ公共図書館へ行かせ、わたしを借り出してきたんです。わたしに特別なリクエストはありませんし、もしあったとしても、あなたがそれにこたえる義務はありません。ひょっとして、ミリー・バウムガートナーをご存じではありませんか？　じつに数多くの料理本を書いた女性なのですが？　わたしは彼女の友人です」

チャンドラが入ってきた。「この人は大丈夫よ、ヒューズさん。信用できる人だから」

「ミリセント・バウムガートナーの本のことは知っています……」ミセス・ヒューズはためらった。〝お客さま〟と呼びかけたいところだが、わたしにその呼びかけはそぐわないとわかっているのだ。「二冊持っていますし、ときどきチャンドラが図書館からほかの本を借りてきてくれるんです。彼女の書いたペストリーの本は本当にすばらしい、わたしが知っている本のなかでいちばんです」

「いま、図書館にミリーがいますよ。ずっとではなく、図書館間相互貸借で来ているんです。あなたがご希望になるかと思ったものですから」

ミセス・ヒューズは首をふり、チャンドラも言う。

「あたしもべつにいいかな」

「正確には、彼女はリクローンです。先ほど、わたし自身もそうであると申しあげました。あなたはそのことに気づいていたはずです」

答えはゆっくりと返ってきた。「ええ。確かに気づいていました」

「チャンドラがあなたをリクエストして、おそらく、お母上があなたを借りたがっていると伝えたのでしょう。彼女は同じ方法でミリーを呼ぶことも可能だと思います」

チャンドラはうなずく。

「言わなくてはいけないでしょうか？」またもや、〝お客さま〟が出そうになる。

わたしはため息をつきたくなった。「なるほど。あなたは返却期限を過ぎていますので、残念ながら告発するべきでしょうが、わたしはいたしません。いまも、自分の書架に帰ってからも」

チャンドラが言った。「ヒューズさんは二年近く、ここにいるの。母さんからヒューズさんのことは紛失したと言いなさいって言われて、そうしたの。それで母さんは全額払わなきゃならなかった――預けた保証金はあきらめてくださいって、図書館に言われたの。だから、母さんはそうした。そんなわけで、いまヒューズさんはあたしたちのものってわけ。それでわたしたちは満足してるし、ヒューズさんも満足してる」

「ここなら、焼却処分されることはありませんから」ミセス・ヒューズはわたしに言った。「ミセス・フェーヴルは、そう約束してくれました。彼女はいい人です。きっと約束を守ってくれます」

わたしはもちろん同意したが、内心ではそこまで確信していたわけではない。確信と誠意は偽装するのがかなり困難なこともあるが、わたしはときどきうまくやってのける。

「図書館でわたしを見つけたら、彼らはわたしの返還を要求するでしょう、お客さま」（彼女は〝お客さま〟と呼ぶまいとするのをやめていた）「あそこの人々がどういう連中かは、あなたも知っているはずです」

わたしは知らなかった。そこで、図書館間相互貸借でここの図書館に着いたばかりだと説明しようとした。

「彼らはわたしの返還を要求するでしょう。そしてプレンティス館長がわたしを利用者なしの蔵者と認定して、ミセス・フェーヴルに保証金を返したら、ミセス・フェーヴルにできることは訴訟を起こす以外なくなってしまいます」

「ミセス・フェーヴルがそうなさることはないでしょう」わたしはうなずいた。「わかりました。ミセス・ヒューズ、わたしはミセス・フェーヴルのリクエストで、いくつか調べていることがあります」

「わかっています、お客さま」

「あなたなら、そのひとつを簡単に、しかもあっというまに解決する手助けができるでしょう。あなたは確実に協力してくれるはずです。消灯後、黒いなにかがミセス・フェーヴルの寝室に入ってくるそうです――どうやって入ってくるのかは、わたしにはわかりかねます。それは床に平らに広がって、ミセス・フェーヴルのほうへ這っていきながら、泣くのだそうです——少なくとも、チャンドラは泣くと表現していました。彼女はそれを——少なくとも二回——聞いているので、彼女の言葉の使い方を信頼するのが賢明だと思います。シクシクとか、クーンとか、エンエンといったものでしょう。さらに、それは二言三言しゃべるそうです。あなたはそれについて、わたしやチャンドラよりよく知っているはずなので、いまお聞かせねがいたい。話してください。あなたがなにをしたにしろ、そのことで罰を受けることはないと保証します」

ミセス・ヒューズは下唇をわななかせ、じっと見つめている。チャンドラは彼女を安心させようとハグして、わたしに出ていけとしきりに手をふった。

わたしはうなずき、「あなたのお母上の犬をいじめるつもりはありませんと、説明してください」と言うと、すぐにひとりで図書館まで歩いて帰った。

到着したときには、昼食の時間は終わっており、夕食まではまだ何時間もあった。画面《スクリーン》で地図をいくつか見おえると、わたしは立ちあがって目をこすり、じっくり考えてみた。空腹だったが、それを言うなら、以前誰かに言われたように、わたしは常に空腹だ。料理の本を読めば、よけい空腹になるだけだとわかってはいたが、するべきことはしなければならない。というわけで、わたしは十数冊の料理本を、ほとんどはスクリーンで、二、三冊は黄ばんだ紙のページをめくりながら見ていった。

エリザベス・ヒューズの書いた本は、『一時間ででできる、おもてなし料理』、『15分でできる、ふたりのランチ』、『家族の知らない54の本当においしい軽食』だった。最後の本のなかのある章を読みはじめたとき、ミリーにつかまった。

「まさか料理を始めるなんて言わないでよ、アーン！」ミリーは深刻な顔をつくってみせる。

「とんでもない。またひどい空腹を感じていたところです。なかには、じつにおいしそうな料理があるものですから」

「実際においしい料理がたくさんあるのよ、材料が手に入ればだけれど。その本は、ほとんどの栄養サービスが聞いたこともないチーズを使いがちなの」

「わかります。著者本人はどんな方でしたか、ミリー？　彼女のことは知っているに違いありません」

「そんなによく知ってるわけじゃないわ」ミリーは少し考えた。「どうして彼女のことを知りたがっているのか、教えてくれる気はある？」

わたしは首をふる。「どうか、推測なさらないでください」

「もうしてるけど、地団駄踏んで騒いでまで、その推測が当たっているかをあなたに吐かせるつもりはないわ。わたしが知っていたころの彼女は、内向的で物悲しい雰囲気の人だった。彼女が牛肉と鶏肉にほとんど触れていないことには、気づいてた？」

わたしはまた首をふる。

「魚を食べることには抵抗なかったようだけれど、鳥や動物は？　どちらにも抵抗があったみたい」

「鳥類と哺乳類ですね」

ミリーの肩が上がって下がる。「はいはい、誤りは認めるわ。彼女は動物好きだった。いつだったか、どこかの男性が彼女に犬の焼き方を訊ねた場に、聴衆のひとりとして居あわせたことがあるの。彼は冗談のつもりだったんだけれど、彼女は凍りついていた。すっかり、固まってたわ。最終的に、彼女を紹介した女性が出てきて、彼にホットドッグの焼き方を教えたの。その後、ほかの人が十分間の休憩を宣言して、ステージが暗くなると、ほぼすべての客がぞろぞろ出ていった。ほとんどはトイレへ行ったんだと思う。十五分か二十分たって、だいたいみんな帰ってきたときには、ベティ・ヒューズは落ち着きを取りもどしていたわ。

この話、もっと聞きたい？」

わたしはうなずいた。

「すわる気はないわけ？」

われわれはテーブルへ行き、わたしは彼女に椅子を引いてやった。そして彼女がすわると、わたしも隣の席に着いた。

「あなたって、こういう四本脚の椅子の扱いをちゃんと心得ているのね。なんだか不思議に思えてきた」

「わたしは多くのことを不思議に思っていますよ。とりわけ、わたしの利用者について」

「あなたは返却されたんじゃなかったの？」

「いいえ。昼食をとりたくてもどってきたのですが、遅すぎました」

「あなたの利用者は食事を出そうとしなかったの？」

わたしはうなずいた。「彼女は眠っていたものですから。彼女のお宅の料理人がわたしたちに――利用者の娘さんとわたしのことです――食事を用意しようとしていたのですが、わたしは彼女を動揺させてしまって、すぐには元気になりそうになかったんです。それでここにもどり、犬の本と料理の本を見ようと思ったのですが、犬の本については、まだ収穫がありません」

「興味深い時間をすごしていたようね、アーン。わたしは探偵じゃないけれど、兆候くらいわかる」

「はい、そのとおりです。じつに興味深い時間でした」

ミリーはさっと周囲に目を走らせてから、また口を開いた。「わたしに相談してみたら、なにか役に立てるかもよ」

「そうですね、では始めましょう。犬についてはくわしいですか？」

彼女は無言で首をふる。

「わたしもくわしくありません」わたしは考えるのをやめ、ミリーがどこかへ行ってくれないものかと思っていた。「かつて、ある女性に、子どもより犬についてのほうがくわしいと申しあげたことがありますが、あれはあながち嘘ではありません」

「それでも、たいして知ってるわけじゃないんでしょ」

「そうなんです、なにしろ、わたしの知識は時代遅れなものですから。料理本にとりかかる前に、犬の本二冊に目を通しました。それによると、わたしが聞いたこともない犬種が、少なくとも二十四種類あり、しゃべるのがもっとも上手な犬種もわかりましたが、わたしが知りたいことは載っていませんでした」

「利用者があなたに調べさせたがってることとって、なんなの？　わたしも協力できるかもしれない」

わたしは深々と息を吸いこんで、ため息をついた。

「彼女が本当に望んでいるのは、探偵です。しかし大金をはたいて探偵を雇わなくとも、図書館からただでリクローンの蔵者を借りるほうが理にかなっているでしょう？」

「つまり、純正な人間の探偵を雇うには大金がかかるってこと？」

わたしはうなずく。「優秀な探偵の場合は。非常に高価です」

「彼女にはお金がないんでしょう。それに、ここにわたしたちが雇えるような探偵がいるとは思えない。ここはただの村よ、アーン」

「わかっています。私立探偵はポリーズ・コーヴについては——それから海についても——わたしと同じくらい無知かもしれません。ですが『シャーロック・ホームズ』の著者なら強力な助っ人になってくれるでしょうし、エラリイ・クイーンとして活躍したおふたりもです。あるいは、のっぽのジョン・シルヴァーと少年ジムの話を書いた方も……」

「なにか思いついたみたいね。なに？」

「ジム・ホーキンズ」わたしは大きく深呼吸した。

「あの本をご存じですか？」

「『宝島』？　ええ、知ってるけど。父が読んでくれたし、わたしも孫たちに読んであげたわ。ずいぶん古くさい話かなと思ったけれど、孫たちは気にしていなかった」ミリーはハンカチを取りだそうとしている。

「それはもちろん、初代のあなたの人生の話ですよね」

「え、え、ええ。ずっと、ずっと、ずっと昔のこと。わたし、スクリーンを見てたの、アーン。あの子たちがどうなったか知りたくて。どんな人生を送って、どんなふうに亡くなったのか。すごく知りたかった。こんな話、たぶん興味ないでしょうけれど」

興味はあるので、わたしはそう告げた。

「あの子たちの名前は、もちろん覚えているし、あの子たちの母親や父親たちの名前も。でも、どうしても確信が持てなくて……」

「わかります」

ミリーのため息は、ほとんどうめき声のようだった。

「話題を変えましょう。あなたの利用者の目的はなに？」

「複雑な話なんです。複雑なことのひとつは、わたしには実際、ふたりの利用者がいるように感じることです。法的にわたしを借り出したのは、ミセス・フェーヴルです。彼女の名前が記録に残っていますし、保証金を払ったのも彼女です。しかし、彼女の娘さんが――」

ミリーはわたしの腕にやさしく手をのせた。「その場合は、ミセス・フェーヴルがあなたの利用者よ、アーン。わかっているでしょ」

「はい。スパイス・グローヴ図書館からわたしを取り寄せるよう、こちらの図書館にリクエストしたのもミセス・フェーヴルですが、彼女がこちらに来てわたしを借り出し、家に連れて帰ったわけではありません。それをしたのは、彼女の娘のチャンドラです。ですから、心情的にはチャンドラがわたしの利用者だと思えてならないのです。もしくは、チャンドラも利用者のひとりだと。お好きなほうを選んでください」わたしはしばらく口を閉じた。話すべきだとわかっていることを、つけくわえたくなかったのだ。「チャンドラはまだ子どもです」

ミリーは小声でくすくす笑った。「あなたはけっして利用者を裏切らないものね。しかも、子どもをがっかりさせるなんて、情に厚いあなたにはできっこない。だから、わたしはあなたが好きなのよ」

「かまいませんよ、あなたがそう思いたいならば。はい、ふたりの利用者は、それぞれ違う問題を抱えています。ふたりの問題は相互に関連があるかもしれませんし、ないかもしれません。それを見極めるのは時期尚早です」わたしは話を中断し、きれいに洗われブラシをかけられた愛らしい犬の写真を脇へどけた。それから、自分が食べるとなると気恥ずかしさを覚えそうな、すばらしく完璧な料理の写真も。

「その女の子はどんな問題を抱えてるの?」

「黒っぽい——本人は黒いと思っていますが——生き物が、夜、母親の寝室に入りこみ、泣きながら母親のほうへ這っていくそうなんです。彼女の言う〝泣きながら〟は、クーンとか、シクシクといった鳴き声のことです。というか、わたしはそう考えています。その生き物は、ときどき少ししゃべるそうです」

「それは興味をそそられるわね!」

「ええ、そうでしょう。チャンドラと母親がその生き物に怒鳴ったり、あっちへ行けと言ったりすると、その生き物は消えてしまうらしいのです」

「夜の話よね? 室内に明かりはないわけ?」

「あるとは聞いていません」*5

「なら、消えるのは簡単なはずね」

「そう思われます。ですが、チャンドラが室内を探しても、なんの痕跡もないのです」

「でも、あなたはその正体を犬だと思っている」

わたしはうなずいた。「行動が犬に似ていると思うのです。消えてしまう点以外は」

ミリーは考えこんだ。「それが、のっぽのジョン・シルヴァーとなんの関係があるわけ？」

「チャンドラの母親のほうは、まったくべつの問題を抱えているのです。母親は地図を持っています。宝の地図のように見えますし、おそらくそうなのでしょうが、なんの地図かという説明はどこにもありません。どうやら、彼女の失踪した夫が持っていたものらしいのですが」

「あら、あら、あら！　で、〝宝島〟の場所は？」

わたしは首をふる。「わかりません、ミリー。地図には明記されていないのです」

「書いてなくても、ミセス・フェーヴルは、あなたなら見つける方法を知っていると思ってるんでしょ。思ってるにきまってる。そうでなきゃ、あなたを借り出すわけがないもの」

「ほかにも理由があるのかもしれませんよ、というか、少なくとも、わたしはそう感じています。あなたの協力を得られるとは思っていませんでしたが、せっかく得られたのですから――」わたしは立ちあがった。

「ロビーへ行きましょう」

「プレンティス館長ともうひとり女の人が、カウンターにいるわ。ふたりとも忙しくしている」

「それはよかったです。そのまま忙しい状態がつづくことを祈りましょう」

人混みをぬってひょいひょい通りぬけていくと、古い版のわたしがすわっていたベンチは空いていた。

「彼を見ましたか？」わたしはミリーに訊ねた。「あなたは、プレンティス館長ともうひとりの図書館員のことを知っていました。ここに古いほうのわたしがすわっていたのは、見ましたか？」

ミリーは首をふる。

「片腕の老人です。彼は四十年後のわたしです。かなり前の版のため、すこぶる安値で売りに出されていました」

「つまり、この図書館は長年、あなたのリクローンを一体、所蔵していたのね」

「断言はできませんが、その可能性は高いでしょう」

「じゃあ、どうして、わざわざスパイス・グローヴ図書館からあなたを借りたりするの?」

「所蔵しているリクローンが古くなって、傷んできたからでしょう」そのとき、誰かがわたしにぶつかり、あやまった。わたしはつづけた。「推測することはできますが、彼を探しだして訊いてみましょう」

べつの誰かにぶつかられ、わたしは倒れそうになった。左足が滑り、倒れるまいとミリーにつかまる。

「ほら、しっかり!」ミリーはわたしを支えてくれた。

「わたしが頑丈でよかったわね」

わたしは彼女に礼を言った。「ここから出ま――」

「それはなに、アーン?」

わたしの左の靴に血がついている。

わたしは首をふって、ベンチに腰を下ろし、数秒後にミリーも隣にすわった。たぶん、そのとき彼女はなにか言っただろう。そうだとしても、わたしはなにを言われたか忘れてしまった。

人混みはだんだん、まばらになっていった。十数人が、八人から十人になり、さらに三、四人になる。思っていたよりずいぶん遅かったが、ついにプレンティス館長もいなくなった。

わたしはミリーを肘でつついた。「あなたにはすでにさんざんお世話になっています。それはわかっていますが、もう少し協力してもらえますか?」

「いいわよ、なにが起きているのか教えてくれたら」

「いまは、まだそのときではありません。カウンターへ行って、そこの図書館員に話しかけてください。あの利用者の左側に立って、横から質問をさしはさむんです。はいかいいえでは答えられない質問がいいです ね。追いはらわれそうになっても、その場にいてください。もし質問に答えてくれたら、またべつの質問をします——なんでもかまいませんが、わたしとは関係のない質問にしてください。協力してもらえますか?」

「OK。ただし、わたしに借りを作ることになるわよ。それも大きな借りを」

図書館員がミリーのほうを向くまで待ってから、わたしは古いアーン・A・スミスの死体をベンチの後ろから引っぱり出した。何人かの利用者が目をむき、ひとりの女性がはっと息をのんだが、わたしは無視する。

血痕のついたラベルを拾ってみると、そこには死んだわたしの値段が書かれていた。わたしが値札を彼の首の残骸に巻きつけているとき、こちらを見ていた男性のひとりが笑った。故アーン・A・スミスの服のポケットをたたくと、鍵が出てきた。安っぽい紫色のキーリングは、なにか子ども向けのゲームの賞品だろう。死んだわたしにには聞こえないことくらいわかっているが、わたしは小声で誓いながら、鍵を自分のポケットに入れた。

ロビーを横ぎっていき、わたしはミリーの肘に触れた。「こらこら、図書館の方をわずらわせるのは、また今度でいいでしょう」彼女はうなずき、わたしのあとからテーブルまでついてきた。そこでわたしは前回と同様、彼女に椅子を引いてやる。

ふたりともすわったところで、ミリーがささやいた。「いったいなんだったのよ、アーン? こっちはおもしろかったけれど、あなたはなにをしていたの? 本当のことを教えて」

「あのベンチの下から古いリクローンを出して、またベンチにすわらせてやったんです。彼は亡くなっていました」あのときの恐怖が胸にこみあげてくる。それをふりはらおうと、わたしは頭をふった。「何者かに喉を掻き切られていました」

ミリーは目を見開いた。

「小さい刃物か、とにかくそのような道具だと思います。小さく、非常に鋭利なもの」そこまでは容易だったが、次がつらいところだ。「それをおこなったのは、彼自身である可能性もあります」

「彼はこの図書館の蔵者だったんでしょ？」ミリーは話題を変えようと訊ねた。

「そう思いますが、わたしたちと同じ経緯でこの図書館に来たとも考えられます。ミセス・フェーヴルは以前、彼を借り出していました。彼は彼女のために調査をしていたようなので、わたしは彼と話すのを楽しみにしていたんです。ところが、先に何者かが彼に接触したのでしょう。その人物になにを言われたのか、あるいはされたのかはわかりませんが、それが彼を死に追いやったのです」

「彼はなにを書いていたの？　名前は？」

「ミステリーを書いていました。筆名は、アーン・A・スミス。〝スミス〟は最後に黙音の〝e〟がつきます」

その言葉はしばらく宙に浮き、ミリーの口がきれいなピンクのOを形作る。そして、ようやく彼女が口を開いた。「彼はあなただったのね。てことは、あなたがなにか見つけたと考えて間違いないんじゃない」

「あるいは、何者かがそう思ったか、彼に見つけられるのを恐れたといったところでしょう。ええ」

「彼は、わたしたちがここに出てくる前に、このロビーにいたのかしら？　さっき、そんなようなことを言っていたわよね」

「そのとおりです。彼はここにいました」

「じゃあ、その何者かがなにかを見たのかもしれないわね」

「それについても同意見です。問題は、それが誰だったのか、ということです。誰がやったのか？　その何者かが存在すると仮定しての話ですが」二台のボットがやってきた。一台はキャスター付きの大型ごみ箱を押し、もう一台は二本のモップとバケツをひとつ持っている。われわれが立ちあがってドアのところから見ていると、二台のボットはアーン・A・スミスの遺体をごみ箱に入れ、血痕をモップでふきはじめた。すぐに一台が腕を伸ばし、定規ほどの大きさの銀色に輝く金属片らしきものを拾いあげた。そして二、三秒、目の前にかざしてから、ごみ箱に放りこんだ。

ミリーが小声で言った。「あのボットたち、証拠を隠滅してるんじゃない?」

「おそらく。ですが、わたしはさっき彼のポケットを探っておきましたし、わたしたちにボットを止めることはできません。彼らは指示を受けてやっているのですから。プレンティス館長が、帰る前に彼を見たに違いありません。ひょっとしたら、あとで誰かから報告を受けたのかもしれません。館長はボットに指示しているはずです。遺体を回収し、焼却し、床にモップをかけろと」

「それって犯罪でしょ。わたしたちも警察に通報できるはずよ。ちゃんと捜査やなにかをしてもらわなきゃ」

わたしはほほえんだ。「殺人犯に裁きを受けさせるために」

「そう、それ」

「わたしたちにも通報できるはずですが、現状では、これは殺人ではなく器物損壊にすぎません。彼はこの図書館の所有物と考えられます。もし何者かが彼を殺害したとしたら、その人物に対して、図書館が彼の値段として要求する額を弁償させることはできます……」わたしは口をすぼめた。

「どうしたの?」

「チャンドラ! あの少女です。彼が来ていた目的は――チャンドラですよ」わたしはまた立っていたが、立ちあがった記憶はなかった。

新たな声がした。「ああ、ここにいましたか、ミセス・バウムガートナー」

べつのボットだ。

「あなたは貸し出されることになりました。利用者が来ています。一緒に来てください」

ミリーはため息をつき、肩をすくめると、ボットのあとから出ていった。わたしもついていく。

利用者はすでにローズを借り出し、ロビーでミリーを待っていた。彼は思っていたより背が高く、かなり若い風貌で、ローズよりは年上だが、ミリーよりはるかに若く見える。

わたしはチャンドラのことを誤解していたのだろうか？

三人が飛揚《ホバークラフト》タクシーに乗りこむのを見て、わたしはなかにもどり、カウンターの図書館員に質問する機会を待った。「あれはドクター・フェーヴルではありませんでしたか？」

「ええ、そうよ。彼に会ったことがあるの？」

わたしは首をふる。「ですが、彼のお宅にお邪魔したことがあるんです。わたしはいま、ミセス・フェーヴルに借り出されているところなので」

「本当に？ ちゃんと彼女の許可を得て、ここにもどってきているのだといいけれど」

わたしはにっこりとうなずいた。「もちろんですとも。彼女のために、食事と犬のことを調べているんです。彼女のご主人にはお会いしたことがありませんが、ご自宅で写真を拝見しました。ひょっとして、彼がミリー・バウムガートナーを借り出した理由をご存じではないでしょうか？」

「ミリーの料理の腕が目的だと思うけど」

わたしはうなずき、そろそろミセス・フェーヴルのところへもどらなくてはと告げた。

外に出ると、ミリーとローズとドクター・フェーヴルの姿はすでになかった。わたしは坂道をぶらぶらとくだっていき、次にのぼって、見晴台付きの背の高い白い家まで来たが、そこにも彼らの姿はなかった。

チャンドラはキッチンでサンドウィッチを食べていた。「ひとつ食べる、ミスター・スミス？　あたしがヒューズさんに頼めば、つくってくれるよ」

「あら、あなたに頼まれてもつくりますよ」ミセス・ヒューズは言った。鼻と目が赤くなっているが、涙はふいてある。「わたしたちはお友だちでしょう」

わたしはほほえみ返そうとした。「ええ、とてもいい友人ですよ。たとえ、あなたがサンドウィッチくらい自分でつくるべきだと思っていたとしても」

「そんな必要はありませんよ、お客さま」彼女は冷凍庫からパンを取りだしにかかった。「パンの種類はどれがいいかしら。ホワイト、サワードウ、それともライ麦？　お望みなら、たぶんここらへんに全粒粉のパンもあると思うんですけど」

わたしは咳ばらいをした。「最初の三種類のどれかで結構です。おまかせします」

小さい声で、チャンドラがなにか気になっていることでもあるのかと訊いてくる。

「それは、のちほど」わたしは自分でもちゃんとわかっているのか、定かではなかった。「ふたりだけのときに」

チャンドラはうなずき、すぐ笑顔になった。「ねえ、パティオで食べない？　庭を見せてあげる」

「ぜひ拝見したいものです」

ミセス・ヒューズがわたしのサンドウィッチと湯気を上げる紅茶の入った大きなマグカップを持ってきてくれると、チャンドラとわたしはそれぞれの食べ物を携え、それまで見たことのなかった短い廊下を歩いていった。

そこには道具小屋と、明らかにもう使われていない古い温室があった。ほかには六つの花壇があり、夏にはユリやワスレグサ、アヤメやバラの花が咲いていたのだろう。なによりすばらしいのは、舗装された小さなパティオだ。パティオにあるのは、天板にタイルを貼った丸テーブルと、大きな黄色いパラソル、そして低い背もたれの椅子が四脚。チャンドラはパラソルを開いて風よけになる位置にセッティングし、そのあいだにわたしは自分の皿とナプキンとマグカップをテーブルに置いてくつろいだ。

作業を終えたチャンドラが、食べかけのサンドウィッチとココアの入ったマグカップの前にすわると、わたしは言った。「今日の午後、ひとりの図書館員にある嘘をつきました」

「ほんと？　冗談じゃなくて？」チャンドラはにやりとした。「それってぜったい、生まれて初めての嘘でしょ」

わたしは首をふる。「いいえ。ですが、ここポリーズ・コーヴに来てからは初めてだと思います。わたしは図書館員に、あなたのお父上の写真を見たと言ったんです――ドクター・フェーヴルはあなたのお父上ですよね？」

「あたしの知るかぎりは」

「『自分の父親を知っているのは、賢い子どもだ』意味はおわかりですね。わたしは図書館員に、この家でドクター・フェーヴルの写真を見たと言いました。それは嘘です。わたしは見ていません、一枚も。なぜか教えていただけますか？」

「母さんが隠したから」それだけ言ってチャンドラは静かになり、次の質問を待っている。わたしが口を開かずにいると、彼女はつけたした。「父さんの写真を見たら、母さんは泣いちゃうの。なにもかも普段どおりっていうときに、父さんの写真が目に入ると。前は、母さんの寝室に一枚飾ってあったの、ふたりが並んで立ってる写真が。それに、父さんのアップの写真が玄関にあった。アップの写真がときどき母さんに話しかけるようにしてあったんだけど、二、三年前に母さんがふたつともはずしちゃった」

「そのふたつの写真がいまどこにあるか、ご存じですか？」

「うん。父さんの部屋にあるクローゼットの棚の上。もうずっと見てないけど、前はそこにあった。なんで図書館の人に、あたしの父さんの写真を見たなんて言ったの？」

「自分の知らない人が何者かを突き止めるには、それが最善の方法のひとつだからです。普通に訊ねれば、相手はこう言うでしょう。『なぜ、知りたいのですか？』とにかく、図書館員はしばしばそう言います。いつもといってもいいかもしれません。ですが『あれはジェイク・ギブソンではありませんか、ギブソン家の長男の？』と訊けば、『いいえ、あれはフィル・ロビンソンよ』と答えてくれるでしょう」

チャンドラは一瞬、目を見ひらいた。「そうなんだ……」

「それに、わたしはぴんと来たのです。ポリーズ・コーヴには、リクローンの蔵者は多くありません。わたしたち三人は図書館間相互貸借でこちらに貸し出されてきたのです。全員、スパイス・グローヴ公共図書館からまいりました。なんたる偶然でしょう。もし、偶然としたらですが」

チャンドラはゆっくりうなずいた。

「リクローンを借り出すには、高額の保証金を預けなくてはならなかったはずです。このあたりには、それだけの金額を出せる人が何人いらっしゃいますか？」

「知らない」

「それでは、推測してみてください。六人？　もっとでしょうか？」

「そんなわけないじゃん」チャンドラは首をふる。

「二、三人ってところかな、母さんをのぞいて」

「おそらく、そのとおりでしょう。十人もいないのは確かだと思います。九人でも驚きます。あなたのお母上はわたしをリクエストしました。それまでは、わたしより古い傷んだリクローンを閲覧していましたが、最終的に彼に見切りをつけたのか、あるいはそうせざるを得なくなったのか、彼を返却しました。その後、彼より新しいリクローンをリクエストしたのです。わたしたちの数は、多くありません」

「それはお気の毒」チャンドラは実際、気の毒そうに言った。「もっと人気の蔵者になりたいよね」

「真実を告白しますと、あまり気にしていません。最初のわたしが生きているあいだは、売れたいと願っていました。お金が必要でしたからね。現在は、たびたび貸し出されたいと思っているだけです。貸し出しがあるかぎりは、焼却処分されることはありませんので。しかし、もしこの大陸のすべての図書館がわたしのリクローンを所蔵していたら、わたし自身は」――わたしは自分の胸をぽんとたたいた――「貸し出される回数がいくらか減りこそすれ、増えることはないでしょう。ところで、もし、いまこのテーブル席にお父上もすわっていたら、あなたは彼がお父上だとわかると思いますか?」

「たぶん」チャンドラは少し考えた。「写真で見てるから、だいたいわかると思う。じつは、父さんのことはあんまりよく覚えてなくて」

「七年? お母上はそうおっしゃっていたと思います。あなたはご両親と船に乗りましたか?」

チャンドラは首をふる。

「あなたはずっとここにいたわけではないはずです。お母上がこの家を借りたのは、帰ってきてからでしたから。あなたはどこにいたのですか?」

「ハイ・プレーンズのローラ叔母さんの家。あのころのことは、少しだけ覚えてる。多くはない」

「当然です。最初の質問にもどりましょう。なぜ、わたしたち三人――ミリー・バウムガートナー、ローズ

・ロメイン、そしてわたし――が同時に同じ図書館から借り出されたのでしょうか？　その答えはわかる気がしますが、間違っているかもしれません」
チャンドラはサンドウィッチを置いた。「で、教えてくれるんでしょ？　理由は、あたしに関係することだから？」

「はい、ですが、大きな理由はただ考えを整理したいからです。お母上はお父上のことを、どこかの謎の島へ行ってしまったと思っています。彼女が見せてくれた地図は、その島の地図だと思われます」チャンドラはなにも言わないので、わたしはつけたした。「あなたはおそらく、その地図をご存じでしょう」

「うん。まさか、本物だと思ってるわけじゃないよね？」

「はい。あれはたぶん、真相から注意をそらすためのものでしょう――お母上と協力者からの追跡をかわしたいと考えた人物のつくった、偽の手がかりです。この大陸の北東には、小さな島がたくさんあります――ケープ・ブレトン島、プリンス・エドワード島、ほかにも、もっと小さな島々が数多く点在しています」わたしはほほえんだ。「図書館のスクリーンで、よく地図を見ているんです。間違いありません」

「ほんとに地図を見たんだね。調べなきゃ、そんなことわからないもん」

「グリーンランドのぎざぎざした海岸線にそっていくと、さらにたくさんあります。グリーンランドの東にはアイスランドという島があり、わたしたちの祖先はそこを世界の果てと考えていました。大半が北極圏に位置しており、もし世界の果てというものが必要なら、これほどふさわしい場所はないでしょう」

「そんなところにある島は、どこもすごく寒いよね」

「はい、寒いうえに岩だらけです」わたしはほほえんで、明るい雰囲気をたもとうとする。「もし南国の楽園をお探しでしたら、方向違いです」

「父さんがいることになってる島は実在しない。そう思ってるんでしょ？」

「そのとおりです。ご両親の旅行と小型帆船《ラガー》のことは、しばらく忘れましょう。そういったことはさておき、お父上はどこにいて、なにをしているんですか？　あなたはどう思っていますか？」

チャンドラは考えた。「父さんはこのへんにいるわけない。ていうか、とにかく、あんまりいないはず」

「お母上に見つかるからですか？」

「たぶん、母さんに見つかることはないと思う。そんなに外出しないし」

「となると、あなたに見つかるからでしょうか？」

「うーん、そうかも。ただ、立ち止まって話しかけられでもしないかぎり、写真の人だとはわからないと思うけど」チャンドラは言葉を切って、考えた。「といっても、ここはすごくちっちゃい町だしね」

「お父上はひげを生やしている可能性もありますよね？　名前を変えている可能性は？　ひょっとしたら整形手術を受けているのでは？」

「からかってるでしょ、ミスター・スミス。感じ悪いよ」

「少しだけです。前に申しあげたとおり、わたしは図書館でお父上を見かけました。そのときは、ひげはありませんでした。わたしたちが見るべき写真のなかに、ひげをたくわえた彼の写真はありますか？」

チャンドラは首をふる。

「そうでしょう。整形手術をするのなら、名前も変えなければたいして意味はないと思います。それには賛成してもらえるでしょうか？」

「うん」

「図書館員に、見かけた男性がドクター・フェーヴルか訊ねたとき、彼女はすぐそうだと答えました。彼女は明らかに、彼をドクター・フェーヴルという名で知っていました。彼がどこに住んでいるかについては―

—あなたがローラ叔母さまと話してから、どれくらいたっていますか？」

チャンドラはとまどっているようすだった。「永遠。叔母さんはぜんぜん遊びに来たりしないもん」

「彼女はお母上の姉妹ですか？　それはわかりますか？」

「うん、知ってる——そういうことは全部、わかってる。ローラ叔母さんは、父さんの妹」

わたしはその情報をよく考えてみた。「あなたの部屋にスクリーンはありますか？」

「あるに決まってるでしょ。学校には、たいていスクリーンを持ってかなきゃならないんだから」

「よかった。それを使いましょう。ローラ叔母さまの姓名と住所はわかっているので、見つけだすのにたいした苦労はないはずですが、もし苦労した場合は、大学があります。そこに問い合わせればいいでしょう」

「父さんはそこにいると思ってるの？」

わたしはうなずいた。「その可能性は非常に高いと思います。わたしの聞いた話では、彼は終身在職権を持つ教授ということでした。終身在職権を持つ方がべつの大学へ移るのは、——あるいは、辞職することも——稀《まれ》です。純正な人間には、かならず収入源が必要です。わたしたちリクローンには一切収入がありませんので、そういうことについては必要以上に気になるのです」

「食事は図書館で出してもらえるんでしょ？」

「はい。図書館員がわたしたちの食事として選んだものを、食べるだけです。最初の自分が生きていたときに撮影された写真と同じ姿を維持できるだけの食事が出されます。夜は各自の棚で眠り、毎朝、清潔な服が提供されます。わたしがふたり分のホットクリームを買ったときのこと、覚えていますか？」

「うん」

「わたしは大人で、あなたはまだ子ども——」

「もうすぐ十三だってば！」

「ならば、あと五年は成人とみなされません。わたしが言いたかったのは、ほとんどのリクローンにはそんなことはできないということです。そんなお金は持っていないでしょうから」ここでは、嘘にならない言い回しを考えた。その理由は、明らかなはずだ。

「もしほしかったら、少しくらいならあげてもいいよ」

つい顔がほころんでしまう。「とても親切ですね。必要にならないかぎり、そのようなお願いはいたしませんよ」

「OK」チャンドラはサンドウィッチをひと口食べて、なにやら考えこみながら咀嚼《そしゃく》する。そしてのみこむと、こう言った。「あなたの考えどおり、父さんがハイ・プレーンズにもどってるとするでしょ。その場合、あたしたちはどうすればいいの？」

わたしはため息をつく。「まず言わせてもらうと、お父上はもうそこにはいらっしゃらないと思います。理由を説明しましょうか？」

うなずくチャンドラ。

「第一に、わたしはこちらの図書館で、お父上がミリー・バウムガートナーとローズ・ロメインを借り出していくところを見かけたからです。もしお父上がすでにハイ・プレーンズにもどっているとしたら、彼は飛翔機《フリッター》を所有していることになりますし、それはけっしてありえないことではありません。ですが、彼はミリーとローズも一緒に連れていくはずです。となると、まずありえません」

チャンドラはゆずらない。「連れていきたかったら、連れていけるでしょ」

「確かに、できるでしょう。それでもわたしには、お父上がそうしたとは思えません。考えてみてください。ミリーとローズは、わたしと同じくスパイス・グローヴ公共図書館にいました。お父上はこちらの図書館に、図書館間相互貸借でふたりを取り寄せるようリクエストしました。わたしも同じ経緯でこちらに来ています。もしふたりを借り出してすぐ返却するつもりだったら、なぜそんなことをするのでしょう？」

チャンドラは考えこんでから、ようやく言った。

「そのふたりをここにいる誰かに見せたかったわけでもないかぎり、ありえないね」

「わたしは逆の考えを持っています。スパイス・グローヴには、お父上がミリーとローズを見られたくない人物がいたのだと、わたしは確信しています――正確には、お父上がふたりといるところを見られたくない人物が」

「それなら、ふたりをこっちに呼んでおけば、スパイス・グローヴにいるその人物に見られる心配はないもんね」

「そのとおりです。といっても、彼女たちの本の表紙に載っている写真以外はですが」

チャンドラはココアを飲みほした。「まだわかんないんだけど、どうして三人とも同じ図書館から取り寄せなきゃならなかったんだろう。それもわかってる？」

「かならずしもその必要はなかったと思いますが、ありえないことではありません。わたしの知るかぎり、サバティカルを取得できるのは終身在職権を持つ教授だけです。終身在職権を獲得するには、一般的に十年かそれ以上かかります。ということは、あなたのお父上はおそらくスパイス・グローヴで少なくとも十年間教員をしてから、あなたのお母上とこちらに来たことになります。図書館がわたしのような作家――さらに言えば、ミリーやローズのような作家も――を購入するのは、そういう作家によほどの関心があるところだけです。リクローンは高くつきますが、閲覧や貸し出しが多ければ、委員会で問題になることはありません」

チャンドラはうなずいた。

「お母上と話したとき、以前は読書家だったとお聞きしました。お母上は図書館にミステリー作家――わたしのことですが――を借りたいと言われたので、たぶん数多くのミステリーをお読みになっているでしょう。ほかのジャンルの本も読んでいたでしょうが、ミステリーを毎年十二冊はほぼ確実に読んでいたと思います。きっと、それより多いでしょう」

「母さんはときどき、そういう本の話をするよ」

「そうでしょうとも。誰でも、少なくともときどきは、自分の読んだ本の話をするものです。お母上はミステリーの本を何冊か買っているはずですし、人からもらった本もあるでしょうが、ポリーズ・コーヴ公共図書館のミステリー・コーナーで借りた本が非常に多いのは間違いないでしょう。ミリーから以前、聞いたことがあります。料理コーナーにあるミリーの本は、ほかの作家の本をすべて合わせたより多いそうです」

「父さんが料理を学ぼうとしてると思ってるわけ」チャンドラは疑いの口調だ。

わたしは首をふった。「お父上はミセス・ヒューズのことを知ったのだと思います。この家に、ほかに使用人はいますか？」

「スノーさんだけ。家政婦さんなの」

「それなら、お父上はスノーさんから聞いたのかもしれませんし、なんならヒューズさん本人や、図書館員の誰かから聞いたのかもしれません。そこで、辞められる心配のない優秀な料理人がほしいと思ったお父上は、同じことをすることにしたのでしょう」わたしは肩をすくめた。「こんな可能性もあります。お父上は、わたしたちが聞いたこともない名前の人物が、お父上のしたいと思っていることをしていると知った。その場合、お父上はいつかカフェを飲みながらお母上と話しているときにそのことに触れ、無意識にその考えを植えつけていたのかもしれません」

チャンドラはゆっくりと言った。「なるほどね……」

「あるいは、お父上自身が思いついたのかもしれません」

6 図書館の監護権

ローラ叔母さんは予想よりはるかに手強いことがわかった。まず自宅にいない――いたとしても、画面《スクリーン》に出てくれない。チャンドラの粘りづよい問い合わせで、スパイス・グローヴ公共図書館は『グレーター・スパイス・グローヴ地域年間・地図および住所氏名録』というタイトルを教えてくれた。非常に役立つ参考〝図書〟だが（深いため息！）、紙の本の形では存在していない。

「本でしょ」とチャンドラ。「ないなんておかしいじゃん。本は手に取ったり置いたりできる物理的な形で存在しているべきだよ。霊媒師を頼んで交霊会を開かなきゃいけないなんて、変だってば」

チャンドラは〝あなたって、ほんとに変な存在だよ〟という目をこちらに向ける。

「その理由がわからないのですね」

「わかるわけがない！」（最後のところをかなり強く発音した）「大量の紙がいるんだろうけど」

「まったく、そのとおりです。さらに、読む価値のある本だけが広く出回ることができる、ということではないでしょうか」

「まあ、あなたがそう言うんなら」

チャンドラは疑わしい口ぶりだった。たっぷり考えたいまでは、彼女が正しかったとわかる。

その地域年鑑の亡霊をスクリーンで調べた結果、ローラ・フェーヴルの住所が判明し、それからかなりたってから、その地域の家やアパートメントの住人の一部について、氏名と住所がなんとかわかった。チャンドラがそのうちの十二人にスクリーンで連絡を取ったが、役に立たない情報しか得られなかった。ローラ叔母さんの近所には、彼女がどこへ行ったのか、今日これから帰ってくるのかを知っている人は、ひとりもいなかった。それでも、ある親切なご婦人がローラ叔母さんの行きそうな場所を六つほど教えてくれ、さらに二十分後に、べつの住人が彼女の対面電話《eフォン》の番号を教えてくれた。近所のほかの住人は知らないと言い張った情報だ。今度はわたしがスクリーンに向かった。ローラ・フェーヴルが最初に返すであろう回答に対して、こちらが質問すべきことを微調整しておく必要を感じたのだ。深呼吸して勇敢なほほえみを浮かべると、わたしは電話をかけ、ショッピングのお邪魔でなければよいのですがと丁重に切りだした。

「まあ、ショッピング中じゃありませんよ、スミスさん。仕事中です」ローラ叔母さんは、見た目も声も予想していたより若かった。「どういったご用件ですか？」

「まず、ご説明させてください。わたしはあなたの兄上の奥さまであるアダ・フェーヴルのお手伝いをしています。兄上がご結婚されていることは、ご存じのことと思います。あなたは数年前、兄上と奥さまに代わって、幼いチャンドラの面倒を見ていたことがあるとお聞きしました」

「ええ。でも、バリーと奥さんは別居中で、奥さんが娘の監護権を持っています。これはチャンドラに関することですか？」

「あくまで間接的にです。しかし、アダが至急バリーと連絡を取りたがっています。彼がどこにいるかわかりますか？」

「ええ。彼はサバティカル中です」

　わたしはうなずいた。夫妻が〈サード・シスター号〉をチャーターしてから、七年になるのだ——そのことに思いいたるべきだった。「具体的な居場所を教えてください。チャンドラとわたしは、彼に話があるのです」

「じつは、わからないんです」ローラ叔母さんは少し黙って、考えこむ表情になった。「授業で使う解剖用の遺体を入手している場所へ行ったんじゃないかしら？　兄がそこへ行っては遺体を持ち帰っているのを、知っています。確か、どこかの島かなにかだと思うんだけれど」

　わたしは大きく息を吸いこんだ。「その可能性はあると思います。それがどこか、ご存じですか？」

「まさか、見当もつきませんよ。けれど、すごく恐ろしい場所みたいね。ペギーとはもう話しましたか？」

　わたしはちらりとチャンドラを見た。わたしと同じくらい当惑しているようなので、スクリーンに向き直る。「残念ながら、まだです。彼女はどういう方ですか？」

「兄の助手です。インターンっていうのかしら、大学ではなんて呼ぶのか知らないけれど。兄の話に彼女のことが出てきたことがあります、ペギーなんとかって人。彼女なら知っているかもしれません」

「きっと知っているでしょう。彼女の番号を教えていただけますか？」

「知らないんです。でも、eeフォンは持っているはずですよ。誰でも持っているものですし」

それでは大学にスクリーン通信して、ドクター・フェーヴルのことを訊くしかない。

感じのいい女性の声が出た。「はい、解剖室です」

画面に現れた顔はじつにかわいらしく、若さにあふれ、黒い巻き毛に縁どられている。

わたしは感じよく、かつ重要に聞こえるよう心がけた。「ドクター・フェーヴルとお話しできますでしょうか？」

「ドクターは不在で、もどりはいつになるかわかりません」わたしが黙っていると、ペギー何某《なにがし》はつけたした。「ドクターの伝言板にお名前を書いておきましょうか？」

「それにはおよびません。彼のeeフォンの番号はわかりますでしょうか？」

「電源は切ってあると思います。ドクターは忙しいと、よくeeフォンの電源をオフにするんです」

「それでも、番号を教えていただけないでしょうか？もし電源オフになっていたら、あとから再度スクリーンで連絡を取ってみます」

きれいな深紅の口がほほえむまいとしている。ペギーはこの会話を楽しんでいるのだ。「あいにく、番号はお教えできません。失礼ですが、お名前をちょうだいできますか？」

なるべく複生体《リクローン》っぽく見えないようにしたいところだが、その方法がわからない。彼女がすでに気づいているとは思わないが、断言もできない。「こちらの名前はスミスです、ドクター……？」

「ペッパーです。わたしはマーガレット・ペッパー教授です」

わたしはできるかぎり魅力的な笑顔をつくる。「わたしはアーン・A・スミスと申します、ペッパー教授。スミスは最後にeがつきます。わたしはドクター・フェーヴルの奥さまであるアダ・フェーヴルの代理で、ドクターを探しています。彼女は病に伏せっています。もちろん、ご存じでしょうが」

この言葉に、ペッパー教授はほほえんだ。「ドクターの別居中の奥さんですね」

その瞬間、血の匂いをとらえた猟犬の気持ちがはっきりとわかった。内心の必死さが声に出ないよう細心の注意をはらって、わたしは言った。「そのとおりです。ご夫妻の娘さんのチャンドラに関わることなんです。ドクター・フェーヴルに娘さんがいらっしゃるのは、ご存じですよね？」

「ええ、もちろん」

「ドクターは例の島においでですか？」

「リッチホウムですか？」ペギー・ペッパーは迷っている。「さあ、どうでしょう。その可能性もあるとは思いますが、冬ですし……」

「間違いなく、快適とは言えないでしょう」かなり苦労して、内心の喜びが声に出ないようにする。「それでも、研究に必要ならば、ドクターはそこへ行くと思います。たとえ冬でも。ドクターは飛翔機《フリッター》をお持ちでしょうか？」

きれいなペッパー教授は、わずかに驚いた顔になる。

「まさか、持っていないでしょう。持っていません……わたしの知るかぎりはですが。フリッターは恐ろしく高価でしょうし」

「ありがとうございます、大変助かりました。あなたはマーガレット・ペッパー教授ですよね？　それで間違いありませんね？」

「はい。今度、ドクター・フェーヴルから連絡があったら、あなたからスクリーン通信があったことを伝えておきます」

わたしはペギー・ペッパー教授に礼を言って通信を切ると、チャンドラのほうを向いた。「いまの会話を、あなたもわたしと同じくらい興味深いと思っていたらいいのですが」

チャンドラは三つ編みをおどらせて首をふる。「あんまりよくわからなかった。父さんが本当にフリッターであそこへ飛んでいったなんて、ありえる？　あの島へ行ったなんて？」

「もし六体ほどの解剖用遺体で足りるなら、行かない理由はないでしょう。かなりの距離があるでしょうが、わたしたちはその島の場所を知らないので、はっきりとはわかりません。フリッターなら、ええ、衛生上も好都合でしょう」

「うん、おまるとかあるし」

「寝泊まりする部屋も快適でしょう。もし、あ――」

新たな声がした。低い、女性の力強い声だ。「わたしも行くわよ！　ちゃんと連れてってちょうだい」アダ・フェーヴルが丈夫そうな緑色の半ズボンに、光沢のある柔らかい素材のブラウスという格好で現れた。ブラウスは光の当たる角度によって、色が変わる――少しかたむくと、黄色が消えて緋色や深紅が現れる。ベルトには見たこともないほど大きい肉切り包丁が、鞘《さや》もなしで差してある。「あなた、お金はたくさん持ってる？」

そんなわけあるかと返そうとしても、口からは丁寧な言葉が出てくる。「あいにく、持ち合わせておりません」

「わたしもよ。だから、船をチャーターするしかないわね。船の操縦はできる？」

わたしは首をふる。

「それじゃ、あなたの図書館に、わたしたちに協力してくれそうなリクローンはいないかしら？」

「どうでしょうか。まだ到着したばかりで、ほかのリクローンと知り合う時間はあまりなかったものですから。どなたか心当たりはありますか?」

　アダ・フェーヴルは首をふる。

「では、純正な人間は? そちらのほうがいいでしょう」

「わたしみたいな? そっちのほうがまずいわよ、ミスター・スミス。はるかにまずい。だって、わたしとその人で指揮権の奪いあいになるもの。それに、力になってくれそうな人なんていないし」アダはためらった。「心当たりはまったくないけれど、誰かいないか考えてみる。そのあいだ、あなたは図書館でほかのリクローンとちゃんと仲よくなっておいてちょうだい」

「はい、そうします。船をチャーターするお金はありますか?」

「あると思うけれど、なければ盗めばいい」アダ・フェーヴルの手が肉切り包丁の樹脂木製の柄に触れた。「うちは海賊の家系なの。母方の先祖には、ウェールズの海賊モーガンがいるんだから」一瞬、彼女は野性味のある笑みを浮かべて娘を見た。「このことをちゃんと覚えておきなさい、チャンドラ。そして自分の子どもたちに伝えるのよ」

　アダはわたしに注意をもどした。「主人がなにをしようとしているか知らないけれど、なんであれ、わたしたちで突き止めて阻止しましょう」

　図書館へ帰る道中、わたしはどこかで見たアニメのことを考えた。小さい少年が飼っている犬に向かって、家族ですごす長い休暇のために両親が手配したことをすべて話して聞かせている。その数は、少なくとも二十か三十あり、隣人に新聞を取っておいてもらうことから、信頼できる人に家に入ってもらい、掃除と母親の育てているセントポーリアへの水やりをしてもらうことまで多岐にわたる。そんな話を聞かされているあいだ、ペットの犬は何度もこう思う——ぼくにえさをくれる人は誰?

　今回の場合、その件は忘れていいと思う。それは確信している。これまでもそうしてきたに違いないように、ヒューズさんが用意するだろう。しかしアダ・フェーヴルがいないとなると、ドッグフード一皿とか食べ残しで充分ということになるのだろうか？　犬がもともとアダの飼い犬であったことは、ほぼ確実に思える。彼女は本当にそのことをすっかり忘れてしまったのだろうか？

もうひとつの疑問についても、考えた。復讐として自分自身の殺害をくわだてる人間がいるとしたら、その行為はなんと呼ぶのだろうか？　それも〝自殺〟になるのだろうが、気に入らない。

スパイス・グローヴ公共図書館は、わたしもふくめ二十六人もの（やや）著名な作家のリクローンを所蔵していることを誇っていた。いっぽう、ポリーズ・コーヴ公共図書館はわずか六人だ。ナイジェル・ハートは軍事史研究家。ハンス・フォン・ラインは測時学の著書がある。ほかの四人については、わたしには名前しかわからず、その日の夕食の席での会話──少なくとも、わたしの耳に入ってきた断片──からは、彼らがどんな本を書いていたのかはまったくわからなかった。それでも、彼らの名前は聞こえたので、紙きれが手に入るとすぐ書き留めておいた。

図書館にあるスクリーンの使用は、リクローンには禁じられているが、閉館してすべてのドアが施錠されれば、スクリーンの使用をはばむのは三体のボットだけになる。巡回ボットが通りすぎるとすぐ、わたしは新たな仲間のひとりの名前を打ちこんだ。

『セーリングの基本』、『競技用スループ型帆船をつくる』、『一生、風の奴隷』、『トップスルスクーナーを復活させよう』……。

さらにつづく。『原始的航海術』、『ポリネシア人とフェニキア人』、『深呼吸と大きな石』、『漂流』……。これは頼もしいではないか。わたしは著者の名前の横にチェックを入れた──オードリー・ホプキンズ。

十五分後、わたしはオードリーを探しにいった。彼女はすでに眠っていて、わたしは起こしたい誘惑に駆られたが、よくよく考えると、それはまずいことに思われた。というわけで、くたくただったこともあり、わたしも休むことにした。

翌朝、朝食のときに彼女の隣の席に着くことができた。話の切りだし方は、練習してある。

「ここにすわってもいいでしょうか、ミズ・ホプキンズ？　それと、自己紹介させてください。アーン・スミスと申します――スミスは最後にeがつきます。ミステリーを書いていました。あなたの『イエルバ・ブエナ島のボート』はじつに興味深かったとお伝えしたくて」

オードリーは魅力的な笑顔を見せた。「ほんとに読んでくれたの？　うれしい」

「喜んでいただけてなによりです」わたしも笑顔を返す。「ええ、拝読しました。優れた著書であり、めずらしい作品です。たいてい、男性は男の冒険を書き、女性は恋愛やドレス、舞踏会、複雑な人間関係を書くものです」

「なのに、あたしは冒険を書いたから？」

「いいえ。それも充分めずらしいことですが、あなたは男の災難を書きました。男性作家でも、けっしてよくあるテーマではありません」

ふたたびの笑顔。「どういうわけか、あたしたち女性はめったに救命ボートにたどりつけないの。女性でいっぱいの救命ボートなんて、とても想像できない」

長くやっていれば、いずれ幸運が舞いこむものだ。初代のわたしの父親が好きだった言葉だ。どこからか父が笑いかけているのが見える気がする。「それは無理でしょうが、似たような機会なら提供できます。女性二名、少女一名、船、そしてわたし。ちなみに、あなたはよく貸し出されますか？」

彼女の笑顔がしぼむ。「答えなきゃだめ？」

「いいえ。わたしにはなんの権限もありませんし、あなたが正直に答えたか確認するすべもありません」そこで言葉を切り、非常にすばらしい話をする気配を演出する。「ある忘れがたい機会がありまして――実際はいくつかあるのですが、ここではひとつだけ例を挙げましょう――わたしは同時にふたりの利用者から借り出されました。あれはスパイス・グローヴ公共図書館の不思議であり、今日でもそう思われていますが、外部の人にはとうてい信じられないでしょう」

　女性らしい眉のいっぽうをぐいっと上げ、オードリーは挑むようにこちらを見た。「図書館があなたをふたりの利用者に貸し出したってこと？」

「そうです。状況的にそうするしかなかったため、わたしは二重に借り出されたわけです。忘れもしません、あのときの利用者たちは――もし、もっとくわしくお知りになりたければ――遺産相続人のミズ・コレット・コールドブルックと、私服刑事のペインでした。ここポリーズ・コーヴでは、そのような貸し出しに遭遇することはそうないはずです」

　彼女は首をふる。その仕草には、一週間では説明しきれないほどの魅力があった。「あたしが貸し出されたのは、この四年間で二回だもの、ミスター・スミス」

　同情を示すのは得意ではないが、努力する。「二年に一回は、ゼロよりましです」

「でも、ましというだけ。それはよくわかってる」

　大きく息を吸いこんで、わたしは慎重に言葉を選んだ。「今日、あなたを貸し出す手配をしてさしあげられます、ミズ・ホプキンズ。自慢しているわけではありません。ただ可能なので、あなたがお望みでしたら、そうしましょうと申しあげているのです。それで――公平のために、まずこちらの素性をお伝えしなければならなかったんです」

「真面目に言ってるの？」

裁判官くらい大真面目に見えるように努力して、わたしはうなずく。「大真面目です」

「あたしのことはオードリーと呼んでちょうだい」

「心底、真面目な話です、オードリー。徹頭徹尾、真《しん》摯《し》に申しあげています。これは冗談ではありませんし、詐欺の類でもありません」

「それなら、なぜあなたは自分を貸し出さないの？」

「貸し出し中ですとも。わたしが図書館にもどされたのは、探しもの――いえ、〝人材探し〟と言いましょうか――のため、あなたのような方を見つけるためです。わたしにも利用者にも、適任者の心当たりがなかったものですから。そこで、わたしがふさわしい人物を探すことになったのです」

「それで、見つかったわけ？」笑顔はない。

「そうであってほしいと思っています。もし承知していただけたら、わたしと一緒に波止場へ行って、漁船をチャーターします。可能なら、〈サード・シスター号〉という船を」

「これって現実なの？」オードリーの期待に満ちた声は、一般的な男性より低く響いた。

「正真正銘の現実です。といっても、宝探しをするわけではありません。わたしたちが探すのは、利用者のご主人、ドクター・バリー・フェーヴルです。彼はざっと七年、自宅に帰っていません」そこで二、三秒話をやめて、考える。オードリーも口を開かないので、わたしはつづけた。「ミセス・フェーヴルはときどき、十二年と言うこともあります。嘘か、間違いか、なんらかの主観的事実でしょう。いずれが正しいか、わかったらいいのですが」

オードリーは黙っているので、わたしはつけたした。

「彼は解剖用の遺体を探しにいったと思われます。わたしたちは、それがもっとも可能性の高い理由だと考えています」

彼女の目が丸くなる。

「ドクター・フェーヴルは医学生に解剖学を教えているのです。学生に解剖させる遺体が必要ですが、入手は困難です」

「あなたはミステリーを書いていたと言っていたわよね」彼女の顔はもうほほえみかけている。「この状況に似た作品を書いたことはある？」

「まったくありませんし、いま、そういう物語をつむぎだしているわけでもありません。もし、なんらかの物語をつむぎだしている人物がいるとしたら、それはドクター・フェーヴルです」彼女から質問があるかもしれないと思い、そこで言葉を切る。やがて、こちらから質問した。「心は決まりましたか？」

「いいえ。こういう理解であってるかしら？　あたしたちはさっきあなたの言っていた船に乗って、ドクター・フェーヴルを探しにいく」

「そうです。行くのは、ミセス・フェーヴルと娘さんのチャンドラ、そしてわたしです。わたしはあなたにもご同行いただきたいと思っています。冬の航海は寒さが厳しいでしょうし、北極圏のどこかに行きついてしまうかもしれません。船の厨房《ちゅうぼう》で用意され、慎重に配分された食事、凍えそうな風、時化《しけ》の海もあるでしょう。そういうことについては、あなたに嘘をつくつもりはありません」

「♪オットセイ狩り、オットセイ狩り……」彼女の声はごく小さく、わたしにはかろうじて歌詞が聞きとれたが、なにも聞こえていないふりをする。少しして、オードリーはうたうのをやめた。「あたしは一度、アイルランド海を帆走カヌーで横断したことがあるのよ、アーン。そのことは知ってた？」

そのことは『イエルバ・ブエナ島のボート』の最後の著者紹介に載っていたので、わたしはうなずいた。

「ええ。その話を聞かせてください」

「アイルランド海の横断には、五日かかった。やっと旅が終わったとき、二度とこういうことはしないと誓ったわ。今回は、そういう旅とは違う」

　わたしはまたうなずく。

「例えば、あのときは見えるところに常に支援船がいた。もしあたしのカヌーが転覆したら、救助してもらえる可能性があった――わずかとはいえ、救助が成功する見込みは実際にあった。今度の旅に支援船はつくの？」

　わたしは首をふる。「残念ながら、つきません」

「つくと思っていたわけじゃないわ。なぜ〈サード・シスター号〉で行きたいのか、訊いてもいいかしら？」

「もちろんです。あなたを借り出したらすぐ、なにもかも喜んで説明しましょう」

「ラム酒とパイナップルジュースのカクテルを飲みながら、ミスター・スミス？」

　彼女はどうも、わたしがお金を持っていると思っているらしい。わたしは笑った。「取引がお上手ですね、ミズ・ホプキンズ。いいでしょう、あなたが店をご存じなら」

　その後、わたしはチャンドラにスクリーンで連絡した。彼女は眠っていたところで、まだフランネルのネグリジェ姿だった。母親はベッドにもどったので（まあ、そうだろうと思っていた）、起こしたくないと言う。わたしはオードリーのことを話し、チャンドラはその件は母親に話をつけておくと約束した。

　オードリーとわたしはその後、少しおしゃべりをした。やがて、わたしがこれまで見たことのない図書館員が来て、ミセス・フェーヴルがオードリーを借り出し、彼女をミセス・フェーヴルの家まで連れていく人間が来ていることを告げた。

「じつは、わたしがあなたをミセス・フェーヴルのお宅まで連れていくことになっているのです」図書館から充分離れたところで、わたしは言った。「ただし、いますぐにではありません。先に〈サード・シスター号〉を見つけて、できれば契約しなくてはなりません。それから、ラム酒とパイナップルジュースのカクテルを楽しみ、そのあとにフェーヴル家――とにかく、フェーヴル家のうちの一軒――へ向かいましょう」

　家のくだりに、オードリーはいぶかしげに眉を上げた。「本当に、二軒以上あると思ってるの？」

　わたしはときどき、完璧に真面目な声を出すのに苦労することがあるが、今回は容易だった。「おそらく、三軒以上あると思っています」

　わたしたちは唐突に幸運に恵まれた。探してもいないのに、幸運の女神が現れたのだ。〈サード・シスター号〉は港に停泊しており、船のスクリーンに出てきた仮像《シム》は喜んでわたしたちを迎えてくれた。見たところ――できるかぎり長く、入念に見まわしたところ――船はあらゆる点で、予想どおりのひどさだった。ひょっとすると、予想以上かもしれない。シムはお金をいただいたらすぐ塗装しなおしますと言うので、わたしはシムに料金の支払いは航海のあとで、先払いはしないと伝えた。シムはすでに、これが日帰りクルーズよりずっと長い旅になりそうだとわかっていた。船橋《せんきょう》でシムとわたしは詳細をめぐって口論し、必要と感じるたびにオードリーが助言した。話し合いの結果はこうだ。手付金として千。それだけあれば、わたしたちの新しい船は清掃と再塗装をおこなっても、一週間分以上のチャーター料が入ることになる。出航時に、さらに三百。そして残りは、旅が終わって船を降りてから。最初の一週間は、毎日百の出費になる。

　船の用意が整えば、わたしたちはできるだけ早く出航する――ただし、早くても明日までは無理だ。全員、荷物の準備があるし、生活必需品をたくさん買いこまなくてはならない。船のシムも買い物をしなくてはならないと言っていた。それに、船がペンキを塗って、スパーワニスを塗布し、乾かすだけの時間もあたえる必要がある。

船から離れると、オードリーは薄暗い脇道にある小さな飲食店に案内した。〈マッキーンズ〉という名前で、テーブルにキャンドルを置き——ただし、ランチタイムはキャンドルを灯さない——石造りの暖炉で炎が煙を上げているようなタイプの店だ。テーブルクロスはない。「ラム酒とパイナップルジュースのカクテルをごちそうしてくれる約束よ、アーン。あなたにそれだけのお金があるといいんだけれど」

「いくらかは持っています。あの船をチャーターできるほどではありませんが、ふたり分の飲み物を注文してもまだ余裕があります」

「じゃあ、なにか食べてもいいかしら？　まだ早いのはわかっているけれど」

わたしは飲み物を注文した。「食事はフェーヴル家でいただきましょう。あそこなら、ただです」

オードリーは考えこむ顔になる。「規則では、今日の夜までは、利用者がわたしに食事をあたえる義務はないわよね」

「そんな規則は無視していいと思いますよ」

ふたつの背の高いすりガラス製のグラスが来るまで静かにしてから、オードリーは訊ねた。「飲み物の味はどう？」

氷にパイナップルジュースをかけたような味だと言いたかったが、「大変おいしいです」のほうが如才ない受け答えだろう。

「あなたはあたしを貸し出されるようにしてくれたんだから、あたしがおごるべきなのに、おごらせちゃってごめんなさい」

「まったく、かまいませんよ」

「あたしがおごるべきだったわ」オードリーは少し休んで、つづけた。「そういえば、なぜチャーターする船が〈サード・シスター号〉でなきゃならなかったのか、理由を教えてくれる約束よ。飲み物を楽しみながら話してくれる約束を覚えているでしょう」

「そうでしたっけ?」わたしは椅子の背にもたれた。「あの船にしたかったのは、もともとドクター・フェーヴルがリッチホウムへ行くのに使っていたからです。あのあたりの海やサンゴ礁、岩、海岸、潮の流れ、そういった諸々について直接知っていると思われます。それに、あの船がもどってきても彼に避けられる心配はないでしょう。知らない船なら、避けられるでしょうが。わたしが期待しているのは、なぜあの船がもどってきたのか突き止めようと、彼が船のまわりをうろついてくれることです」

少しして、オードリーはうなずいた。「それは賢い作戦ね」

「ありがとうございます」わたしは十五秒かけて考えをまとめた。「最後に、あれは漁船ですから、船倉に大きな冷蔵タンクがあるとわかっていました。覚えていますか? 漁師の網からふるい落とされた魚が入るところです。ああいったタンクは、遺体を入れておくのにちょうどいいはずです」

「新鮮な遺体、でしょうね」オードリーは身震いした。「腐敗して悪臭を放ってほしくないでしょうから」

わたしは彼女の表現を拝借した。「でしょうね」

「リッチホウム。これは〝死体の島〟という意味よ。そのことは知っていた、アーン?」

わたしはうなずく。「ええ。わたしはいつも〝解剖用遺体の島〟と思っていますが」

「どうして、島をそんなふうに呼ぶの?」

わたしは肩をすくめた。「わかりません、オードリー。それについては、いずれ明らかになるでしょう」

7 会話

前の章を書きはじめたころは、この章ですぐリッチホウム島のことを書こうと思っていた。しかし、それはやめておこう。あそこにいたときのことを考えれば考えるほど、われわれ四人にとって――とくに、わたしにとって――船上生活がどんなものだったかを少しばかり書いておくべきだという気がするのだ。船酔いの話ははぶくべきだろうが、全員が船酔いになり、初日にいたっては四人同時に船べりから吐いたこともあった。経験者なら船酔いがどんなものかはおわかりだろうが、経験のない人には本当の苦しさは想像もつくまい。足下では船が常にジャンプしており、これにかかわっている悪魔を船に呼びだし、その忌々《いまいま》しい首を両手で絞めあげてやりたいと思うものだ。

船の揺れは止まることがない。ただの一度も。ほんの一分も止まらない。のちに船が説明してくれた話では、大型船ならこれほどひどい状態にはならないらしい。大型船の場合は水中に安定板があり、状況に応じて機能するようプログラムされている。しかし、われわれがチャーターしたような小さい船では、安定板は使いものにならないし、そもそも費用がかかりすぎるのだ。

横揺れもつらいが、縦揺れはもっときつい。横揺れと縦揺れが同時に来たときは最悪で、そのひどさは筆舌に尽くしがたい。横揺れや縦揺れに見舞われても吐かなくなったら、船に慣れたということだ。最終的には四人全員が船に慣れることができたが、それには永遠を二度くり返したくらい時間がかかった気がした。いちばんに船酔いを克服したオードリーは、気持ち悪くなってさんざん嘔吐することをまったく気にしていなかった。彼女には船酔いに襲われることも、それがどんなものかも、いつごろ治まるかもわかっていたからだ。彼女は苦しみを受けいれ、流れに身をまかせているようだった。帰りは、わたしもそれにならった。

次に克服したのはチャンドラで、オードリーが復活してすぐのことだった。チャンドラはのちにこう言った――三回しか吐かなかったよ、ウイルス性胃腸炎になったときのほうがずっとつらかった。二日後、わたしも船酔いを克服したが、あれは人生でいちばん長い二日間だった。

最後にアダ・フェーヴルも回復したが、誰よりも時間がかかったのは、ほとんどずっと船室にこもっていたからだ。目が覚めれば、寝台の横から嘔吐し、口元をふいて、すぐまた眠っていた。荒天で船内に閉じこめられるときは、いつもひどい状況だった。オードリーとわたしにとっては、なおひどい。なにしろ、わたしたちはアダの寝台の横で、床に並んで寝ていたのだ。アダの気分が悪いときは、わたしとオードリーはできるかぎりバケツで嘔吐物を受け、掃除した。朝も晩も、バケツを洗い、床をふき、自分たちもふくめたその他諸々を海水できれいにした。

ここで、寝台について話さねばならない。純正な人間が使わないときは、壁に折りたたまれている。純正な人間が自分の寝台を上げ――あるいは、上げなくても――ボタンを押せば、魔法のように寝台が壁のなかへ消える。これで、彼らが船室でしたいことに使える空間が少し増えるというわけだ。

チャンドラは紙人形を切り抜いたりしていて、食事以外のほとんどの時間は、オードリーとわたしをふたりきりにしておいてくれる――と言えたらいい（うえに、楽だ）が、真実ではない。たいていチャンドラはわれわれと一緒にいるか、われわれの部屋のドアをたたいているかだったので、最初のふた晩は一度もセックスできなかった。その後、昼間はずっと鍵を開けておき、夜は施錠して、チャンドラがドアをたたいてきたときは、わたしがドアの隙間から小声で〝わたしたちはもう眠っていました。お母上とオードリーはまだ寝ているので、静かに部屋にお帰りなさい〟と言うようにした。ほとんどは、それでうまくいった。

ところが、ある朝、ドアをたたいてきたのはチャンドラではなく、アダだった。アダはオードリーとわたしをふたりきりにして、船室から出ていってくれていた。彼女が出ていくとすぐ、わたしたちは毛布をはねのけ、裸になっていた。わたしはドアをたたくアダに、裸で寝ていたのですが、なんのご用ですかと訊ねた。アダはなかに入りたいと言うので、わたしは言った。「わかりました。服を着るので、少々お待ちください」そして服を着はじめたが、アダはドアをたたくのをやめない。わたしが部屋に入れると、彼女は怒鳴った。「チャンドラはどこ？」

オードリーが言った。「自分の部屋で眠ってると思うけど。そんなことで、あたしたちを起こしたの？」「さっさと床から起きて、どこかにすわってちょうだい。話ができるように」とアダ。

オードリーは首をふる。「なにも着ていないも同然の薄いネグリジェ一枚で、舷窓から朝日が入ってくるうえに男性のいる部屋で、立ちあがるつもりはないわ。悪いけど、あなたはベッドにもどって、もう少し眠ったほうがいいんじゃないかしら？　話は朝食の席でしましょう」

「とっくに朝よ」アダは言った。「娘はあなたたちふたりと一緒にいる時間が長すぎる。気に入らないわ」

わたしは言った。「それについては、文句を言う相手が違います。わたしたちが娘さんをホットクリームで買収しているとお思いですか？　娘さんと一緒にいたいのなら、本人にそうおっしゃるべきです」

「わたしのところへもどるよう言ってくれたらいいじゃない！」

オードリーが反論する。「それで、いやと言われたらどうすればいいの？　チャンドラはいやと言うわよ。あなたが何時間も眠っていたとき、あの子はあなたの船室にすわっていたんだもの。天気が悪すぎるのよ——」

「家にいたころだって、充分悪かったわよ！」

オードリーは訊きかえす。「それは、あたしたちのせい？　あなたがあたしを借り出したのはついこのあいだだし、アーンだってそんなに前から借りているわけじゃないでしょ」

このころには、わたしは肉切り包丁を探していた。アダのベルトには差さっていない。となると、ブーツの上部に差していないことを祈るのみだ。

「ふたりとも、わたしにはなにもできないと思ってるんでしょ！」

わたしは咳ばらいをした。「つまり、わたしたちに危害を加えることができる、という意味でしょうか。

オードリーのために、この話を持ちだすつもりはなかったのですが、これでは話すしかありません。ポリーズ・コーヴ公共図書館は、わたしの古い複生体《リクローン》を長年所蔵していたようです。あなたは彼を借り出し、ひどく破損させたため、図書館では彼の腕を切断しなくてはならなくなりました。古いアーンがどんなふうにあなたの機嫌を損ねたのか、話していただけますか？」

アダはただわたしをにらみつけている。

「いずれにせよ、あなたは確実に、彼にその償いをさせました。著者の書いたことに気分を害してページを破る人がいます。そのページがなくなっていることは、べつの利用者がその本を借りて苦情を言ってくるまで、誰にも気づかれることはありません。それまで、本が破損してから一年以上経過することもあります。わたしの古いリクローンは——」

「彼は、バリーが浮気していると言ったのよ！」

わたしはうなずいた。「そうだろうと思いました。

図書館は彼にできるかぎりのことをしました。実際のところ、彼を診てくれるよう外科医に頼んだかもしれません。しかし、あなたは彼の右腕を肩から切りつけていました。それでは腕のいい外科医にも、たいしてできることはありません。あなたが破損した哀れな古いリクローンに、図書館は新しいシャツを用意しました。所定の位置に小さな磁石がついていて、からっぽの右袖を曲げて胸に固定できるようにしたシャツです」わたしは少し休んでぐっと気持ちをのみこみ、内心の怒りが声に出ないよう気をつけた。「その後、何者かが彼の喉を掻き切りました。わたしがいま身に着けているのは、その哀れな男の古いシャツです」

「わたしがここに来たのは、チャンドラの話をするためよ。バカじゃないの！」

そこへ、オードリーが飛びこんだ。「あたしも彼女の話をしたいわ。あの子もあなたと同じで、あたしたちとは違う。チャンドラは純正な人間で、図書館に収蔵されているリクローンじゃない。もしあなたが自分の娘に対して、アーンの古いリクローンにしたのと同じような扱いをしているんだとしたら、当局があなたを収容所に閉じこめて、鍵を捨ててしまうでしょうね」

また長い沈黙が訪れた。アダはこちらをにらみつけ、こちらはふたりでにらみ返す。最終的に、わたしはアダに説明した。「さっき話したように、わたしは前の版の自分が着ていたシャツを着ています。このコートをぬげば、肩の近くに染みがついているのが見えるでしょう――包帯から染みだした彼の血の跡です。血液の染みは落とすのが非常に難しい。プレンティス館長に見た目の半分でも根性があれば、あなたから預かった保証金を返還することはなかったでしょう。どうでしたか？」

アダは無言で背を向け、つかつかと部屋を出ていった。

その後、オードリーとわたしは服を着て、三十分ほどたったころには、並んで船べりにもたれかかり、海をのぞきこむただの幸せなカップルになっていた。ここで説明する必要があるだろう。われわれは上甲板に来ていた。船室や船橋などの上にある甲板だ。ここに来るのは初めてで、わざわざのぼってきたのは、〈サード・シスター号〉が約五分おきに船首に緑色の水をかぶっていたからだ。船室にいたくはないが足を濡らすのもいやだという場合は、主甲板から速やかにこの上甲板までのぼってこなくてはならない。アダは新品のマリンブーツをはいていて、オードリーは古いマリンブーツを持っているが、チャンドラとわたしには普通の靴しかない。

わたしにとって、海はいつでも美しい。穏やかなときは、美しい女性を見ているようだ。あまりに大きな巨人で一度に全貌を見ることはかなわないが、その姿はどこまでもつづき、滑らかできれいな肌とぞくぞくする曲線が、人間の男性の目にはとらえきれないほど果てしなく広がっている。ただし、いったん荒れると、世界が目にしたことのある最大のトラと化す。憤怒《ふんぬ》に駆られ、引っかいてこようとするトラだ。先の白い巨大な鉤爪《かぎづめ》が何千、何万も、船体にぶつかってきて、とどくところにいる人間を誰でもひっつかみ、船から引きずりだして、一瞬で溺れさせようとする。それでもなお、海は美しい。われわれを沈めようとしているときの海さえ、わたしは愛していた。それが美の為せるわざだ。

ようやく、オードリーが口を開いた。「これを見ていると、あたしたちの利用者のことが頭に浮かばない、アーン？」

「いいえ。ですが、いま浮かんでしまいました。今後は、ずっと頭に浮かぶことでしょう」

「海は穏やかでやさしいときもあれば、今日みたいなときもある。ときには、少し荒い程度で、ヒューヒュー吹きすさぶ風にあおられて、せわしなく力強いうねりを見せるときもある」オードリーはこちらが話すのを待ったが、わたしがなにも言わずにいると、つけたした。「それって、あたしたちの知ってる人を思いださせない？」

わたしは彼女の質問の答えをわかっているつもりだった。「おそらく、アダもときどきそうなるのでしょうが、そういうところはまだ見たことがありません。心理学をご存じですか？」

オードリーは首をふった。「あたしは迷信を信じるタイプじゃない。だから、ノー。心理学を学んだことがないのは、心理学者が言うことの大半は信じられないから」

「わたしもです。ずっと考えているのですが、ドクター・バリー・フェーヴルは心理学を知っていたのでしょうか――というより、心理学をどの程度知っていたのでしょう。ドクターである以上、基礎知識はあるに違いありません。というか、わたしにはそう思えます」

「もし彼がここにいたら、なにを訊く？」

「彼には自分の妻がどこかおかしいことに気づく機会がたくさんあったはずですから、なぜ彼女に治療を受けさせないのかと訊ねます」オードリーから反応がないので、わたしは見解をまとめた。「彼はおそらく気づいていたと思います」

そのときオードリーがなにか言ったが、風が紙をまきちらすように彼女の言葉を吹きとばしてしまった。わたしがもう一度言ってほしいと頼むと、彼女はこう言った。「チャンドラは気づいてると思うって訊いたの」

「たぶん、気づいているでしょう。わたしが探ってみましょう」

しばしの沈黙。太陽が昇ってくるが、気温が上がる気配はない。陽が射す時間は断続的で短く、すぐ雲に隠されてしまう。

「あなたは、亡くなった前の版の自分の復讐に来たんでしょう。当たってる、アーン?」オードリーの言葉は羽毛よりやさしい。

「ええ、そうです。前の版の自分のために正義を実現したいと思っています。なぜ、わかったのですか?」

「今朝、彼のことを話したときのあなたの口調で。彼が喉を搔っ切られた場所は、フェーヴル家?」

わたしは首をふった。「彼は図書館のロビーにすわっていました。わたしがロビーで見かけたときは、彼に問題はありませんでした。落ちこんだようすで、処分特売の値札をつけてはいましたが、生きていました。けれどわたしが出ていこうとしたときには、[*6]亡くなっていたんです」

「しかも、彼はあなただったんだもの」

その言葉を、わたしはよく考えてみた。「ある意味、彼はわたしでした。ええ。そう呼びたければ、ふたりともアーン・A・スミスです。彼は前の版のリクローンでした。もちろん、最初のアーン本人は、オリジナル原稿とともに、わたしが生まれるはるか前にこの世を去っています」

「あたしも同じ」オードリーはほほえんだ。「最初のあたしは、二世紀前に亡くなってる。最初のあなたはどうして亡くなったの? 知ってる?」

わたしは首をふった。「まったくわかりません。ガンか心臓発作あたりでしょうが、本当に、まったくわからないんです」

「あたしのほうは、溺死だった」

わたしは彼女を見つめることしかできなかった。

「もちろん、それも本になってるわ。あたしは南太平洋の孤島にとり残されたの。あるのは、いくつかの道具だけ——鋸、斧、ロープひと巻きとか。自分でボートを——船のようなものを——作って、文明世界へ帰る予定だった。カメラマンの同行はなし。タイマーをセットして自分を撮影したわ。作業しているようすやなにかを。魚を焼いてるところとか」オードリーはほほえんだ。「いい写真が撮れたわよ。それに、魚もたくさんいたから銛《もり》で突いてつかまえた」

「それで、作ったボートが沈んだのですか？」

オードリーは首をふった。「作ったのは、イカダ。ずっとそうしようと思っていたの、誰にも話していなかったけど。ちょうどいい大きさの木を切って、枝を落として、丸太を浜へ引きずっていって、とかいろいろ。それで、満潮のときは浮くけど、干潮のときは浜に置かれた状態になる場所でイカダを作ったの。たいていは、干潮のときに作業していた」

わたしはうなずき、理解していることを示す。

「嵐――とくにハリケーン――が、おもな危険だった。それはわかっていたわ。南太平洋ではあまり遭遇することはないけれど、もし遭遇すれば……」

「とてつもなく危険でしょうね」

「実際、そうだった。あたしが考えていたより危険だったわ。それに、予想以上にさみしかった。それで自分に話しかけるようになったんだけど、いまでもときどきやっちゃうの」

「まったく気づきませんでした」

「たいていは、ひとりのときだから。ほかには、すごく難しいことをしようとしているときとか」

おもに先をうながすつもりで、わたしはこう言った。「単独での航海は、それが初めてではないはずです」

オードリーは肩をすくめた。「もちろん単独航海の経験はたくさんあったけど、食料探しをしながらのイカダ作りは、それまでで最長の単独航海よりもっと時間がかかった。さすがにまずいと思うほど体重が落ちて――」

わたしは口をはさんだ。「ちょっと待ってください。あなたが最後にスキャンしたのは、いつですか？」

「その一年前くらい。少し考えさせて」オードリーは数秒間、黙った。「あの島へ行く十一ヵ月前よ。なのにどうしてわたしがこんなことを知っているのか、不思議に思ってるんでしょ」

「そのとおりです」

「図書館間相互貸借でポート・ピューリティの図書館に貸し出されていたとき、本一冊分になるあたしの人物紹介を見つけたの。くわしいうえに、すごく正確で、興味深い読み物になっていた。二、三のささいな誤りはあったけど、大きな誤りはひとつもなかった」

「あなたはその島から報告書を送っていたのですか？」

「ええ、画面通信《スクリーン》で。報告書と写真を。最後の報告書は――その本には、報告書がそっくりそのまま載っていたわ――海が荒れてイカダが壊れかけているというものだった。ハリケーンに襲われたわけじゃなくて、二メートルもないただの波で」オードリーは肩をすくめた。「その後、あたしからの連絡は二度となかった」

わたしはその言葉を考えてみた。「当局はきっと、あなたの体の組織サンプルか、血液かなにかを所有していたのでしょう。なにしろ、あなたというリクローンが作られたわけですから」

オードリーは首をふった。「あたしのDNAデータが保存されていただけ。当局には、それだけあれば充分なのよ。ほかの話をしましょう、アーン」

わたしは同意したが、ふたりとも黙っていた。わたしはいささか気まずさを感じ、自分が失言したことを確信した。おそらく、彼女も気まずいのだろう。それでもわれわれは、ただ並んで船べりから波を見つめ、一緒にいられることを楽しんでいた――というか、わたしは彼女の存在がうれしかったし、彼女もわたしがそばにいることを喜んでいたと思いたい。

「この海は、あたしのイカダを壊した海よりずっと穏やかだわ」一緒に海を眺めて五分か十分たったころ、オードリーは言った。

わたしはうなずいた。海は前より穏やかになっていて、ほとんどガラスのように見える。

「あれ、見える?」彼女は指さした。「ほら、あそこ」

わたしは目をこらした。「大きな黒いものですか? この船より長い」

「そう。あれは背中よ」

「クジラですか?」

「そうでないことを願ってる。クジラはこういう船に体当たりしてくるの——自分より小さい船に——ときどきだけれど」

衝撃的な話に、わたしは声が震えそうになるのをかろうじて抑えた。「なぜ、そんなことをするんです?」

オードリーは肩をすくめた。「クジラは何世紀ものあいだ、狩猟の対象にされてきた。最初は、猟師が小さな舟から銛《もり》を投げ、その後は捕鯨銃で銛を発射するようになった。あたしの知るかぎり、もう捕鯨はしていないけど」少し黙ってから、つけたす。「人間は捕鯨をやめたけど、クジラは忘れてないってこと」

われわれはそれから長いこと黙りこみ、それぞれ考えにふけった。

風が強くなり、帆を張った大きな船が見えてくると、オードリーは帆を持つ船の呼び名と操縦法を教えてくれた。

その船を眺めて十分くらいたったところで、わたしは船橋へ下りていき、そこのスクリーンに触れて仮像《シム》を呼びだした。現れたシムはいつもと変わらず颯爽《さっそう》としていた。白いキャップを少しななめにかぶり、糊のきいた清潔な制服を着ている。わたしは彼女に双眼鏡か望遠鏡を貸してほしいと頼んだ。とにかく遠くを見られるものを。

「一時の方角に、小型帆船《ラガー》が見えます。あなたが見たいのは、あの船ですか？」

ラガーがなんなのかは知らなかったが[*7]、わたしはうなずいた。

「わたしは双眼鏡より優れた画像をお見せできます」

シムがそう言って姿を消すと、海の景色が映しだされ、説明が流れた。見ているうちに、帆船の姿がどんどん大きくなる。われわれの船の二倍くらいで、木製の船体にはところどころ修繕の跡がある。マストは二本で、前方のマストが前にかたむき、船尾のマストは後ろにかたむいている。両方のマストに茶色のラグスル（四角形の縦帆の一種）が張られ、どちらのラグスルも縮帆されていた。わたしにはいまにも沈没しそうに見えるが、甲板を動きまわる乗組員たちに焦りの色は見えない。

あの帆船を特定できるか訊ねると、またシムが現れた。「いいえ。船名はわかりません。船体にも書かれていません」

「あれは、ドクター・バリー・フェーヴルがこの船で航海したとき、彼を連れていった船ですか？」

少し間があって、シムは答えた。「そのように見えますが、断言はできません」

わたしはあのラガーに近づいてくれと頼みたかったが、この天候ではあの船に乗りこむのはまず不可能だろう。大声で向こうの船長にあれこれ質問したところで、たいした収穫があるとは思えないし、ああいう原始的な船にスクリーンのようなハイテク機器があるとも思えない。

そういったことをすべて考えながら、わたしは言った。「あの船を追ってください！」口に出して初めて、それが大昔の「前の車を追ってください！」に少々改変を加えたセリフであることに気づいた。

シムはにっこり笑い、頭にかぶったキャップに触れた。「アイアイサー！」

シムがわたしの頼んだことをしてくれるか確信は持てなかったが、すぐにわれわれの船が周回しはじめたのがわかった。そこで、ずっと訊きたいと思っていた質問を思いだした。馬鹿げているのはわかっているが、そんな質問を投げかけてもシムはけっして笑ったりしないだろう。「ほかのふたりの姉妹《シスター》にお会いできないでしょうか？」

シムはまったく動じなかった。「たぶん、できると思います。ふたりが港に停泊しているときなら」彼女はわたしの返事を少し待ってから、つけたした。「ふたりの名前は〈マーメイド号〉と〈ラッキー・レディ号〉です」

もっと知りたかったが、いい訊き方が思いうかばなかった。たぶんそのまま口にしていれば、脳にほどこされた処置によって自動的に修正されただろう（わたしの場合はいつもそうなる。初代アーン・A・スミスが書いていたような話し方をしなければならないのだ。それについては、すでにお話ししたはずだ）。

わたしがふたたび上甲板へ行くと、オードリーが指さした。「あの帆船を見た、アーン？」

わたしは見たと答えた。「それについて、わたしたちの船に訊きにいっていたんです。シムがスクリーンで拡大画像を見せてくれました。あれがドクター・フェーヴルを連れていった船かもしれません。わたしはそう思います」

「この船があっちを向くまで、気づかなかったわ。それも、あなたの仕業よね？　船橋に下りて、指示してたんでしょ？」

わたしはうなずく。

風が強すぎて、わたしには階段をのぼってくるチャンドラの足音が聞こえなかった。気づいたのは、チャンドラがここまでやってきて声をかけてきたときだった。「あの船に追いつこうとしてるの、ミスター・スミス？」

わたしはふり向き、母親の具合はどうかと訊ねた。

「また、すっかり静かになっちゃった。でも、最初はすごい暴言を吐いてきたから、あたしはパジャマのまま外に飛びだしちゃったけど。母さんはたぶん、あたしがこんなふうに上甲板に行ったと思ったんだろうけど、違うんだ」

「やるわね！」オードリーだ。

「ほんとはエンジンの上にある小さい船室にもぐりこんでたの」チャンドラはにやりと笑った。「あそこはすごくうるさいけど、そのうち慣れたみたい。しばらくこもってたら、あんまり気にならなくなっちゃった」

「きっと、あそこで寝なきゃならないときもあるんでしょうね。たくさんの漁師が乗りこんだときなんかは」

「うん。あたしがそこでなにしてたか、わかる？」

オードリーはほほえんだ。「想像もつかないわ。なにをしてたの？」

「あそこには隠れられる家具やなにかはないでしょ。だから上の寝台にのぼって、壁のボタンを押したの。あたしがなかにいるまま、寝台は壁に向かって閉じたわけ」

「窒息していたかもしれませんよ」とわたし。

「ううん。腕を突っぱれば、少し開くもん。しばらくそうして隠れたあと、手を伸ばしたら、またボタンを押せたよ。そしたら、寝台は開いて元どおり。それから、あたしたちの船室に着替えにもどったの。母さんは目を覚ましていて、下の寝台に横になって、じっと上の寝台を見つめてた。そういうときの母さんのことは、知ってるでしょ？」

わたしはうなずく。

「だから、あたしはなんにも言わなかった。急いで着替えて甲板に出てきたの。それでここに上がってきたら、ふたりがいたってわけ」

オードリーが言った。「あなたが上がってきてくれてよかったわ。船べりから波にさらわれたら大変だもの」

「そこまで荒れてないよ」

「いまはね。それに海がそこまで荒れてなくても、そういうことは起こるものよ。あっというまにさらわれちゃうんだから」

チャンドラはまじまじとオードリーを見て、うなずいた。

「あたしはたくさん航海してきたの。大西洋を小さなヨール（二本マストがあるヨットの一種）で単独横断したこともあるし、スループ（一本マストのヨットの一種）で地球一周の旅に出たこともある。水の世界に充分注意をはらっていなかったら、インド洋で海賊につかまったわ」

わたしはつけたした。「彼女はカヌーでアイルランド海を単独横断したこともあるんですよ」

「知らなかった」チャンドラはあやまるような口調だった。

「あたしが言いたいのは、あなたくらいの年で海に出る人は、教えてくれる人の言うことはちゃんと聞いたほうがいいってこと。どんなに知識があってもありすぎるなんてことはないし、乗っている船が小さいほど、より賢くならなきゃいけないんだから。あたしがどんなふうに死んだか、知ってる？　初代のあたしのことだけど？」

ゆっくりと、チャンドラは首をふる。「そんなこと、考えたこともなかった」

「イカダがばらばらになって、溺れ死んだの。そのうちくわしく話してあげるけど、あまり楽しい話じゃない」

「そのイカダも、ひとりで乗ってたの？」

うなずくオードリー。

「好きだったんだね。ひとりでいることが好きだったんだ」

「ひとりが好きなときもあったわ。ええ」オードリーは黙りこみ、わたしは彼女の考えていることが聞こえたらいいのにと思った。

チャンドラが言った。「あたしも、ひとりでいるのが好きだよ。ときどきは」

沈黙が気づまりになる前に、わたしは口を開いた。

「学校には友人がいるでしょう」

「何人かはね」チャンドラは肩をすくめた。「友だちといっても、親友と呼べるような子はいない。午前中は友だちだけど、昼休みが終わったら、もう友だちじゃない。言ってる意味、わかる？」

わたしはうなずいた。

オードリーは言った。「話しかけられなくても平気で、相手も話したがっているとき以外は話さないっていう人はいるものよ。まあ、あんまり多くはないけど。ていうか、すごく少ないけど」

おしゃべりはわれわれの船がラガーに追いつくまでつづいたが、わたしはなにもかも覚えているわけではなく、覚えているものにさほど興味深い話はなかった。


こちらの船が追いつくと、ラガーで誰かが声を張りあげた。「そっちに乗りこんでいいか？」

シムがわれわれの誰かに問題ないか訊いただろうとお思いだろうが、そんなことはなかった。あるいは、ひょっとしたら、アダ・フェーヴルに訊いたのかもしれない。こちらの船はただラガーに向けて漁網を放った。三、四十メートルは離れていたと思うが、漁網は帆船にとどいたうえに、ラガーの乗組員がなんとか網を結わえつけるだけの余裕があった。

ひとりの男が漁網に飛びおり、たぶんわたしがするよりはるかにすばやくこちらに渡りはじめた。もちろん、漁網はふたつの船のあいだでたるみ、水につかっている。その距離の大半では、波が来るたびに男の頭が水面下に消える。それでも男はあきらめない。わたしは自分のことをタフだと思いたいが、彼のほうがはるかにタフだと認めざるをえなかった。

こんなふうに書いているが、物事について実際の状況がそのまま伝わるように語るのは、ほぼ不可能な場合があり、これもそのうちのひとつだ。男がついに主甲板によじのぼってきたときには、防水服もなにもかもびしょぬれで水が滴っていた。男はわれわれを見て、わたしは彼を見た。そのとたん、わたしには彼が何者かわかった。図書館でちらりと見かけただけだが、とにかくわかった。わたしはオードリーに耳打ちした。

「アダのご主人です！」

三十秒後、彼はわれわれと一緒に上甲板に立ち、いっぽうの手を差しだした。「バリー・フェーヴルだ」

8 リッチホウム島

もしあのとき考える時間があったなら、わたしは彼と握手しなかったかもしれない――なにしろ、古いわたしの喉を掻き切ったのは彼だと思っていたのだから。それもひどいことだが、わたしが思うに、彼はチャンスがあり次第、わたしの喉も掻き切ろうとしていたはずで、こちらのほうがはるかにひどい。実際は、わたしに考える時間はなく、彼が漁網をつたって荒海を渡り、向こうの船からこちらの船によじのぼってくる姿は、見たことのあるなかでもっとも勇敢だった。というわけで、わたしは彼と握手を交わした。「アーン・A・スミスと申します、ドクター」あなたがたがするように挨拶し、オードリーを紹介した。オードリーは彼ににこやかに手を差しだしたが、もういっぽうの手は幸運を祈って指で十字をつくっていたと思う。

その後、彼はチャンドラの頬にキスをした。「また会えてうれしいよ、かわいいチャンドラ」

チャンドラがうなずくような仕草をすると、彼は背すじを伸ばした。するとオードリーが言った。「凍えそうでしょ」

バリーは身震いした。「ああ。もし暖かい船室があれば……？」

「ありますとも」わたしは答えた。そのころには、いま起こっていることに頭が追いついていた——対処すべきふたつの大きな事実がある。ひとつは、前の版のわたしだった例の老人の喉を掻き切ったのは彼である、とわたしが信じていること。もうひとつは、それが事実か正確にはわからないこと。あの場にいた以上、彼が犯人である可能性はかなり高いと思われる。しかし、彼なぜ彼がそんなことをするのか？　動機、手段、そして機会。それらが犯罪捜査における三本の柱だと読んだことがある。ドクター・フェーヴルには二本目と三本目の柱はあるが、一本目はかなり不確かだ。彼は、妻のアダが彼を探すために古い版のわたしを借りたことは知っていたはずだ。さらに、彼はこれも知っていたに違いない、あるいは信じていたはずだ——古い版のわたしがかなりの事実を突き止めていたことを。だが——これがじつに大きな矛盾なのだが——彼には、アダが古い版のわたしの腕を切り落として図書館に返却したことは知りようがなかっただろうが、彼にとって古い版のわたしはもう脅威ではなかったのだ。ほかに動機がない以上、ドクター・フェーヴルが犯人である可能性はすこぶる低い。

問題はまだある。ドクター・フェーヴルは古い版のわたしをかなりの安値で買えたことを知らなかったはずはない。哀れな彼の首には値札が下がっていたし、終身在職権を持つ教授にとっては小遣い程度の値段だった。古い版のわたしを買えば、ドクターは彼の喉を掻き切ることも、焼却することもできるし、なんなら高い崖から突きとばすだけでいい。しかも、なんの面倒も発生しない。完全に合法だ。あのとき図書館のロビーはちょうど混雑していて、そこらじゅうに人がいた。もちろん、誰にも気づかれないかもしれないが、気づかれる可能性のほうが高かっただろう。そして、その噂が広まったら？　教授会でいろいろ訊かれないだろうか？　サバティカルが終わったら、学生からもたくさん質問されるのではないか？

やっぱり、古い版のわたしを――さっき言ったように、ただ同然の値段で――買い、こっそり殺して、解剖用の遺体として学生たちに引き渡せばいいのではないか？　解剖を学ぶには遺体が必要だが、純正な人間の遺体でなければいけないということはないだろう？　顔こそ完璧な左右対称ではないが、リクローンと純正な人間の体にほとんど違いはない。あるわけがない。

ある暗い夜、わたしはドクター・フェーヴルを船べりから海に抱え落とせるだろうか？　水中に光る生き物がいた。人間にしては大きすぎ、漁の対象とするには人間に近すぎる生き物だ。ということは、不意を突いて彼につかみかかれば……。ただし、そういうことを試す前に、知るべきことがとてつもなくたくさんあった。なぜわたしがいまにも耳から煙が噴きだしそうなほど高速で頭を回転させているかは、おわかりだろう。

ちょうどそのとき、オードリーが彼に言った。「暖かい船室がふたつあるわ。なかには椅子やなにかもある。アーンとわたしは奥さまの寝台の横で眠るので――アダ・フェーヴルはあなたの奥さまよね？」

うなずく彼。

「ひとつの船室は奥さまが、もうひとつはチャンドラが使っているの。もし、いま奥さまに会いたいのなら……？」

ドクター・フェーヴルは首をふった。「先に、体をふきたい。体をふいて温まりたい。ひとりになれるところで服をぬぎ、毛布にくるまっているあいだに、服を乾燥機にかけられるかね？」

チャンドラが答える。「あたしがやってあげる。父さんはあたしの船室で着替えて」

というわけで、みんなで主甲板に下り、わたしは予備の毛布を持ってきた。そしてオードリーとわたしは上甲板にもどり、ドクター・フェーヴルはチャンドラの船室でひとりになって、チャンドラは船室の外で待った。ドクターが服を着直すと、チャンドラはわれわれを呼びにきた。チャンドラの部屋では、彼が乾いた服を着て、ボルトで固定された椅子にすわり、カフェをすすっていた。

彼はカップをかかげた。「これを注文したんだ。家内もだめとは言わんだろう」

オードリーが言う。「言わないってば。ほしかったら、食べるものも頼めば」そのころには、〈サード・シスター号〉は横揺れと同じくらい激しい縦揺れが始まっていたので、説明しておくべきだろう。カフェのカップには、小さな飲み口の開いたふたがついている。ドクター・フェーヴルは、わたしよりはるかに巧みに飲んだ。その姿はベテランの船乗りだ。

「シャワーも浴びて、海水を洗い流した」彼はそこで、誰かがなにか言うのを待った。「真水はあまり使わないようにしたよ、ぼくの使う分くらいは海水脱塩装置で間に合うだろう。リッチホウムにはあと二日で着くはずだ。あそこには、真水が豊富にある」

その言葉に、わたしは驚いた。「わたしたちがリッチホウムへ向かっていることをご存じだったんですか？」

うなずくドクター。「そう考えて間違いないと思ったんだ。あの島までぼくを迎えにきてもらえないかと思って、この船と画面《スクリーン》通信をしたら、すでにチャーターされていた」そこで言葉を切り、わたしがなにも言わずにいると、つけたした。「この船の目的地は秘密にされていた。秘密にされていなかったのは、この船をチャーターした人物の名前だ」

「あなたの奥さまです」

「ああ、アダだった。家内の行き先も、有能な友人の協力を得ていることも、想像に難くなかった」

オードリーが口を開いた。「わたしたちは複生体《リクローン》なの、アーンとわたしは。きっと、わかってるわよね」

彼は肩をすくめた。「もちろんだが、わざわざ口に出す理由はないだろう」

「奥さまは図書館からアーンを借り出して協力を求め、それからアーンが奥さまにあたしも借り出すように勧めてくれたの」

ドクター・フェーヴルはほほえんだ。「彼に恩があるわけだ」

「ええ、けれどそれを言うなら、奥さまにも……」オードリーの言葉は小さくなってとぎれた。「彼女があたしの利用者だもの。なぜ奥さまと一緒に暮らさないのか、訊いてもいいかしら？」

わたしは話題を変えようとしたが、ドクター・フェーヴルは手をふって制した。「説明しよう」

彼はチャンドラのほうを向いた。「本当は、おまえがひとりのときにこの話をするつもりだった、チャンドラ。だが、いま話したほうがよさそうだ。訊いてくる人は多くないが、訊かれれば誰にでも話している」

うなずいたチャンドラは、ひどく気まずそうで、わたしは逃げだすのではないかと思った。

「おまえのお母さんは情緒障害だ。そのせいで前触れもなくひっきりなしに、極度の高揚感からひどい鬱状態へとくるくる変わる。おまえが心理学にくわしくないのはわかっている。それについては、ぼくも同じだ」

彼はオードリーとわたしのほうを向いた。「きみたちはどうかね？」

わたしは首をふる。

「あたしもよ。本当に、なにも知らない」とオードリー。

「ぼくは心理士に相談した。こういうタイプの患者を数多く扱ったことのある経験豊富な人たちに。あれは、さっき言ったように、情緒障害だ」彼は深々と息を吸った。「つまり、精神疾患じゃない。心理士であれ精神科医であれ、治療を望まない正気の人間を治療することは認められていない。ぼくは再三再四、治療を受けるようアダを説得した。だが家内はどこも悪くないと言い張る」

オードリーはわたしを見てから、口を開いた。「アーンとあたしは、ふたりともポリーズ・コーヴ公共図書館から借り出されているの。図書館まで迎えにきたのはチャンドラだけれど、正式にあたしたちを借りているのは奥さまで、つまり彼女があたしたちの利用者ということ」

「それで、きみたちふたりがこの船に乗っているわけか。なるほどね」

オードリーの話は終わっていなかった。「図書館の蔵者として、あたしたちは利用者に知らせる義務がある。あたしたちには床をモップでふいたり、汚れたお皿を滅菌器に入れたりする必要はないけれど、旅行するとき、利用者はあたしたちに同行を求める権利がある」

ドクター・フェーヴルはほほえんだ。「ならば、きみはきみの仕事をするといい。ぼくはぼくの仕事に精を出す」

「あたしたちは食器を滅菌器に入れるよう求められることはないと言ったでしょ。実際、求められていない。でも、たいていは無理のない範囲で、利用者の役に立とうとするわ。ひとつには、たくさん借りてもらえると助かるから。利用者は毎回違う人じゃなくてもいいの。もし同じ利用者が一年に四回あたしたちを借りてくれたら、あたしたちにはすばらしい記録ができる。なにを言いたいか、わかる？」

「よくわかる」とドクター・フェーヴル。「わたしには一年に一度借りてくれる女性がいます」

わたしは口をはさんだ。

オードリーはつづけた。「それだけで、アーンの立場は安泰なの。一年すぎても誰にも借りられなかった蔵者は、まずいことになる」

「これで、わたしたちの立場はわかっていただけたでしょう。あなたはリッチホウムへ行ったことがありますす。数回は、行っているはずです。わたしたちは行ったことがありませんし、奥さまは島についてなにもご存じないでしょう」

チャンドラが割りこんだ。「あたしも知らない」

オードリーが言った。「あなたはサバティカルでその島へ行こうとしている。ということは、これまでも行ったことがあると考えるのが合理的だと思う。アーンとあたしはその島のことはなにも知らないから、ざっと教えてもらえないかしら？」

「喜んで」ドクターはほほえんだ。「リッチホウムは最北の沿岸沖にある小さな島で、北極圏に近い。人口はわからんが、千人程度か、もっと少ないだろう。南東には世界有数の豊かな漁場があり、島のほぼすべての男性が漁業に従事している」

少しのあいだ、彼は口をつぐんだ。

「あの島に関心を持った最初の理由は、氷穴だ」

わたしはおそらく目を見開いたか、背すじを伸ばしたか、そのようなことをしたのだろう。なんであれ、その反応にドクター・フェーヴルは笑った。「そう、氷におおわれた洞窟だよ。氷穴は氷河のなかにある。非常に広く、水晶のように透明な氷の美しい洞窟で、それを見るには懐中電灯かランタンを持っていく必要がある。氷穴の存在は世間にほとんど知られていないが、ぼくはいくつもの氷穴を探検してきた。リッチホウムに着いたら、喜んできみたちに見せてあげよう――見たければ、だが」

じつに率直に、わたしはぜひ拝見したいと答えた。

オードリーはうなずき、チャンドラははしゃいだ声を上げた。「あたしも！」

「それなら、警告しておかねばならん」――ドクター・フェーヴルはまだやさしくほほえんでいた――「そういった氷穴には、数千体もの死体がある」

オードリーは、わたしに聞こえるほどの音を立てて息をのんだ。

「何世代にもわたって、島の住民は氷穴に遺体を葬ってきた。氷穴の極寒の環境により、遺体は完璧な状態で保存されている」

オードリーが言った。「それで、島の名前の由来がわかったわ。ずっと気になってたの」

ドクター・フェーヴルはうなずいた。「考えてみれば、しごくもっともな名前だ。もし若い女性が自分の祖母はどんな顔をしていたのか見てみたいと思ったら、氷穴に連れていってもらえばいい。あるいは、島を離れているときに妻を熱病で亡くした男がいたら、帰ってきたときに妻の遺体と対面できる。それで妻の死が厳然たる事実だということ、事故など非業の死ではなかったことがわかる」

「宝については？　ぜひ、それについてもうかがいたいものです」

ドクター・フェーヴルは口を開いたが、言葉が出る前にしっかりと閉じてしまった。オードリーはまじまじとこちらを見ている。

「以前、あの島の地図を見ました」わたしは言った。「星の印がついた小さな長方形がありました。なんであれ、その長方形が表しているものこそ、地図が描かれた理由であることは明らかに思えました。地図を見たときは、誰が描いたのか見当もつきませんでしたが、いまなら非常に可能性の高い推測ができます」

オードリーとわたしは、ドクター・フェーヴルが口を開くのを待った。彼がなにも言わないのを見て、オードリーがこちらを向いた。「縦揺れが止まってる。気づいてた、アーン？ なぜか知らないけど、ほとんど揺れてない」

話したことはほかにもたくさんあったが、もっとも興味深い話題はほぼすべて紹介した。ドクター・フェーヴルの服が乾くと、＊8彼とチャンドラはアダのところへ向かい、オードリーはまた甲板へ出た。オードリーがわたしもついてくると期待しているのはわかっていたが、わたしは先に船橋《せんきょう》へ上がって数分間すごした。

船橋から下りていくと、主甲板でオードリーを見つけた。「質問を受けつけてる？」

わたしは肩をすくめた。「内容によります。そもそも、なにもかも知っているわけではありませんから」

「あなたが地図で見たっていう星印のことで、なにかわかってる？ 宝物が隠されてるって意味なの？」

わたしは首をふる。「どういう意味かはわかりません。わたしの推理はあなたとほぼ変わらないでしょう」

「じゃあ、こっちは？」オードリーは声を落とす。「ドクター・バリー・フェーヴルについて、どう思う？」

わたしはまた肩をすくめた。「ハンサムで、勇敢で、人当たりがよく、口がうまい。おそらく、狡猾でもあるでしょう。狡猾については、まだ判断がつきかねますが」

「ドクターの話は本当だと思う？ あの氷穴の話」

「たぶん。わかりませんが」

「あたしたちの利用者は彼を信用するかしら？」

わたしは首をふった。

「アダが信用しないとわかってるってこと？ それとも、ただそう思うってだけ？」

「あなたは些細《ささい》なことにこだわりすぎているようです」わたしはオードリーに言った。「彼女が夫を信用しないという点については、合理的な確信があります。ときには信用することがあるとしても、たいていは信用しないでしょう」

オードリーはアダに買ってもらったウールのコートの前を、もう少しきつくかきあわせた。「あなたは信用してる？」

「もちろん、していません」

「あたしも。ただの直感だけど」

「わたしには、直感以上の理由があります。ひとつは、彼がこの船に妻がいると思っていたと言ったのは嘘だからです。もし妻がいるとわかっていたら、漁網を渡って乗りこんでくることはなかったでしょう。彼にしてみれば、アダは物事を複雑怪奇にしてしまう人物です」

「彼はほかの誰かが乗っていると思ってたってこと？」

わたしはうなずく。「そのとおりです」

「誰？　それはわかってるの？」

「確信はありませんが、見当はつきます——ペギー・ペッパーという女性です。Pの音がお好きなら、あるいは正式な呼び方をしたければ、ペギー・ペッパー教授《プロフェッサー》。黒髪に色つやのよい顔。非常に魅力的です、少なくとも表面上は。実際に会ったことはありませんが、一度、スクリーン通信をしたことがあります。声も魅力的でした」

「あたしは二回結婚してるのに、気づかなかったわ」オードリーは冗談めかして言った。「なんて鈍いのかしら！」

「見栄えのいい男性で、年齢は中年になるかならないかくらい、お金があり、魅力的だが情緒障害のある妻がいます。彼は妻と別居し——そこは理解できます——まったく帰ってきません。何年もです。彼らの十二歳になる娘は、父親の顔もほとんど知らない」そこで言葉を切り、うねる暗い海を見つめ、わたしは古いアーン・A・スミスに思いを馳せた。彼の丸まった背中、薄くなった灰色の髪、落胆した顔――いつか近いうちに、わたしもああなるだろう。

そんな思いをふりはらおうと、わたしはつづけた。

「ドクター・バリー・フェーヴルには、間違いなく、ほかに相手がいたはずです。二、三人という可能性もありますが、ひとりは確実です」

オードリーがいてくれると気がまぎれた。彼女はわたしの腕を取り、こちらにもたれかかっている。「アダと離婚しないことに、びっくりだわ」

「それにも理由があるのでしょうが、推測するつもりはありません。どんな理由であってもおかしくないですからね」

オードリーはうなずいた。「まず、チャンドラね。妻に娘の監護権を取られるかもしれないし、情緒障害があるといっても……」

「それはどうでしょうか。彼はほぼ確実に監護権を取れるでしょうが[*9]、それを望んでいないのかもしれません。とはいえ、おそらく、別の理由があるのでしょう。妻が遺書をのこさずに亡くなった場合、夫が妻の財産を相続します。アダに莫大な財産があるという印象はありませんが、彼女は家を借りて自分で家賃を払っています――実際に小切手を切っているのは家政婦でしょうが――そんな生活を何年もつづけています。つまり、わたしの想像よりはるかに多くのお金を持っている可能性がきわめて高い」

「ほかには？」

「彼はかわいいペギーや、ほかの誰かと結婚したいわけではないのでしょう。生きている妻がいるというのは、結婚できない理由としては完璧です」

「ペギーは彼に離婚をせまっているんじゃないかしら」

「おそらく、そうでしょう。ですが、考えてみてください！　彼の妻は慢性的な病気と変わりありません。そんな妻を離婚して捨てるんですよ。教授会でどんな反応があるでしょう？　彼は現在のところ、同僚の知るかぎり、誠実に妻を支えています」

オードリーはうなずいた。

「もうひとつ、あります。彼の過去に暗い秘密がある場合です。例えば、十年か十五年ほど前に、純正な人間を殺害したことがあるとしましょう。その事実は、妻も知っている。妻のことをよくわかっている彼は、離婚話を持ちだせば、彼女がまっすぐ警察へ行くと思っているのでしょう」

オードリーはパチンと指を鳴らした。「ちょっと待って！　彼はこう言ってたわ。スクリーン通信したとき、この船をチャーターしたのは彼女だと聞いたって。行き先は聞きだせなかったけど、チャーターした人物は教えてくれたって」

わたしはうなずいた。「そのとおりです。彼はそう言っていました」

「じゃあ、彼は自分の妻がこの船に乗ってるのを知っていたってことじゃない！」

わたしは首をふる。「それが真実なら、彼は知っていたことになるでしょう。ですが、わたしには、とてもありえない話に聞こえました。もしチャーターの情報が秘密なら、チャーターした人物――あるいは会社や、政府の関連機関という場合もあるでしょうが――の名前も秘密にされるものではありませんか？　例えば、わたしがきわめて私的な用事で出かけるとしましょう。それであなたにこう言うとします。このことは誰にもしゃべらないように、ただし、きわめて私的な秘密の用事で出かけたことは話してもかまわない。おかしくありませんか？」

「言いたいことはわかるわ」

「というわけで、わたしはこの船の仮像《シム》に訊いてみた」

んです。答えはノーでした。この船は利用不可であるとだけ、伝えたそうです。その理由も、期間も、伝えていません。それはシムにははっきりわからなかったからです。それで、利用不可と答えたわけです」

夕方に近くなったころ、リッチホウム島が見えてきた。もし北大西洋が穏やかで太陽が輝いていたら、はるかに早く見えていただろう。しかし実際は、まず水平線に小さな点となって現れ、だんだん大きく見えてくるといった、旅行記で読むような見え方ではなかった。わたしが島に――うねる白波の上にそびえる白い山頂に――気づいたときには、すでにある程度細部が見えるほど近くにいた。馬鹿げて聞こえるのはわかっているが、最初に頭に浮かんだのは〝雪の巨人の城〟だった。最初のわたしが小さかったころ、大人から妖精の国の地図をもらった。くるくる巻いてある、大きな絵地図だ。妖精の国が描かれていたはずだが、その地図でいちばん大きく描かれていたのは、雪の巨人の城だった。いちばん奥に連なる山々の高いところに建っていた。絵地図に描かれた妖精の国は黄昏時《たそがれどき》で、そこではずっと黄昏時なのだろうという印象を受けた。二、三年後、わびしい妖精の国にある危険な海の話を読んだので、うん、こういうところなら知っていると思った。いま、わたしはそんな海にいると感じていた。

リッチホウム島はひとつの山で――大きな山で、横幅は広いが傾斜はそれほど急ではない――荒海からぬっとそびえていた。アラベラと一緒に、コレット・コールドブルックの黄色い飛翔機《フリッター》で飛行したときに見た山の多くは、山頂が雪におおわれ、雄大で美しかった。この山もそうだ、いや、それ以上だ。リッチホウム島の冠雪は海へ向かってのび、雪はふもとにも積もり、かろうじて見える家々の屋根にもたくさん積もっている。汚い灰色の煙が上がっていなければ、家とはまったく気づかなかっただろう。家々の煙突から上がった煙は、やがて強い風に吹きとばされていく。ちょうど二日前、わたしが暇つぶしにスクリーンを眺めていたとき、捕鯨に関する歌を見かけた。〝その国の王は、獰猛《どうもう》なホッキョクグマ〟とうたわれていた。リッチホウム島も似たようなところだ。この島にホッキョクグマの食べるものなどないと思われるだろうが、クマの食べ物はたいていアザラシや魚で、ときには海鳥や人間も餌食になる。

9 死体の島で唯一の村

翌日、船がリッチホウム島の小さな港に停泊したとき、あの小型帆船《ラガー》がすでに繫留されていた。わたしは驚いた。帆を立てた漁船よりはこちらの船のほうが速いと思っていたのだ。さらにもう一艘のラガーが突端を回ってきたときには仰天し、あのラガーが先に着いているわけないではないかと大笑いしてしまった。

二艘のラガーはどちらも漁船、つまり〈サード・シスター号〉の先祖だった。のちにわかったことだが、そういう船はほかに十艘以上あり、どれも同じサイズで、めったに使わない小さなエンジンがついており、二本のマストにラグスルを張っていた。

灰色の煙と島の名前から、どこか陰鬱な雰囲気を期待していたが、村は新たに降った雪のおかげで明るく清潔に見えた。見えるかぎり、大きな家も大きな店もなく、どんな種類であれ大きな建物はひとつもない。言いかえれば、このあたりは裕福な土地ではないということだ。家はすべて小さなコテージで、急角度の屋根の下に屋根裏部屋があるタイプのものだ。そういう屋根裏はひとつの大きな部屋である場合もあるが、天井がななめになった屋根裏部屋がふたつか三つに分かれている場合もある――まあ、そのへんはどうでもいい。シンプルな造りのものは古く見えづらいものだが、島に並ぶコテージもそうだった。塗装されていない石の壁に、屋根板ではなく粘板岩《スレート》ぶきの屋根。ここでは石材は安いが、木材は船とおそらく家具に使用されるのだろう――とはいえ、船にも家具にも充分な量の木材はなく、南から輸送してきたに違いない。わたしの見かけた店にはどれも、売り物を飾るショーウィンドウがなかった。そこが店だとわかるのは、風雨にさらされた看板が正面にかかげられているからだ。糸巻きに刺さった針の看板があったことを覚えている。ほかに、牛の角のコップから白い泡がこぼれている看板もあった。こちらはエールを売る店という意味だ。こういった説明から、わたしがその場所を気に入っているらしいとわかってもらえるだろう。ちなみに、島の住人がわたしのようなよそ者をあまりじろじろ見ないでくれたら、もっと気に入っていただろう。

ドクター・フェーヴルはその村のある一家のところに下宿していたが、そこにわれわれ四人全員分の部屋はなかった。そこの家族があちこちに声をかけてくれ、最終的にわれわれ四人はエイリクスダッターという老夫婦の世話になることになった。老夫婦には六人の子どもがいたが、もう全員成人して、それぞれの大家族とともに小さな石造りのコテージで暮らしていた。息子たちは四人全員が漁師で、誰も溺死してはいない。その話をするとき、エイリクスダッター夫妻は誇らしげで幸せそうだった。どうやら、かなり多くの漁師が溺れて亡くなっているらしい。わたしはのちに、老夫婦の妻のほうがその話をしたとき、そういう言い方をしたことに気づいた。「ひとりも、溺れ死んでいないんですよ」夫のほうは妻の話を訂正こそしなかったものの、こう言った。「ひとりも溺れ死んじゃおらん、いまのところは」これは大きな違いだ。

わたしたちがあてがわれたのは、もちろん、元子ども部屋だ。屋根裏のかなり狭い部屋で、そこでは眠ることくらいしかできなかった。四人の息子たちはふたりでひとつのベッドを使っていた。ひとつの部屋はアダが使い、もうひとつはチャンドラが使う。アダの部屋のほうが大きく、窓がひとつあるうえに、彼女のベッドの横でオードリーとわたしが並んで床に寝られるだけの余裕があった。わたしたちは同じ狭い部屋のなかで服をぬぐことに、少し神経質になっているふりをした。老夫婦をあざむくことはできたようだが、アダとチャンドラはまったく信じていないのがわかった。

最初の夜の夕食後、老夫婦の夫のほうはうとうとし、妻はチャンドラに少し手伝ってもらいながら皿を洗っているあいだ、わたしはアダがベッドへ行くまで機会をうかがっていた。十五分か二十分というところだろうか。アダがいなくなると、わたしはオードリーにささやいた。「あなたにはたくさん質問されましたが、わたしもひとつ質問していいでしょうか？」

「ええ、あたしに答えられることなら」

「ドクター・フェーヴルはなぜ、あのラガーに乗っていたのでしょう？」

オードリーは困惑の表情を浮かべた。「さあ、見当もつかないわ。本人に訊いたら？」

「彼はきっと、なんらかの話をしてくれるでしょう。それは真実かもしれませんが、わたしは疑っています。彼はまず、わたしたちの船をチャーターしようとしていました。本人がそう言っています。しかし、チャーターできませんでした。彼はわたしたちの船をチャーターしてなにをしたかったのでしょう？」

「この島に迎えにこさせようと思ったんじゃないかしら。それで本土にもどるつもりだったんじゃない」

「ポリーズ・コーヴですね。そこがわたしたちの船の本拠地ですから」

「ええ。ポリーズ・コーヴへ、チャンドラと妻の暮らすところへ。ドクターはスパイス・グローヴで教えてるんでしょ？　そこに大学があるのよね？　あなたはそう言ってたと思うけど」

わたしはうなずいた。「彼はそこで教えています。わたしはポリーズ・コーヴの図書館で彼を見ました。彼はロビーを通ったのでしょう。あのときあの場で、ぼろぼろの古いアーン・A・スミスの喉を掻き切ったのかもしれません。あくまで、〝かもしれない〟という話です。わたしがアダ・フェーヴルにあなたを借り出させた日から、〈サード・シスター号〉があなたとわたしを乗せて出航した日まで、何日あったでしょう？」

オードリーはゆっくり考えた。「一週間近く。ひょっとしたら、もう少し長いかも」

「わたしは六日間だと思います。一日か二日のずれはあるかもしれません、それは認めますが、六日間でだいたい合っていると思います。わたしたちが船に乗って三日で、あのラガーを見つけました」

「そうだった？　もっと長く感じたけど」

「当然だと思います。わたしたちには、たいしてすることがなかったのですから」

「食事もひどかったものね」

「そのとおりです。あなたはご自分でわかっている以上に正しいかもしれません。ともあれ、いま話しているのは、合計九日間のことです。わたしがポリーズ・コーヴ公共図書館でドクター・フェーヴルを見かけてから、ドクターが船から船へ漁網づたいに渡ってくるのをわたしたちが目撃するまでの期間は、九日間でした。わたしは彼のことを勇敢だと言いましたか？」

　オードリーはうなずいた。「言ったと思う」

「そうだといいのですが。実際、彼は勇敢ですから。それに裕福でもあります。そうに違いありません。なにしろ、図書館から一度にふたりのリクローンを借り出したんですから」

「スパイス・グローヴ図書館から来た、あなたのガールフレンドたちね」

「そうです。さて、ここでひとつ疑問がわきます。あのラガーはドクターを本土へ連れていくところだったのでしょうか？」

「言いたいことはわかるわ。そうは思えないんでしょ？」

　わたしはしばし、エイリクスダッター夫人とチャンドラのおしゃべりに耳をかたむけた。「ええ。そうは思えません。彼は——おそらく、ミリー・バウムガートナーとローズ・ロメインを連れて——この島に来て、ほんの一日二日で本土に帰ろうとしていたことになります。帰りは、彼女たちも一緒かどうかわかりませんが」

「やっぱり、その可能性はなさそうね」

「そうですね、もうひとつ、否定的な理由があります。ドクターはポリーズ・コーヴへ帰る途中だったにもかかわらず、わたしたちがリッチホウムへ向かっていると知って喜んだ。帰るつもりだったなら、先に自分を本土へ連れていくよう主張しないでしょうか？　あるいは、自分の乗っていたラガーにもどりたがるのではないですか？　彼は喜んでわたしたちと一緒にリッチホウムに来ました。ひと言も文句を言わずに」

　ゆっくりと、オードリーはうなずいた。「彼はあのラガーでリッチホウムへ向かっていたんだわ」

「まさしく。わたしはそう確信しています。問題は、ミリーとローズがどこにいるのかです。わたしの推測では、ふたりはドクターと一緒にあのラガーに乗っていたはずです。船室にいたか、わたしたちから見えないところにいたか、あるいはドクターやリッチホウムの漁師たちと同じ防水服を着て乗組員にまぎれていて、わたしには見つけられなかったか。もっとも可能性が高いのはひとつ目ですが、間違っているかもしれません」

「あのラガーはもう港に着いてるの？　知ってる？」

「いいえ、存じません。わたしたちの船より先に着いていたかもしれませんが、その可能性は低いでしょう。十中八九、ラガーはわたしたちより少なくとも二時間遅くなったはずです。あの船が暗くなってから港に入ろうとしたとも思えません。それも可能ではありますが。ドクター・フェーヴルが滞在している家を覚えていますか？」

オードリーはうなずいた。

「場所は覚えていますか？」

「この通りの反対側のはずれでしょ。可能なかぎり港から遠く離れた場所」彼女は少し休んで、つづけた。「通りに並んだ最後のほうの家で、両隣の家より少し大きかったわね」

「そのとおりです。あの家なら、ミリーとローズも利用者とともに泊まれると思います。わたしはそこまで行ってみるつもりです。しっかり耳をそばだてて、口を閉じて。もしそこにミリーとローズがいたら、姿がちらりと見えるかもしれませんし、話し声が聞こえるかもしれません。わたしはふたりともよく知っているので、声だけでわかる自信があります――ふたりが本当にそこにいれば、ですが」

外に出ると、冷たい風が吹きすさび、足下で雪がきしんだ。オードリーが訊ねた。「友だちがここにいるかどうかが、どうしてそんなに気になるの？」

「〝バークとヘア〟の話を覚えているからですよ」わたしはにやりとしたかったが、いかんせん寒すぎた。

「あたしも覚えてる。二、三年前、彼らを題材にしたショーがあったわ、ミュージカルが。あたし観たの。あなたは、ドクター・フェーヴルがそういうことをしてるかもしれないと思ってるの？　人を殺して、その遺体を売ってるって？」

「あなたのいう〝人〟がなにを指しているかによります」わたしは苦々しい口調で言いたかったが、吐く息がふわりと白く浮かんだ。

「そうね……」

「あの方法では、お金は入ってきません――彼は複生《リクロ》体《ーン》を借り出したわけですから、返却しなければ保証金を失います。しかし、大学での仕事をつづける目的でやっていたのかもしれません。わたしが読んだ情報によると、終身在職権を持つ教授でも解雇されることはあるそうです。まあ、簡単ではないようですが」

　ちょうど彼が滞在している家にさしかかったとき、オードリーが訊ねた。「鍵穴に耳をつけて物音を聞いてみる？」

　すでに耳をそばだてていたわたしは、静かにと彼女に合図した。男性の話し声のうちのひとりは、確かにドクター・フェーヴルだ。もうひとりはたぶんこの家の主人だろう。三人目の声は女性らしく、「すばらしい」という言葉が聞きとれた。

　そのころには、われわれは玄関のすぐそばに来ていた。さらに二、三歩雪の上を歩いて、わたしはノックした。

　一瞬、なかの話し声がやみ、やがて男性のゆっくりとした足音が聞こえた。

　ドアが開き、ドクター・フェーヴルを泊めている家の主人がじっとこちらを見る。わたしは言った。「入ってもよろしいでしょうか？　暖かいコートを着ていても、凍えそうで」

　相手は黙っているので、わたしはつけたした。「たいして食べないとお約束します。夕食はすませていますので」

ローズ・ロメインのゆっくりとした、息を殺したささやき声が聞こえたが、なんと言っているかまではわからない。ドクター・フェーヴルが声を張りあげた。

「入れてやってください。彼らに親切にしてもらったんです」

わたしはお先にどうぞとオードリーに手をふり、あとから入る。わたしが腰を下ろすより早く、ドクター・フェーヴルが言った。「アーン、きみはブーツをはいていないじゃないか。ぼくとしたことが、今日の午後、気づくべきだった」

わたしは室内に目を走らせるのに忙しく、返事ができなかった。かなり大きいテーブルに、五人分の席とワイングラス——中身はほぼ半分になっている——が用意され、ミリー・バウムガートナーが鋳鉄製らしき蓋のついたスープの大皿を運んでいる。ミリーはわたしたちを見て、満面の笑みを浮かべた。この家には椅子が四脚しかなかった。一脚はドクター・フェーヴル、もう一脚はこの家の主人、そしてあとの二脚はローズとミリーが使っている。この家の夫婦の妻のほうはスツールにすわっていたが、オードリーにもべつのスツールを用意してくれ、わたしには箱を持ってきてくれた。

「スープよ」ミリーが大きな深皿から鉄製の蓋を取りながら、わたしに言った。「みんなで、この大皿から直接食べるのよ。歴史を通じて、ほとんどの人々がしてきたように」

わたしはスプーンですくった。美味しいだろうということはわかっていたが、そのとおりだった。

「フレンチオニオンスープよ」ミリーは説明する。「ほとんどの人は、上にチーズをのせるものだと思っているけれど、じつは、それはスイス風なの。フランス風はチーズをのせないものなのよ」

オードリーは美味しそうに舌鼓《したつづみ》を打ち、ミリーに作り方を訊ねた。

「玉ネギを刻んで、バターで炒めるでしょ。そこにビーフストックを加える。卵を焼ければ、ビーフストックだって作れるわ」

オードリーはうなずく。

「香辛料で味を調え、かき混ぜる。スープを出す直前にクルトンをのせる」

「どんな香辛料かは、やっぱり秘密よね」

ミリーは笑った。「ぜんぜん。わたしのレシピ本に書いてあるわよ。ビーフストックにすでにお塩を加えてあるでしょうから、仕上げの段階では、もうお塩は入れないで」

ローズはドクター・フェーヴルの右側にすわっていて、彼のほうへ身を乗りだし、なにかささやいて彼をほほえませた。たぶん、彼はローズの太ももをつねったと思う。

「ガーリック、タイム、ベイリーフ、それと赤ワインをグラスに一、二杯。最後に黒コショウをひとつまみ」

オードリーがふくれた。「そんな簡単なわけないじゃない」

「ここでは必要な材料がすべてそろうわけじゃないから、ちょっと実験してみたの」

魚料理が出てくるころには、ローズとドクター・フェーヴルがテーブルの下で手を握りあっているのを目撃してしまった。わたしはずっとミリーとローズの心配をしていたが、ドクター・フェーヴルのふたりに対する扱いは、図書館のリクローンが受ける通常の扱いよりはるかによさそうだ。ここで説明しておくべきだろう。ローズは白いシルクの上着を着ており、上着には葉と垂れさがる花の刺繍《ししゅう》がほどこされていた。たぶん、藤の花だろう。ポリーズ・コーヴ公共図書館では、ぜったいにそんな上着を着ていたことはない。

オードリーがこれはなんという魚かと訊ね、この家の主人が答えたが、わたしには聞いたことのない名前で、もう忘れてしまった。その魚には、ミリーいわくエシャロット入りのシンプルなクリームソースがかかっていた。それを聞いて、わたしはこんなことを考えはじめた。彼女はこういったものを、本土でどれくらいドクター・フェーヴルに買わせたのだろうか？　そして、この家の主人と少し腰の曲がった妻が提供したのは、どれくらいだろう？　おそらく、比率は九対一だろう。

しばらくみんなで食べ物の話をしたところで、わたしはいつ氷穴を見にいけるのか知りたくなった。

「明日行ければ、と思っている。朝、寄ってくれ」ドクターの笑顔に、わたしは不安を感じた。

するとオードリーが訊ねた。「あたしたちだけ？　それとも、奥さまとお嬢さまも一緒に？」その奥さま、という言い方で、ドクター・フェーヴルがローズ・ロメインを借り出した理由に、オードリーも気づいていることがわかった。

「それは、ふたりの意思にまかせるべきだと思う」ドクターは答えた。ビロードのように滑らかに。「もし来ると言うなら、大歓迎だ」少し間を置いてから、パチンと指を鳴らした。「忘れるところだった。ミスター・スミスにはブーツが必要だな。サイズはいくつだね、ミスター・スミス？」

わたしがサイズを告げると、彼は言った。「なら、ぼくのを一足貸そう。いま試してみよう」彼は立ちあがった。「あいにく少し大きいだろうが、厚いウールの靴下を二足用意しよう。ここの女性たちが編んだものだ。それをはいたら、明日、きっと感謝するぞ」

ミリーがデザートを忘れないでと注意する。

ドクター・フェーヴルの話では、ほとんどの家では屋根裏へ上がる梯子があるだけということだったが、この家には階段があった。少々荒っぽい仕上がりで、明らかに手作りだが、しっかりした石の階段であることに違いはない。とにかく、ドクター・フェーヴルはわたしに先に行くよう合図し、わたしが階段をのぼると、下からこう言った。「きみがはいているような靴は、わたしなら一年前に捨てているよ」

わたしは両肩を上げ、ひょいと落とした。「図書館の蔵者の生活がどんなものかは、ご存じでしょう」

「ああ。それに法律がなんといおうが、彼らも同じ人類だということを知っている。ぼくが言いたかったのは、きみにブーツを一足貸してやろうということだ。もしサイズが合えば、そのまま使っていい」

「では、こちらは捨てましょう」

「それがいい。ブーツは普通の靴としても通用する。ズボンをブーツにかぶせてはけばいい」

そのブーツを見るなり、これをはきつぶすことはけっしてないだろうとわかった。セイウチの皮でできており、リッチホウム島のわれわれの宿の主人によれば、茶色だがかなり濃いので、インクの海のように黒く見える。靴紐やバックルといったものは、なにもついていない。丈はふくらはぎの半ばまであった。

下へもどると、ミリーはいなくなっていた。どうしたのかと思ったら、キッチンでクリームを泡立てているとローズが教えてくれた。

わたしはミリーに新しいブーツを見せたいのでと断りを入れ、キッチンへ引っこんだ。ミリーは見たことのない手動の器具を使って、懸命に泡立てていた。

「アーン、あなたは神さまからの贈り物だわ」

「そうですが、あなたがそれを知っているとは思いませんでした」

「わたしに代わって、最後まで泡立ててちょうだい。だんだん重くなってきて、腕がちぎれそうなの」

わたしはその調理器具を手に取り、ハンドルを二回回して仕組みを調べた。少し腰の曲がった夫人はどこにも見あたらない。「ずっと、ふたりきりになる機会を待っていたんです」わたしはミリーに言った。「訊きたいことがありまして。答える前に、よく考えてください。図書館を出るとき、あなたはローズとドクターと一緒にロビーを通り抜けていきました。わたしはロビーにすわっていたので、あなたがたを見かけました」[*10]

「ええ、ドクターがポリーズ・コーヴ公共図書館に依頼して、わたしとローズをスパイス・グローヴから取り寄せたの。それで、わたしたちが到着したところで、ふたりとも借り出してくれたわけ。あなたは自分をポリーズ・コーヴに取り寄せた人が誰かは知らないわよね？」

「じつに容易に推察できます——彼の奥さまです。ドクター・フェーヴルはこれまで、スパイス・グローヴからあなたを借り出したことはありますか？」

　うなずくミリー。「三回。ローズは二回。なんだかうれしそうね」

「うれしいですとも。わたしたち三人がなぜここに——しかも全員がスパイス・グローヴ公共図書館から——送りこまれたのか、ずっと考えていたのですから。それがいま、わかりました」

「わかるのは、わたしとローズのふたりについてじゃないかしら」

「ええ。あなたとローズについては、簡単なことです。ドクターは以前借りたことのあるリクローンがほしかったのです。ミリー・バウムガートナーのべつのリクローンでは、彼のために料理するのを拒否するかもしれません。ですが、あなたなら断らないとわかっていました」

　今回は、ミリーのうなずく速度が遅かった。「それに、新しいローズ・ロメインは彼と寝ないかもしれない」

「そのとおりです。それに新しいローズでは、彼がなにをしてほしいか、どのようにしてほしいかを、もう一度すべて教えなくてはならないでしょう。それはおそらく非常に単純なことでしょうが、複雑なことである可能性もあります。わたしにはわかりません」わたしはそこで間を置いた。「もっと聞きたいですか？」

「もちろん聞きたいわ。続きは？　あなたの質問ってなに？　まだ質問してないわよ」

「わかっています。続きはこうです。ドクターはわたしたちの船にペギー・ペッパーが乗っていると思っていて、それは彼にとって難局が待ちうけているということでした。アダのほうも難しいですが、ペギーほどではありません――というか、わたしはそう思います。質問したかったのは、ドクター・フェーヴルは古いほうのアーン・A・スミスの喉を外科用メスで掻き切り、あなたとローズはその横を歩いていったのかということです」

ミリーは目を見開いた。「そんな恐ろしいこと」

「そういうことは可能でした」わたしは食いさがる。「彼が俊敏にこなしたとしたら。老いたわたしの喉を切り、外科用メスをその場に捨てる。現場の清掃中、メスを見かけた気がするんです」

「まさか。ぜったい、ありえない」

わたしは手動式ミキサーのハンドルを力いっぱい回した。「もし、あなたたちが一瞬、彼より先を歩くことがあったとしたら？」

ミリーは首をふる。「そういうことはなかった。ローズが彼の隣で、腕を組んで歩いていたもの。わたしはふたりの後ろを歩いていた。彼がなにかしたなら、わたしが見ているはずよ」[*11] そこで少し休んでから、訊ねた。「古いほうのあなたがどうして腕を失ったのか、知ってる？」

「知っていると思います。アダが切り落としたのでしょう」

「ほんとに？」

「はい、本当です。彼女は気分の浮き沈みが激しい。それはご存じですか？」

「バリーが話してくれたわ」

「気が立っているときは、ベルトに肉切り包丁を差して歩きまわります。思うに、アダは古いほうのアーンに腹を立て、彼の腕をたたき切り、図書館に返却したのでしょう。きっと図書館は彼を医者に診せたでしょうが、腕は元通りにならなかったのです」

「あるいは、彼女は完全に腕を切り落として、捨ててしまったのかも。ほら、ちゃんとクリームを泡立てて」

わたしは泡立てた。「そういうことを話していたら、なぜアダがスパイス・グローヴからアーン・A・スミスを取り寄せたがったのか、なぜ大陸図書館やほかの図書館ではなかったのか、という疑問に行きあたります」

「あなたなら、ローズやわたしと話したことがあるかもしれないから？」ミリーはクリームから目を離さない。

「いい線を突いていますが、わたしにはもっといい考えがあります」わたしはひたすら泡立てる。「わたしが教授会のほかのメンバーに借り出され、彼女の夫に関するゴシップを聞かされているかもしれないからです。それに、ひょっとしたら夫に借り出されたことがあって、彼女にそのときの話をしてくれるかもしれないからでしょう」

「泡立ては、それで充分よ」ミリーがしゃんと背すじを伸ばした。

「彼女、ローズのことは知ってるの？」

「その可能性はありますが、疑わしいところです」

「その教授会で噂になってることについて話してくれる気はある？　なんのゴシップかだけでも？」ミリーはケーキをカットしていた手を止め、ケーキナイフをかかげた。「なんの？　それとも誰かの？」

「いまはやめておきます。そのうち、お話ししましょう」

「そんなの、ずるい！」

「そうかもしれませんが、慎重を期したいもので」三切れの気前よくカットされたケーキが、すでに三つの小さな皿にのせられていた。「わたしがこのホイップクリームをケーキに添えて、テーブルへ運びましょうか？」

ミリーはうなずき、ケーキをカットする作業にもどった。「助かるわ。残りはわたしが持っていく」

わたしは三つの皿を運んで、ドクター・フェーヴルとこの家の主人とローズに配った。そして元の席に着くころには、ミリーが四つの皿を運んできて、夫人とオードリーとわたしと自分の前に置いた。

みんながケーキを食べおえたとたん、ドクター・フェーヴルがあくびをしたので、オードリーとわたしは失礼することにした。新しいブーツと二枚重ねのウールの靴下のおかげで、寒さや雪はもちろん、星のまたたく暗い夜さえ劇的に改善された。たぶん、ワインのせいでオードリーも改善されていた。というのも、明かりの消えた民家の最初の数軒を通りすぎたあたりで、彼女がうたいだしたのだ。「きーよしー、こーのよーるー、ほーしはー、ひーかりー……」彼女はその古い曲の本当の歌詞をすべて知っており、わたしはその十分の一しか知らなかったが、わからない箇所はハミングでつきあった。

彼女がうたい終えると、わたしは言った。「ずいぶん気が早いですね。その歌の季節までは、まだ三カ月近くありますよ」

「気が早いのは誰でも同じでしょ、忘れちゃった？　イルミネーションも、セーターも、なにもかも、ハロウィーンの前に始まってたじゃない」

「ツリーにヤドリギ……」わたしは思いだした。

「カードの宛て名書きを始める時期よ。あたしの最後のクリスマスは、あの忌々しい島にいて、なにも送れなかった」

「そして、受け取ることもできなかったんですね。家に帰ったら、きっと郵便受けがぱんぱんになっていたでしょう」

「あたしは帰らなかったのよ、アーン。溺れ死んだから。話したでしょ」

それから数軒分はふたりとも黙っていたと思う。やがて、オードリーが言った。「明日は、大量の死体を見ることになるのよね。なんてクリスマスかしら！」

「ハロウィーンですよ」とわたし。

「人はもう、そういう行事をしない。感謝祭も、クリスマスも。新年だけはお祝いするけど。誰も彼もが酔っぱらうことになってる」

「千年待てば、たぶん人々はクリスマスを再発見するでしょう。ほら、オリンピックを考えてみてください。千年以上とだえたあとに復活しました」

「空想にふけってるの？」

わたしはうなずく。「もちろん。誰でも空想にふけるものです」

「あたしも。航海中はときどきすごく忙しくなって、頭がふたつと腕が六本ほしいって思うことがある。でもまさに順風満帆ってときは、舵輪《だりん》をすばやく操作するだけで水面を滑走できるの」

わたしはふたたびうなずく。

「そんなときは、よく何時間も空想にふけったものよ。いつか、結婚するんだろうな。たぶん、子どもも何人かできるんだろうなって」オードリーはそこで黙って、十数歩歩いた。「夫になる人は、べつにハンサムじゃなくていいけど、真面目で実際的な人がいいかな。それにパイプを吸う人。といっても、ヘビースモーカーじゃなくて、夜に一、二回吸う程度の。いまはどんな空想をするか、わかる？」

「いいえ、ぜひ聞かせてください」

「誰かに買われて、プレゼントとして贈られること」

それは思いもよらないことだったので、わたしはそう言った。

「本と航海が好きな人の誕生日パーティーが開かれるの。そこで、あたしが豪華なドレスで――セーリングジャケットでもいいかな――ジャジャーンと現れるわけ。自分の書いた本を一冊抱えててもいいかも。そのへんは、場合によって変わるんだけど」

「抱える本も替わるんでしょうね」

「そうなの。たいていは『単独航海する女』なんだけど、べつの本になることもある」

わたしはうなずきながら、その光景を思いうかべた。

「書きたかったのに書きはじめることすらできなかった本の場合もある。とにかく、みんなが『ハッピー・バースデー』をうたったあと、あたしを買った人があたしの手を取って、新たなオーナーのところへ連れていくの。それは女性のときもあれば、男性のときもある」

「お聞きできて、うれしいです」それはまぎれもない事実だった。

「新たなオーナーが男性のときは、素敵な地上車を持ってるの。そんなに大きくはないけど、贅沢な造りの地上車。ただし女性のときは、たいてい二人乗りの自転車。彼女が前のサドルでペダルをこぎながらハンドルを操作して、あたしは後ろのサドルにすわってペダルをこぐ。一緒に風みたいに走るの」オードリーは楽しそうに笑ったが、少し決まり悪そうだった。「あたしたちは車のあいだをぬって走る。女性が住んでいるところはペントハウスのときもあるけど、たいていは所有している船なの」

逗留している家に着くまで、われわれはたぶんほかにも話をしただろうが、そうだったとしてももう忘れてしまった。わたしは少しのあいだ、玄関に鍵がかかっているのではないかと気をもんだ。のちにわかったことだが、その島では誰も鍵などかけず、もし鍵をかけようものなら、隣人を立腹させることになる。隣人はいつでも好きなときにこちらの家に入ることができ、こちらも好きなときに隣人の家に入っていいのだ。おそらく、そんな夜更けに出入りする人はいないだろうが、もし入っていった家の人たちがベッドのなかで取りこみ中とわかった場合は、そっと出ていく。よく知らないが、たぶんそういうことだろうと思う。わたしが泊まっているところ以外の家に入ったことがあったかどうかは、忘れてしまった。

そこには蠟燭《ろうそく》が一本、燭台――呼び方はなんでもいい――に立ててあった。燭台は小皿のような形で、ティーカップのような持ち手があり、蠟燭を立てる部分がくぼんでいる。島では、誰もが使っているものだ。あるとき、わたしは単なる会話のたねとして、蠟燭作りのことを訊ねた。ある種の蠟は、植物の種子を圧搾して採取する。種子の絞りかすは、馬や豚の飼料になる。採れた蠟を少量のアザラシの脂と混ぜ、より明るい炎が灯るようにする。小石を糸にくくりつけ、熱した蠟に何度も浸すと、やがて指二本分の太さになる。そうなったら、蠟燭の上下の糸をカットするのだが、上部の糸は火を灯すのに必要な長さを残しておく。これで、蠟燭のできあがりだ。

おそらく、みなさんは、ここまで知りたいわけではないだろう。とにかく、オードリーが暖炉の熾火《おきび》で蠟燭に火をつけ、わたしたちは寝室へ向かった。オードリーが蠟燭をかかげて前を歩いた。蠟燭を持ったまま梯子をのぼれるとは思わなかったが、彼女は見事にやってのけた。屋根裏部屋にたどりついたわたしに、彼女が蠟燭を差しだした。彼女が服をぬぎだすと、わたしは火を吹き消したくなった。理由はわからない。なにしろ、船のなかですでに彼女の裸を見ているのだ。彼女は、なにも言わなければいくらでも見ていいと言った。わたしが賛辞の言葉しか出ないと言っても、とにかく口を閉じておくよう言いわたされた。

なので、わたしは口を閉じていた。男の子たちは同じベッドで、女の子たちはそれぞれのベッドで寝ていた、と老夫婦は言っていたが、わたしには男の子たちのほうが好条件に思えた。少なくとも、寒い季節は。リッチホウムは一年じゅう寒さが厳しいわけではないだろうが、暖かい時季が訪れるのは非常に遅く、夏至あたりにやってきて、コートをしまう暇もないうちに過ぎさってしまうに違いない。

五分か十分たったころ、オードリーが眠いかと訊いてきた。

「場合によります」

「あたしは眠い。そう言いたかったの。食べすぎちゃったし、飲みすぎちゃった。だから、横になるわね。なにかしたいことがあるなら、すれば。でも、あたしに話し相手やお楽しみの相手を期待しないで。それと、あたしが眠ったら、起こさないようにしてちょうだい」

結構ですとも。

10　洞窟のなかの家

翌朝、わたしはオードリーとともに、村の向こうの端にあるドクター・フェーヴルがローズとミリーと一緒に滞在している家まで歩いていくものと思っていたが、その必要はなかった。ちょうどひげ剃りを終えたとき、コートを着なさいというオードリーの大声が飛んできたのだ。わたしはコートを着て、暖かいキャップもかぶれたらいいのにと思いながら、新しいブーツをはき、手持ちの服のほぼすべてを身に着けてドスドスと玄関を出た。

玄関を出る前から橇《そり》が見えていたが、それが自分たちを迎えにきたものだとは思わなかった。じつに大きな橇で、乗客用の座席はないが、後ろに藁《わら》が四俵置かれていた。わたしはそのひとつにすわった。

オードリーは前で、御者の横にすわった。そのまま橇はドクター・フェーヴルの滞在する家へ向かい、わたしは苛立《いらだ》ちを覚えた。ドクター・フェーヴルが乗りこんでからは、彼が前にすわり、オードリーは後ろでわたしとすわることになったので、ずいぶん気分がよくなった。

みんなで彼を探しになかに入ったとたん、わたしは食べ物の匂いに気づいた。〝みんな〟というのは、オードリーと御者とわたしのことだ。ミリーがキッチンで魔法を使っていた——厚切りベーコンに薄切りベーコン、二種類のソーセージ、美味しそうな焦がしバターとハチミツを添えたパンケーキ。

オードリーは、氷穴のなかがどれくらい寒いのか知りたがった。ドクター・フェーヴルは、外より寒いが、風がないので実際よりは暖かく感じると言う。言いかえれば、油断ならない寒さということだ。ドクターの言葉でオードリーはいくらか安心したようだが、わたしは交渉の余地はないのだと理解した。彼らの話から、ミリーとローズは村のこの家に残るつもりだとわかったので、正直に言うと、わたしもここに残ってミリーたちと一緒にいたいと申しでたい誘惑に駆られていた。

橇で出発するとき、藁は四俵でどうにか足りた。ドクター・フェーヴルはさっきのオードリーのように前部で御者の隣にすわり、チャンドラとわたしたちの利用者アダと、チャンドラとオードリーと、わたしは後部で藁の俵にすわった。二、三キロ過ぎたところで、アダはオードリーの肩に頭を預けて眠りこんだ。わたしはほほえみ、チャンドラは小声で言った。「母さんはあの家に残って、ベッドにもどるつもりだったんだよ。でも、いざそのときになったらこう言ったの。暖炉の火を見ていてくれる人か、一緒に寝てくれる人がいなきゃ、あの家は寒すぎるって」

「オードリーとわたしが暖炉の火を見ていましたから

ね。お母上はそれを失念されていたのでしょう」

チャンドラはうなずいた。

オードリーが声をひそめて訊ねる。「小さい声で話しても、アダを起こしてしまうかしら？」

わたしは首をふり、同じく声をひそめる。「その心配はないと思いますよ」

「あら、うれしそうね」ささやいて、オードリーはにやりと笑った。

「ええ、うれしいです。チャンドラとお母上はそれぞれ問題を抱えた状況で、お母上がわたしを借り出し、わたしは両方の問題に取りくむと申しあげました。チャンドラの問題については、ポリーズ・コーヴにもどり次第、取りかかります。お母上の問題は、ドクターの所有する本に貼りつけられていた手描きの地図でした。彼女は地図の島がなんなのか、その真ん中に記された四角い印はなにを意味するのかを知りたがっていました」わたしは深呼吸した、あの四角形に触れたときに起こったことを思いだし、身震いする。

「いまでは、その島の名前はわかっていると思います」わたしはつづけた。「そしていま、わたしたちは地図の四角い印へまっすぐ向かっているところだと信じています。ドクター・フェーヴルは」──わたしは手をふって彼の背中を指した──「その場所を発見した直後に、あの地図を描いたに違いありません。彼はここでなにか重要なものを発見したのでしょう。それは地元の人々が話したがらないようなもので、彼はこの島にもどったときにまた確実に見つけられるようにしておきたかったのです」

「ここの人々が氷穴のことを秘密にしたがるかしら？」オードリーは疑いの口調だ。

「あなたは秘密にしたいと思いませんか？　もし氷穴のなかに、自分の両親や祖父母が──ひょっとしたら、子どももひとりふたりいるかもしれません──氷の上に横たえられていたとしたら？　初めて接吻した男の子や、当時一緒に遊んだ幼い少女が眠っていたとしたら？　大勢の観光客が押しかけてきて、そういう遺体に触れたり、氷穴にキャンディの包み紙や煙草の吸い殻を捨てていったり、写真を撮ったりするのを、あなたは望みますか？　わたしなら、望みません」

「あたしたちがここに来てからずっと、地元の人たちは氷穴について、とてもオープンに話してくれてるわ」オードリーの口調はさらに疑いの度を深めた。

「あなたとわたしは、ドクター・フェーヴルの客です。わたしたちがすでに氷穴のことを知っているのは、明らかだからでしょう」オードリーが黙っているので、わたしはつけたした。「それに、どうやらドクターは島民の信頼を得ているようです」

「父さんはここで病気の人たちを診てあげてるの」チャンドラがわたしに言った。「解剖学を教えてるから本当のお医者さんじゃないと思われてるけど、本当のお医者さんだもん。父さんは処方箋を書くし、手術もする」

わたしはうなずく。「もちろん、れっきとした医師ですとも」

チャンドラにはまだ話があった。「例えば、腕の骨を折ったりした人がいたときに。父さんは町に治療する場所を持ってるの。クリニックみたいなところを。単に診察室と呼ばれてるけど、そこには全身スキャナーまである。たくさんの機材があるんだよ」

「それはすばらしい」

「しかも、父さんは誰からもお金を取らない。よっぽど深刻な症状じゃないかぎり、無料なの。家でちょっと診てあげたって感じで。ただし詐欺師には払ってもらうって言ってた」

娘の声にアダが身動きし、オードリーがチャンドラに身ぶりでしーっと注意する。

その後はたいした話は出なかった。わたしはおもに、古いアーン・A・スミスのこと、彼が喉を掻き切られていたこと、ボットたちが現場を清掃しているときに確かに見た外科用メスのことを、ぐずぐず考えていた。これまでは、やったのはドクター・フェーヴルだとほぼ確信していたが、いまではその可能性はどんどん低くなっている。ならば、誰がやったのか？　いつ？　なぜ？　ほかに外科用メスを持っている可能性のある人物は？

島の内陸部は全体がほぼひとつの大きな山であるということは、すでに説明したと思う。もししていなかったとしても、これでわかっただろう。急峻な峡谷、脇をかためる険しい岩山など、細かい特徴はほかにもさまざまあるが、基本的には地面が上へ上へと傾斜している。頂上は、人々の話のとおり、雪の帽子をかぶっているが、わたしたちが島にいたときは、なにもかもが雪におおわれていた。というわけで、山は雪のズボンもはいており、その上には雪のシャツも着ていた。

雪にすっかりおおわれているのは、わたしたちも同じだった。屋根のない橇に、二時間近く乗っていたのだ。ドクターが降りると、わたしたちも降りてたがいに雪を払いあった。橇は澄んだ鈴の音とともにUターンし、馬に鞭を当てて速足で去っていった。ドクター・フェーヴルは、新雪におおわれていなかったら小道が見えたであろうところを歩きだした。わたしもついていくと、すぐ雪におおわれた崖の壁面に黒い穴が見えてきた。穴は、橇が二頭の馬ごと入れるほど大きい。わたしはその穴を見たとき、これが地図に記された四角い印だと思った。そして、心のなかでつぶやいた——ここに輝く長方形がないのが残念だ。それから、こう思った——いや、やっぱりあるのかもしれない、奥のほうできらきら輝く光が動いているように見える。一、二分後、それは氷に映る弱々しい太陽だとわかった。いやいや、われらが太陽よ、太陽神ソルよ、普通は黄色がかった白い星ではないのか？

「ここでは気をつけてくれ」ドクター・フェーヴルが

肩ごしに声を張りあげた。「この雪の下は氷だから

な」

そのとおりだったが、わたしの新しいブーツはじつに歩きやすかった。オードリーは足下でおどる甲板に慣れているので、おそらく壁面も歩いてのぼれるだろうが、チャンドラと母親はたがいにしがみつき、二回雪のなかに倒れこんだ。申し出を受け入れてもらえれば、わたしはふたりを助け起こしただろう。しかし、ふたりは受け入れなかった。

氷穴に二、三歩入ったところで、雪は終わった。そこから先は、むきだしの氷しかない。だが洞窟の地面はほぼ水平で、わたしたちはできるだけ速やかにそこに上がった。そこも氷におおわれていたが、表面は土で黒くざらつき、長い年月をかけて道ができていた。村の人々が——わたしには彼らの姿が想像できる——古い円材と帆布で作った担架で遺体を運んできた跡だ。

遺体はいつ見えてくるのかと訊ねると、ドクター・フェーヴルは後ろの入口を指した。「陽射しが消えたら、すぐ見えるさ。きみたちが見たいと思う以上の遺体が」

少しのあいだ、わたしは陽射しがなければ見えないのではないかと思った。だがそのうち、こんな考えがじわじわと染みこんできた——ここにはなんらかの照明があるに違いない、あるいはドクターがなにか持っているのだろう。

正解は後者だった。暗くてドクターの姿がほとんど見えなくなったころ、彼はコートのポケットに手を入れてケミカルライトを出した。そういったライトについては聞いたことがあったが、実物を見るのは初めてだ。起動すると充分な光を放ち、青白い光が色彩を色褪せさせてしまう。光は全方向に放たれ、熱は発しない。じつにクールと言わざるをえない。

確かに、クールだった。じきに、暖まれるなら腕時計を差しだしてもいいと思えてきた。ドクターは手袋

をはめており、アダとチャンドラもはめている。はめていないのは、オードリーとわたしだけ。まもなく、われわれはケミカルライトを消し、ポケットに（手も一緒に）突っこんだ。

ドクター・フェーヴルが咳ばらいをした。「入口にもっとも近いところにある遺体が、もっとも古いものだ。ほとんどは長年の経過でかなり傷んでいる。こう言ったら笑うだろうが、言わせてもらう——彼らがもっとも死んでいる遺体だ」

誰も笑わない。

「彼らはおよそ九百年前の遺体だろう。その多くは、もともと鎧《よろい》と武器とともに葬られていた、というかぼくはそう考えている。それらはずっと昔に略奪されてしまった」

アダ・フェーヴルがつぶやいた。「気の毒に！」

「そのとおり。さらに奥へ進めば、洞窟内は美しくなり、遺体の年代はより新しくなっていく。うっかり遺体に触れるのは、彼らの子孫である存命の島民に対して失礼にあたる。くれぐれも、触らないように」

オードリーが小声で言う。「触るなんて、考えたこともなかったわ」

わたしはうなずいた。

ドクター・フェーヴルは歩きだしていた。オードリーはまた自分のケミカルライトを出して起動すると、わたしたちふたりには充分すぎるほどの光が放たれた。アダとチャンドラは最後尾につき、それぞれのケミカルライトを点けている。

ここでひとつ、説明の難しいことがある。洞窟は奥へ進めば進むほど大きくなっていったが、一定の割合で大きくなっていくわけではなく——だんだんとか、しだいにという感じではなく——ところどころで急に大きくなった。いくつもの部屋が並んでいるところを想像してほしい。どの部屋も前の部屋より大きく、どの部屋にも次の部屋に通じる大きなアーチ型の入口がある。たぶん、そんなものを建てる人間などいないだろう。だが凍える寒さと染みだした水がそんな洞窟を作りだしていた。そこは荘厳で、人を寄せつけない。

洞窟のほとんどでは、天井から硬い透明な板状の氷が下がっており、天井はどんどん高くなり、板状の氷はどんどん大きくなっていく。天井から垂れさがる氷柱石は、ずっと上にあるものもあれば、真下から伸びる氷柱にとどきそうなものもある。下から伸びる氷柱のなかには、天井を支えているかのようにそびえ立つ澄みきった氷の柱もあった。

さらに、われわれの周囲には、横たわっていたり、すわっていたり、立っていたりする遺体があった。氷を彫った寝椅子に横たえられている遺体もあれば、氷をえぐったくぼみに立っている遺体もある。さらに、通り道から少し――あるいは大またで二歩、もしくは五十歩――はずれたところで地面に平らに寝かされている遺体もある。目を開けて虚空を見つめている遺体もあるが、ほとんどは眠っているように見えた。

これで、われわれがそこで感じたことを、なんとなくわかってもらえただろう。よく聞いてほしい、これは重要なことだ。われわれの進んできた洞窟から分岐している洞窟がいくつもあった。小さそうなものもあったが、われわれのいる洞窟より大きそうなものもあった。通り道は常にだんだん細く起伏が見られるようになっていき、ところどころで分かれていて、ドクター・フェーヴルはどれも分岐した洞窟へ通じていると考えているようだった。そういった場所で起こりうる最悪の事態といえば、地理に明るい人物からはぐれてしまうことだ。なので、わたしはそういう事態に陥らないよう細心の注意をはらっていた――しかし、それは起きてしまった。

オードリーが通り道からかなり離れたところにある遺体を見にいった。その遺体は彼女にそっくりで、彼女は自分の初期の複生体《リクローン》かもしれないと思ったのだ。

「彼女の横顔に気づいた、アーン？　ほとんどの人は、自分の横顔がどう見えるかなんて知らないけど、あたしは自分の横顔をよく知ってる。まさにこれ。まったく同じ横顔よ」

　わたしは似ていることは認めたが、その遺体の髪は彼女の髪より明るいと指摘した。オードリーの髪は鳶《とび》色で、遺体のほうは薄い赤色だ。

「死後、ここに置かれているあいだに色が褪せたのかもしれない。死んだら、髪の状態は変わってしまう。色が薄れていくのよ」

「なぜ、そんなことをご存じなのですか？」

　彼女はかつて遭遇した原始的な生活をする部族のことを話しはじめた。彼らは干して縮んだ敵の頭を、自分たちのベルトに髪の毛でくくりつけていたという。誰でもするだろうが、わたしもそれでは髪の色の説明にならないと指摘した。例えば、干されて縮む過程で褪色したのかもしれない。などなど。

　すると、オードリーがさえぎった。「じゃあ、彼女はどうして亡くなったの？　あたしと同じくらい健康そうなのに」

　オードリーがどんな人物かはよく知っているので、わたしはこういった。「事故かなにかでしょう」

「そんな形跡はどこにもないわよ。怪我もないし、首にあざがあったりもしない。あなたは、死体があれば殺人だと推測することに慣れすぎてるのよ」

「いいえ、そんなことはありません。彼女をここに連れてくる準備をした人々が、そのような状態にするためにいろいろ手を加えたのだろうということを知っているだけです。そのヴェールを取れば、彼女が心臓を刺されているのがわかるかもしれません、あるいは——

——」

　なにかが肘に当たり、わたしはふり向いて目をみはった。

　オードリーもすでに目をみはっている。色褪せた灰色の目をした長身の男性が、平たい緑色の箱をお盆のように抱え、静かに無表情で立っていた。音も立てずに暗がりから現れたのだ。そのことに、わたしは衝撃を受けていた。そしてすぐに、さらに強い衝撃に襲われた。

オードリーとこの新たな人物をのぞいて、誰もいないではないか。われわれ三人は、オードリーのケミカルライトが照らす光の円のなかに立っている。光は洞窟の四分の一くらいを照らしていたと思う。残りは暗闇だ。ドクターも、われわれの利用者も、チャンドラもいない。いるのは、オードリーとわたし、そして小さな平たい箱を抱えたこの背の高い無口な男だけ。

「行きましょう！」わたしはオードリーの腕を引っぱっていた。

「みんなはどっちへ行ったの、アーン？」

長身の男は、平らな、完全には四角形ではない金属製の箱を、わたしの手に押しつけてくる。最初のうち、わたしは受け取りたくなかった。だが、男はさらに強く押しつけてくる。そこで、わたしは脇に抱えられるように箱を縦にしてみた。

大きな間違いだった。

なにもかもが変化しはじめたのだ。オードリーは消えた。氷柱は木々さながらになり、洞窟の天井には小さな黒っぽい生き物が群らがっている。わたしが箱を水平にもどすと、ふたたびオードリーが現れた。彼女はまじまじとわたしを見つめ、目をこすった。

長身の男は歩きだしていた。ゆっくりとした歩みだが、歩幅は大きい。わたしは言った。「たぶん、彼が知っているでしょう」そして彼のあとから歩きだし、箱は彼がしていたように水平に運んだ。

「ここはきっと空気が悪いのね。なんだか頭がくらくらする」オードリーが言った。

「たぶん、彼は外へ向かっているのでしょう」

「そうであってほしいわ！」オードリーはわたしの腕

を取り、長いあいだ放さなかった。わたしは金属製の箱――なにかはわからないが、平たい小さなお盆のようなもの――を運んでいた。ちょうど邪魔になるくらいの重さだ。

どれくらいたっただろうか。十分か三十分くらい過ぎたころだろうか、わたしは言った。「なにか見覚えのあるものはありますか？」

答える代わりに、オードリーは指さした。離れたところで、一本の細く白い光線がそこかしこを照らしている。わたしはうなずいた。「あれは懐中電灯です。そうに違いありません」

うなずくオードリー。

長身の男はそちらへ向かっているらしく、それについてわたしに異論はなかった。彼が向かっていようがいまいが、わたしはそちらへ行っていただろう。

オードリーが大声で呼びかける。「ねえ！ ちょっと、そこの人！」

何者かは返事をしたが、かすかにしか聞こえない。なんと言っているかまではわからず、わたしは自分のケミカルライトを出して点けたくなった。しかし箱を水平にたもっておきたければ、そんなことはもってのほかだ。

懐中電灯の光がわれわれをとらえ、オードリーとわたしは声を上げた。わたしたちはすぐに相手が見えるところまで近づいた。薄暗い明かりのなか、懐中電灯を持っていたのは、若い女性だった――豊かな黒い巻き毛に、黒いキルトジャケット、体にぴったりとした黒いズボン、黒いハイトップ・ブーツ。青白い楕円形の顔。ふっくらした赤い唇に、大きな黒い瞳。さらに近づくと、わたしはその顔にどこか見覚えがあることに気づいた。ここで自分がいかに賢いかを証明したいところだが、それでは嘘になってしまう。彼女が名乗るまで、わたしには誰かわからなかった。

「わたしはペギー・ペッパー」彼女はにこやかに言っ

た。「ドクター・フェーヴルを探しにきたんだけれど、彼を見かけなかった?」

「少し前に見失ったところ」オードリーが答える。

「あたしたちも探してるの」

ペギー・ペッパーは懐中電灯を長身の男に向けた。

「あなたはドクター・フェーヴルの居場所を知ってる?」

「スヴェン」長身の男は言った。彼が話すのを聞いたのはそれが初めてで、わたしはこんな印象を抱いた。たったひと言発するのが、彼には相当大変らしい。

「あたしたちはドクター・フェーヴルと一緒にここに来たの」オードリーは説明した。「でも、はぐれちゃって。彼を見つけるか、ここから出る道を見つけたい。どっちかでいいから」

「わたしが出口まで案内してあげる」とペギー。「ドクター・フェーヴルを見つけたあとで。まずは彼を探しましょう」そこで、しばらく口をつぐんで……。

「あなたたちは、リクローンね、三人とも」

オードリーはうなずき、わたしは言った。「認めましょう。ちなみに、わたしはアーン・A・スミスと申します」

「図書館から借り出されたのかしら?」

オードリーはもう一度うなずく。「あたしはオードリー・ホプキンズ。ポリーズ・コーヴ公共図書館から来たの」

「わたしはスパイス・グローヴ公共図書館の蔵者ですが、図書館間相互貸借でポリーズ・コーヴにまいりました」

「あなたとは、前に画面《スクリーン》通信で話したわね。ドクター・フェーヴルを探していると言っていたけれど」

わたしはうなずいた。

「彼があなたたちをここに連れてきたの? 三人とも?」

「ドクターが連れてきたのは、オードリーとわたしです。スヴェンがどこからいらしたのか、わたしたちは存じません。彼とはこの洞窟で、たまたま遭遇したのです。彼はあまりお話しになりませんが、わたしたちがここまで乗ってきた橇に彼がいなかったのは確かです」

オードリーがつけたす。「橇には、あなたも乗っていなかった。あなたはどうやってここに来たの？」

ペギーはほほえんだ。「わたしのほうが質問する立場だと思うけれど、まったく。まあ、いいわ。マイボルグの馬屋で馬を借りたの。乗用馬ではないけれど、おとなしくて頑丈な馬を。あなたたちはどうやってきたの？」

オードリーが答える。「橇で。ドクター・フェーヴルが用意したもので、どこで調達したのかは知らない」

「橇？　犬が引く橇？」

「馬ですよ。二頭の馬です。おそらく、そのうちわたしたちを迎えにもどってくるでしょう。ドクター・フェーヴルが呼びだす手段を持っているのだと思います。対面電話《eフォン》かなにかを。わたしにはわかりませんが」

「そう」ペギーは懐中電灯のスイッチを切り、オードリーに向き直った。「あなたも昔の作家？　いくつ作品を書いたの？」

「十六よ」

「まあ！　いくつかタイトルを教えて。読んだことがあるかもしれない」

「『女性単独航海　世界一周』」オードリーは少し休んで、つづける。「『海で遭難』、『女の子のための航海ガイド』、『ホーン岬の海賊』、『ジャンク船』、『索具がわたしのシーツ』、『ときめく珊瑚礁』、『娘と一緒に船をつくろう』、『安全な投錨』……」オードリーはそこで相手の反応を待った。

「わたしも本を書いているのよ」ペギーは言った。

「第一作目。というか、そのあとも本を出せるといいなと思ってる」

そのころには、わたしは緑色の箱を持っているのに疲れていたので、箱を置いた。「タイトルはなんですか？」

「『女体解剖の地図』。もちろん、まだ仮のタイトルだけれど。臓器だけでなく、すべてを網羅する予定なの。筋肉組織、皮膚と眼球、それぞれの仕組みも」

オードリーが言った。「男性の体と女性の体は、そんなに違わないんじゃないの？」

「ああ！」ペギーはうれしそうな顔になる。「そう来るわよね。男性の体と女性の体では、どこが同じでどこが異なっているでしょう？　定評のある本の多くが、おもに男性の体の解剖を扱っている。まあ、なかには例外を考慮しているものもあるけれど」

わたしは言った。「それは自然なことだと思います」

「そうでもないわ。地球には、男性より女性のほうが多く存在しているのよ。わかるかぎり、常にそうだった。あなたはどう、スミス？　何冊書いたの？」

「三十から四十のあいだです。正確な数はかぞえ方によります。『アイスブルーのキス』、『人と鼠と殺人者』、『預言者に捧げる殺人』、『殺しはいい商売』、『ママ殺し、パパ殺し』、『寝椅子の死体』、『ワインを呑んだ死体』、『殺人はいつ終わる？』、『火星の殺人』。これで充分でしょうか？　いつもここでやめるのですが、ご所望でしたら残りのタイトルも挙げましょう」

ペギーはうなずいた。「あなたにとっては、本を書くことはとても簡単だったんでしょうね」

「書きたいことがわかっていれば、容易です。書きながら考えなくてはならない場合は、筆は遅くなります。荷馬車のようなものです」

沈黙が訪れた。けっきょく、ペギーが口を開いた。

「さっぱりわからないんだけれど」

「しっかりした造りで状態のよい荷馬車があれば、馬をつなぐだけで出発できます。状況によりますが、一日に四、五十キロ進むでしょう。ですが、荷馬車をつくったり、途中でつくり直したりしなければならない場合は、一日に平均十キロ進めばいいほうでしょう」

オードリーが言った。「ねえ、ドクター・フェーヴルを探さなきゃ」

「そうですね」わたしは緑色の箱を持ち、新たな方向へ歩きだした。一、二分後には、スヴェンについていっていることがわかった。

「こっちで合ってると思う？」オードリーが訊ねた。

わたしはうなずく。「ドクター・フェーヴルは、わたしたちが来た方角にはいませんでしたし、ペギーが来た方角にもいませんでした。それに、スヴェンはこちらへ向かっていました。彼はなにか知っているのかもしれません」

「知ってるのなら、どうして教えてくれないのかしら」

わたしはもう一度うなずく。「おそらく、彼は案内してくれるでしょう。そのほうが好都合です」

オードリーの後ろで、ペギーが言った。「あなたたち、なぜわたしが彼に会いにきたのか訊かないのね」

わたしはふり向いてペギーを見た。「余計な詮索かと思ったものですから。話したいのですか？」

「解剖用遺体のためよ。ドクターがサバティカルで休んでいるあいだ、わたしが彼の授業を担当しているから」

オードリーが言った。「あんまり楽しくなさそうね。それに、やらなきゃならないことがたくさんありそう」

「実際は楽しいわよ。わたしは教えることを楽しんでる。学生たちは、ほぼずっと怖がっているけれど。わたしにとって解剖用遺体の扱いは、最新型掃除機《オールスウィーパー》とか――」

オードリーが口をはさむ。「ここには何千体もある。近づけば近づくほど、ぞっとするわ」

ペギーは自分の考えを最後まで言った。「――鶏肉を扱うようなものなの。人間と動物の違いはなんだと思う?」

「知性かしら」オードリーは助けを求めるようにこちらを見る。「人間のほうが賢いもの。そうでしょ?」

わたしはうなずいた。「テストをするかぎりは、そうなりますね」

ペギーが訊ねた。「では、ミスター・スミス。あなたはなにが違うと思う?」

「人間はこういうことをします。仲間の遺体を埋葬し、ときにはペットも埋葬します。ペット用の墓地もありますし。いっぽう、動物は――」

オードリーがさえぎった。「ただし、火葬する場合もあるわよね。あたしの親はふたりとも火葬だった。それがふたりの希望だったの」

わたしは手をふって周囲の凍りついた遺体を示したが、一度の身ぶりでは数百体のうちの半分ほどしかカバーできなかった。「かならずしも火葬するわけではありません」

「三百年前の人々は、人間には不滅の魂があり、死後は魂が肉体を離れると考えていた」ペギーは言った。「わたしもいまは、そう信じている。驚いた?」

わたしは自分たちの入ってきた大きな氷穴を見つめた。なんと言えばいいのか、わからなかったのだ。

オードリーが言った。「あなたの仲間がそう考えてたんでしょ」

「いいえ、みんなはそんなふうには考えていない。そんな考えは笑いとばすでしょう。わたしはこれまで、かなり多くの遺体を切り刻んできた。百体近いと思う。信じて、それを人間たらしめていたものは遺体には残っていない」

わたしは氷穴のなかを見まわしていた。「ここは、前に通ったところではありませんね」

その言葉に、ペギーの懐中電灯が動きだし、光の筋は広大な闇に吸いこまれた。

「うわ、すごく大きいのね！」とオードリー。

「巨大ですし、前方には割れた氷の破片が積もった斜面が見えます」わたしはケミカルライトをかかげ、自分の見ていたものがふたりにも見えるように照らした。

「あの斜面を転がり落ちずにくだるのは困難でしょうし、落ちたらのぼってくるのは不可能かもしれません。それでもくだってみますか？」

ペギーはイエスと言い、オードリーはノーと言う。

「では、こうしましょう。わたしが下りてみます。それで転がり落ちるかどうか、わかるでしょう。落ちても、追ってこないでください。ドクター・フェーヴルを見つけたら、知らせてください。彼ならわたしを救助できるかもしれません。といっても、底に落ちたわたしがまだ生きていたらですが」

「落ちたりしないで、アーン」

「わたしが無事に下りられたとしましょう。その場合は、またのぼってこられるか試してみます。もしのぼってこられなかったら、おふたりはひき返したほうがいいでしょう」わたしは箱をオードリーに渡した。

「わたしは出口を探しにいきます。これだけ大きい洞窟なら、出口はたくさんあるでしょう」

たぶん、ふたりの意見を聞くまで待つべきだったのだろうが、わたしはそうしなかった。袖のポケット——ペンや鉛筆を入れるためのものだろう——にケミカルライトを差し、前へ歩いていって、斜面をくだりはじめた。正直なところ、そうでもしないとどうにかなりそうだったのだ。洞窟と寒さに気力がどんどんすりへっていた——少なくとも、わたしはそう感じていた。

その斜面は、相当大きい氷のカーテンが落下してできた破片におおわれていたのだと思う。とにかく、わたしの親指の約二倍の厚さがあるぎざぎざの平たい氷片が積もっていた。なかには十センチに満たない小石くらいのものもあれば、テーブルの天板ほど大きいものもあるが、大半はその中間の大きさだ。そういった氷片がしっかりくっつきあっていれば、くだるのは難しくないだろう。そういう状態の箇所もいくらかあった。しかし、大半はぐらぐらの状態だ。硬い氷――洞窟内ではあらゆるものが硬く凍りついていた――は、融点に近い温度の氷ほどつるつる滑りはしない。水は氷を滑りやすくし、硬度の低い氷は体重をかけると少し解ける。こういった硬い氷の場合、わずかな摩擦力のおかげであまり足を滑らせずにすむが、それでも十回以上転びそうになった。

バランスをたもつため、両腕を伸ばしてかなり動かさなくてはならず、二、三カ所では体の向きを変え、つかめる物にはなんでもつかまって這いおりなくてはならなかった。わたしの手は氷穴に入ってからずっと冷たかったが、氷片におおわれた斜面をくだっていると耐えがたい冷たさになり、ときどき止まって両手をポケットのなかで温めなくてはならなかった。手が冷えると握力も弱くなり、二度つかみそこねて、体が滑りだした。斜面は長いが、それほど急ではない――もう少し急だったら、死んでいたかもしれない。下に着くころには、確かなことがふたつわかった。

ひとつ目は、その気になれば斜面をのぼることはできるだろうが、くだるより困難になるということ。

ふたつ目は、わたしにその気はないということ。

そこから百歩ほど歩いたところで、また氷片におおわれた斜面に出くわした。さっきより急だが、だいぶ短い。これなら下りるのものぼるのもたいした苦労はないだろうと踏んだわたしは、自信たっぷりで下りはじめた。そのときだ、災難に見舞われたのは。

袖のポケットからケミカルライトが落下し、斜面を弾んで転がっていき、スイッチが切れたのだ。

闇のなか、どれくらい這いまわって氷を手探りしていただろうか。おそらく十分かそこらだろうが、一時間くらいに感じられた。最終的にすわって少し休憩し、休憩を終えるころには、見えないまま斜面をのぼってひき返そうと半ば決意していた。自分がどちらの方向から来たかはわかっている、あるいはそう思っていた。それに、オードリーたちの姿が見えるかなり手前で、彼女のケミカルライトかペギーの懐中電灯の光が見えるはずだ。

　そのとき、何者かがわたしの肩を揺さぶった。目を開けると、わたしは間近な光に目がくらんだ。

「もう、やっと見つけた」チャンドラだった。「彼女よりあなたを見つけたかったんだ」

「見つけてもらえて、喜びに耐えません。それにあなたのケミカルライトがあれば、わたしのライトもたやすく見つけられるはずです」

「どのあたり？」チャンドラは慎重を期し、首から下げたケミカルライトを両手で握っている。

「このあたりのどこかです」わたしはすでに探しはじめていた。「ポケットに入れておいたのですが、落ちてしまって」

「光が消えてるなら、壊れてるんじゃないかな」

「それほど簡単に壊れるものなのですか？」わたしはまだ探していた。

「そういうときもあるよ」

「今回は違ってほしいものです」なんとしても見つけだしたい。

「あの女の人は？」チャンドラは少し間を置いて、訊ねた。「オードリー。あなたが並んで寝てる人。オードリーはどこ？」

　わたしは斜面の上を指さした。そのとたん、自分のケミカルライトが見つかった。少し這いあがったら、手がとどいた。

「壊れてる？」

　ライトをひねってみると、美しい光が点灯した。

チャンドラはおずおずと言った。「オードリーがあの上にいるって、父さんに知らせるね」

「わたしもそうしましょう」

ふたりでドクターに知らせた。いや、その前に書いておくべきことがある。その巨大な氷穴のいちばん奥に、とてつもなく場違いなものがあり、わたしは幻覚を見ているのかと思った。それは、一軒の家だった。

11 ジングルベル

といっても、かわいらしい小さなコテージではない。煙を吐く煙突も、正面の壁をつたうピンクや白の花を咲かせるバラといったものもないが、家には違いない。横幅は二十歩ほどで、高さは横幅のちょうど半分。奥行きはおそらく五、六十歩、あるいは二百歩ほどだろうか。そこはわからずじまいだった。

家は氷のブロックでできていた。大きな四角いブロックが正面の壁をつくり、その上に台形のブロックが美しい丸いアーチを形づくっている。ブロックはぴたりと密着していて、ブロックとブロックの境目はまるでわからない。

チャンドラはしばらく立ち止まって、わたしに家を眺めさせてくれた。わたしが家の造りを確認しおえたところで、彼女は言った。「ここは父さんの研究室のひとつなの。あそこには発電機があって、なにもかもそろってる」

わたしはうなずき、理解したことを示した。驚きで、まだ言葉が出ない。やがてチャンドラがドアを開けると、なかは暖かかった。暖かくて明るい。天使の登場にも（天使のことはすぐ説明する）ここまでは驚かなかっただろう、というか驚かなかった。

なかでは、アダ・フェーヴルが小さな折りたたみ椅子にすわっていた。椅子の背には、毛皮のコートがかけてある。彼女の後ろでは、スヴェンが前に見たように硬直してまっすぐ立っていた。

その細長い部屋のずっと奥に、ドクター・フェーヴルが、光り輝く金髪の天使ふたりにはさまれて立っていた。彼はケミカルライトのスイッチを切っていたか、たぶんポケットにしまっていただろう。というのも、シーリングライトが点いていたからだ。ドアが開いたとき、アダはそれまで早口でまくしたてていて、急に口を閉じたようだった。はっきりとは言いきれないが、わたしはそのように感じた。アダは前かがみの姿勢で椅子に浅く腰かけ、いまにも誰かに飛びかかって殺しそうな印象で、明らかに気分がハイな状態だ。いつ理性を失ってもおかしくないように見える。

他人にしゃべらせておくべきときもあれば、主張して、可能なら主導権を握るべきときもある。これは〝可能なら主導権を握るべき〟場合のひとつだ。わたしは大きく息を吸いこんだ。「あなたがたおふたりは、オードリーとわたしを置いてふらりと歩いていってしまいましたね。おかげで、わたしたちはこの凍てついた氷穴の迷路で迷子になりました。おふたりと申しあげたのは、チャンドラに罪はないからです――彼女は子どもにすぎません。しかし、あなたは」――わたしはドクター・フェーヴルを指さした――「このあたりの地理に明るい人物であり、オードリーとわたしが道案内を頼っていた人物です」

　わたしはここで言葉を切ってふたりに弁明の機会をもうけたが、誰も口を開かなかった。

「あなたはわたしたちにコートを買いあたえ、わたしに古いブーツをくれましたが、わたしにもオードリーにも帽子や手袋は用意してくれませんでした。もしコートを返せとおっしゃるなら、わたしはあなたと戦います。もしわたしが勝ったら、あなたの帽子と手袋をいただきます。そして手袋の片方はオードリーに渡すでしょう」

「きみ――」ドクター・フェーヴルが口を開いた。

「話はまだ終わっていません！」わたしはくるりとアダのほうを向いた。「あなたはわたしたちの利用者です。わたしたちふたりを借り出した純正な人間の女性でありながら、わたしたちを置いて歩き去りました。まるで、持ち歩くのが面倒になった二冊の雑誌をそのへんに置いていくかのように。わたしたちを迎えにくるつもりはありましたか？　わたしたちはあなたの所有物ではありません。そもそも、わたしたちのことを気にかけていますか？」天使のうちのひとり――十七歳くらいのかわいらしい少女――がうなずいた。

　アダが立ちあがった。どこからか、奇妙な斧を手に入れている。まっすぐな柄のついた、刃の後ろが鋭いピッケル状になった消防斧のようなタイプだ。「あなたの言うとおりよ、スミス。わたしはあなたたちを置いてきた。わたしが悩んでいた問題を解決するために選んだ人間モドキなら、少なくとも夫と娘とわたしのあとについてくることくらいできるだろうと思ったから。そんな単純なテストに、あなたは落第した。あなたを所蔵する図書館も、あなたなんていないほうが助かるでしょう」言いおえるなり、アダは斧をふり上げた。そのとき、わたしは氷でできた暖かい家や天使たちと同じくらい度肝を抜かれた。スヴェンが彼女の手首をつかんだのだ。

「よくやった」ドクター・フェーヴルが上の空で言う。まるで、犬をほめてやるような口調だ。

「自分で彼女に対処できたと思いますが、ご助力に感謝します」わたしはスヴェンにとっておきの笑顔を向けた。「あなたには借りができました」

ドクター・フェーヴルはアダにすわるよう言った。それにはなんの効果もなかったが、彼は斧をつかんで妻の手からもぎとった。

「奥に椅子がある」彼は氷の部屋の奥の暗がりを指さした。「ぼくたちに二脚、持ってきてくれ」

わたしは言われたとおりにした。一脚はドクター用で、もう一脚はわたし用だろうと思っていたが、違った。金髪の天使ふたりの分で、どちらも腰かけるのに誘導が必要だった。ドクターが教えながら、ふたりの膝の裏に触れて脚を曲げさせ、椅子にすわらせる。初めのうち、天使たちの顔はスヴェンと同じくらい無表情だったが、そのうちひとりがわたしにほほえみかけてきた。彼女をひと目見たときから、すばらしい笑顔の持ち主であることはわかっていたが、実際、その笑顔は室内をぱっと明るくした。

「ぼくがここでおこなっていることを、妻に説明していたところだ」ドクター・フェーヴルは話しはじめた。「娘はすでに知っている、というか、少なくともほとんどは知っている。今度はきみたちにも説明しよう。それから、このふたりの少女にも」

わたしはドクターをさえぎった。「割れた氷の破片におおわれた斜面があることは知っていますね。わたしはそういう斜面のてっぺんに、オードリーをブルネットの女性と一緒に残してきました。ペギー・ペッパーという女性です。ご存じだと思いますが」

ドクターはうなずいた。「同僚だ」

アダは鼻を鳴らした。

「実際のところ、ぼくのサバティカル中、彼女にはわたしのクラスのいくつかを担当してもらっている。たぶん、そのことで、ぼくに会いにきたのだろう」ドクターは娘のほうを向いた。「悪いが、チャンドラ、そのふたりの女性を探してきてくれるかい？　あとで埋め合わせはするから、約束する」

わたしは金髪の天使たちを身ぶりで示した。「こちらのひとりを行かせたらどうです？」

「まず、彼女たちは洞窟の地理を知らない。だが、チャンドラは知っている——なんなら、ぼくよりもくわしい。説明はこれで充分だが、もうひとつの理由は、彼女たちには暖かい服がないからだ。だが知ってのとおり、チャンドラにはある」

ええ、娘さんはオードリーやわたしよりたくさん着こんでいますからね。そう言いたかったが、言ったところで、〝彼女はぼくの娘だが、きみたちふたりはリクローンだ〟と返されるだけだろう。オードリーとわたしには、なんの助けにもならない。

「ぼくがきみに話すことを彼らが聞いたら、トラブルになるかもしれない、と恐れているのかい？　もっともな心配だが、きみもぼくもリスクを負わねばならない」

その言葉に、わたしは面食らった。

口調をやわらげ、ドクターはつけたす。「彼らには理解してもらう必要がある。千体ものなかから、ぼくは彼らを選んだのだということを」

「主人はハーレムをつくってるのよ」アダがぴしゃりと言った。「死人のハーレムを」いまにも出ていきそうな口調だが、そのためにスヴェンがこの場にいるのだろう。

夫は彼女の言葉を無視した。「きみの経験のほとんどは一世紀も前のものだ、スミス」

「もっと前です」とわたし。

「だが初代のきみが生きていた時代にも、聞いたり読んだりしたことはあるはずだ。氷の割れ目に落下していた人々をよみがえらせる話を。そういった人の体は凍っていた。心臓は停止したものと、誰もが考えていた。しかし、彼らは息を吹きかえした。正常か、それに近い状態でよみがえったんだ」

天使たちを見て、わたしはうなずく。彼女たちはふたりとも裸足で、わたしはさっきまでそのことに気づいていなかった。ふたりの白いロングスカートを見て、遺体がシーツでおおわれることがあるのを思いだした。

「彼女たちのバストは美しい」ドクター・フェーヴルは言った。「心からそう思う――だが、もし聞いてもらえるなら、ほかにもいくつか興味深い点について話してもいい」

わたしはお聞きしましょうと告げた。

「そういった人々――つまり、一時間以上呼吸がなく、体温が氷点まで下がった患者たち――が蘇生可能であるということは、一世紀以上前から周知の事実だった。しかし、実行に移した者はいなかった」

誰も口を開かないでいると、彼はつけたした。「ぼくは解剖学を教えている」

わたしはうなずく。「存じています」

「解剖学は、学生の実習に必要な遺体を充分用意できれば、学ぶのも教えるのもそれほど難しくはない。しかし、充分な数の遺体がなければ……」ドクターは肩をすくめる。「うまく教えるのは不可能だ。賢い子なら、骨の名前や複雑なことで知られる背中の筋肉の名前くらい覚えられる。反復学習と励ましがあればいい。きみは小説を書いていたんだったね？」

「はい、ミステリー小説です。いわゆる、フーダニットです」

「きみは、一度も書いてみたことのない優秀な学生に、そういう小説の書き方を教えられると思うかね？」

わたしは言った。「おっしゃりたいことはわかりました」

「そういうことだ。ぼくの仕事のもっとも困難なところは、充分な数の解剖用遺体を確保することだ。ぼくはリッチホウムへ行くことについて、友人にからかわれたよ。どういうことか訊いてみると、彼は奥さんとノルウェーへクルーズに出かけたときに島を見かけたとわかった。彼がクルーズ船の船長に島のことを訊ねたら、漁師が数人住んでいるだけのなにもない島だと言われたそうだ」

「そのとおりよ！」アダがぴしゃりと言う。「あなたを探していなかったら、わたしはこんなところに来やしなかったわ。あなたに頭がおかしいと思われてることくらい、わかってるんだから」

「情緒不安定だと思っているんだよ、アダ」

「でも、あなた自身は正気なわけ。ねえ、こんなふうに思ったことはない、わたしの大事な生きてるドクター？　あなたとわたしは、蘇生させた死体にかこまれてるって。あなたが指示しているその男は」――アダはわたしを指した――「死んだ人よ。あなたがいちゃつきたくてうずうずしている、そこの美しい口のきけない女の子たちも――」

「アダ！」

「――死んでるのよ。わたしを見張らせてるこの男も、死人だわ」

金髪少女のひとりが「あたしは死人じゃない！」と叫んで、わっと泣きだした。

わたしはときおり、どうにも馬鹿げたことをしてしまうことがあるが、このときもそうだった。そういうときは、外から自分のすることを見つめているような感覚になる。それまで頭のなかにはひとつの意識しか存在しないと思っていたが、その金髪少女に駆けよったとき気づいた。頭のなかに、少なくとももうひとつべつの意識が存在しているとなると、〝まあ、気にするな！〟と言ったところでなにも解決しない。わたしは少女の椅子のそばにかがみ、自分が気づくより早く彼女に両腕を回していた。どんな香りがしたか、知りたいだろうか？

氷の香りだ。

先ほどよりはるかに冷静な口調で、わたしたちの利用者は言った。「なんとかしたほうがいいんじゃない、バリー。愛人をひとり失っちゃうわよ」

妻の声が聞こえていたとしても、ドクターはそんなそぶりは見せなかった。泣きじゃくる少女の頭をぽんとたたいて、金色の髪をなでてやっている。「もちろん、きみは死人じゃないよ。アダは意地悪を言っているだけだ。法律もぼくも、家内に自分の行動に責任を負わせることはできないんだよ」

わたしも言う。「あなたがわたしたちと同じように生きていることは、アダもわかっていますよ」少しして、わたしとドクターは少女を落ち着かせることができた。まもなく、彼女の名前がリッチーであることがわかった。いま彼女のことを考えると、かならず思いだす場面がある。元は遺体をおおうシーツだった白いロングスカートの裾を引っぱりあげ、顔をうずめる姿だ。

ドクター・フェーヴルは言った。「すべての始まりは、ぼくの教えている大学院生のひとりが、興奮でまともにしゃべれないようすでぼくのところに駆けつけたことだ。彼女は自分が解剖していた遺体のところへ、ぼくを引っぱっていった。遺体は胸が開かれていて――ぼくのクラスでは標準的な手順だ――彼女は心臓が動いたのを見たと言うんだ。ぼくは心臓に触れてみた。すると、かすかな震えが感じとれる気がした。心臓の鼓動を再開させる方法は六つある。再開が可能なら、だが。六つの方法に必要な道具はほとんど持っていなかったが、ふたつの方法を試した。心臓は二度拍動したものの、それ以上は二度と動こうとしなかった。ぼくはその学生に、翌日の午後三時にぼくの研究室に来るよう言った」

わたしはうなずいた。「彼女は来たのですか？」

「ああ、来たとも。ぼくは彼女にこう言った。ぼくたちは非常に重大な事実に遭遇した。ぼくたちでこの事実を追究しなくてはならない。ぼくの発表する論文にはすべて、彼女の名前も入れることを約束した。彼女も同じ約束をして、ぼくたちは握手した」

「推測すれば、わたしにも彼女の名前がわかるでしょうか？」

「ああ、わかるはずだ。彼女は現在のマーガレット・ペッパー教授だ」

ぼくはうなずいた。「ドクターはなにをなさったんですか？」

ドクター・フェーヴルはため息をついた。「残された記録をみるかぎり、墓で腐敗していない遺体は以前から見つかっている。そういう遺体にまつわる奇妙な迷信をすべて語ろうと思ったら、何時間もかかる。墓をふたたび閉じて祈った人々もいれば、腐敗していない遺体を焼却したり、心臓に杭を打ったりする人々もいた」そこで少し休んだ。「どういうことだと思う、ミスター・スミス？　きみにこの謎が解けるかね？」

「いいえ、解けません」そのころにはわたしはリッチーの椅子の横で床にすわっており、そう答えたとき、彼女の手がわたしの手を固く握りしめた。

「子犬と、子犬が隠れているソファのあいだには、どんな違いがある？　もちろん、子犬は生きていて、ソファは生きていないという点で、ぼくらの意見は一致するだろう。しかし、どうしてそうわかる？　子犬は動くが、ソファは動かないから？　木は生きているが、風に吹かれでもしないかぎり、ソファと同じくらい動かない」

わたしは肩をすくめた。

「生物学では、生物は成長し繁殖するものとされている。この難しさをわかってもらえるといいのだが」

わたしは試しに、違いは紙一重に思えますと言ってみた。

「思えるだけでなく、実際に紙一重なんだ。雛鶏は受精卵を産む。その卵は生きているか？」

わたしは、いいえ、ただし卵のなかのヒナは生きていますと答えた。

「いい答えだ。ヒナが生まれ、やがて雛鶏に成長したとしよう。その雛鶏はさらに多くの有精卵を産む。となると、最初の卵は繁殖したことにならないかね？」

わたしはもう一度考えてみる。「そうは思いません。繁殖したのは雛鶏であって、卵ではないからです。それに、卵が成長したわけではありません」

「筋の通った答えだ。ウイルスがどのように繁殖するかは、知っていると思うが？」

わたしは首をふった。

「ウイルスは生きた細胞に入りこみ、その細胞のメカニズムを変えてウイルスをつくらせる。つまり、そういう細胞は、自分たちを再プログラムしたのと同じ種類のウイルスをつくるわけだ。ウイルスは大きくなることはない。増えるだけだ」

「わかりました。そのルールによれば、ウイルスは生きていないことになりますが、わたしたちはウイルスが生きていることを知っています」

「そのとおり。もっとマシなルールを考えて時間を無駄にするのはよそう。ぼくが言いたいのは、そういう腐敗しない遺体は生きているということなんだ。言っているだけでなく、証明した。いくつかの場合、ペギーが開いた遺体のように、心臓がまだ鼓動している。脈拍はかなり遅い。鼓動するのは、おそらく一週間に一度だろう。それ以外の場合は、心臓がまったく動いていない。その違いがとてつもなく重要だと考えるのは、すこぶる合理的だろう。しかし実際のところは、そうではない」

「凍った人々は……」なにが言いたいのかわからなくなり、わたしの言葉はとぎれてしまった。

「遺体の大多数は、本当に死んでいる。生き返らせることができないという意味では」ドクター・フェーヴルはためらった。「少なくとも、ぼくには生き返らせることができない。ひょっとしたら誰か、ぼくより深い知識のある人物なら、可能かもしれない。もしかすると、ぼく自身がその人物になるかもしれない。十年後か、二十年後に」

「どうして、わかるのですか？」

「やってみもせずに？　確かなことはわからないさ。ぼくは怪我の痕や、新しいシャツで隠されたナイフの刺し傷、頭部の損傷、多かれ少なかれ隠されている病気の形跡、明らかなガンの痕跡といったものがない遺体を探している。そういう遺体が見つかれば、蘇生を試みる。たいていは、失敗する。ときには、成功する」

「老衰で亡くなった人はどうですか？」

ドクター・フェーヴルは首をふった。「なんの意味がある？　心不全を起こした心臓は、またすぐ心不全を起こす。その少女たちか？　ふたりとも念入りに調べたが、死因はわからなかった。つまり、理想的な遺体だったわけだ」

「彼女たちも亡くなっていたのは、同じです」

「もちろん。海水が凍る温度は、真水よりも低い。それは知っているね？」

わたしは首をふる。

「海水のほうが氷点が低いんだ。海に浮かぶ氷というのは、たいていは雨か雪――つまり真水だね――が、まだ凍りつくほど水温が下がっていない海の表面に降ったものだ。この少女たちは、誰かに海に放りこまれたのかもしれない」ドクター・フェーヴルはひと息ついた。「神は死んだと言われているのは、現代ではは宗教が廃《すた》れているという意味だ。宗教は、現代のわれわれには、弱いものだとわかっている。迷信のほうがよっぽど強い」

「彼女たちは神に捧げられたと考えていらっしゃるん

ですね」

彼は首をふった。「いいや、そういう可能性もあるというだけだ。十五、六の美しい処女？　そういう少女は、多くのカルトで理想的な生贄《いけにえ》と考えられているだろう。のちに、海岸に打ちあげられたり、凍てつく海に浮かんでいたりした少女の遺体を、友人や家族が偶然見つけたのかもしれない。彼らは遺体を持ちかえり、氷穴にきちんと葬ってやった。それが三十年か二十年か十年前のことだろう」

わたしは口笛を吹いた。「てっきり、数百年前のことかと思っていました」

「それはどうかな。数百年前なら、彼女たちの胸はおおわれていただろう」

一時間ほどたってから、チャンドラがペギーとオードリーを連れてもどってきた。オードリーは、相当恐れていたのか、緑色の箱（のちほど、くわしく話そう）をわたしに返してきた。わたしがそれを水平に持ったところで、すぐ帰ることになった。リッチーともうひとりの少女イドナの分のコートはなく、スヴェンの分もない。天使たちは毛布にくるまり、スヴェンはそのままでいいと身ぶりで示した。

外はまた雪が降りだしていたので、わたしたちは洞窟の入口で、橇の鈴の音が聞こえてくるまで待った。ドクター・フェーヴルが特定の時間に迎えにくるよう橇の御者に伝えておいたのか、あるいはなんらかの方法で呼んだのかは、わからない。御者が対面電話《eフォン》を持っているとはとても考えにくいことだが、断定はできない。

わたしはずっと、地図を出して洞窟の入口が実際に地図上の長方形に当たるのか確認したくてたまらなかった。しかし、われわれの利用者と同乗している橇のなかでは、とてもできなかった。わたしが本から地図をはがしてきたことを、アダは知らない。それは指示に反することだし、わたしはまだ機会を見つけ次第、地図を元どおりに貼りつけておくつもりだったのだ。

12　船ですること

ここでは多くの楽しいことは割愛すべきだろうが、そのうちのいくつかを紹介しよう。例えば、村へもどる橇がぎゅうぎゅう詰めだったこと。わたしはリッチーとイドナにはさまれて床にすわっていた。そうしていれば暖かいだろう、とドクター・フェーヴルが言ったのだ。わたしは自分の冗談に自分で笑う人たちがきらいだ。

オードリーがすわったのは、快適なすばらしい席——わたしの膝の上だ。これは快適でないことを楽しめた、人生で数少ない機会のひとつだった。あなたがたにはけっしてわからないだろう。

われわれ四人はときどきおしゃべりをしたが、オードリーやリッチーやイドナがわたしに小声で話すだけのときもあった。オードリーはたいてい、金髪のふたりに関する悪意ある話をささやきかけてきた。リッチーはわたしに、自分の生涯の話をしてくれたが、その生い立ちはほとんどわからず、〝彼女が〟とか〝彼が〟が多すぎて、名前はほとんど出てこない。リッチーはやさしい少女で、ずっと自分の生まれた島の南側へ行きたがっていた。わたしは彼女に、〝あなたはいまそこにいるんですよ、雪にだまされてはいけませんん〟と説明しつづけたが、彼女はこう言った。ここじゃない、海の音が聞こえないもの。(村が近づいてくると、聞こえてきた)それに――ここで彼女はちらりとわたしを見て、目をそらした――人々の雰囲気も違う。あたしの知ってる人たちより、感じがいい。

イドナはセックスの話をしたがり、実際にいろいろ訊いてきた。したことはあるか? どんな感じなのか? それを好きか? そこの女性もそれが好きなのか? 女の子ふたりでもできるというのは、本当か? なぜ、知っているのか? 見たことはあるか? さらに、そういうことを人が見ていいと思うか? なぜ、いけないのか? とまあ、そんなような話がもっとたくさんあった。動物の話、人形の話、彼女はセイウチの牙で作った張り形を使っていたという。そういうものは全般的に本物より具合がいいが、温もりはないし、キスしてくれることもない。

わたしは真実を答えるときもあれば、そうしないときもあり、後者のほうがはるかに楽しかった。もちろん、わたしは常に事実や見解を蓄積している。オードリーはほとんどの夜、セックスの相手として申し分なかったが、その関係は遅かれ早かれ終わる運命にある。終わったとき、リッチーとイドナは近くにいるだろうか? その気になってくれるだろうか? なってくれるかもしれない――が、なってくれない可能性もある。リッチーが相手なら居心地もよく、ずっと楽しいだろうが、もし別れたくなった場合、別れるのは困難だろう。それにリッチーは、彼女を目にしたすべての男の嫉妬心をかきたてる。つきあえば、多くの厄介事に巻きこまれそうだ。イドナは手に負えないだろう。つまりベッドでは大いに楽しいこともあるが、手に負えない状態は毎日二十四時間つづく。

　ペギー・ペッパー教授の飛翔機《フリッター》は座席が四つだったので、ドクター・フェーヴル、わたしたちの利用者、チャンドラが乗りこみ、ペギー自身が操縦して帰った。残るわたしたちが帰りの船でどんなふうに寝ていたかは、たいして重要なことではないが、みなさんが気になっているかもしれないので、一応書いておこう。オードリーとわたしは船首のほうにある第一キャビンを使い、そこにある寝台で、ふたりの純正な人間がするのと同じように寝た。リッチーとイドナは第二キャビンを使用し、ミリーとローズは第三キャビンを使った。どれも、あまり重要なことではない。

　甲板の下の冷凍庫は、解剖用遺体でいっぱいだった。わたしは夜、寝台で目が覚めると、そんな遺体の何体かはまだかすかに生きているのだろうか、そういう生きている遺体はときどき意識がもどるのだろうか、あるいは半覚醒状態になったりするのだろうかなどと考えたものだ。冷凍庫を開けてのぞいてみたかったが、船が聞き入れてくれなかった。確かに、もともとこの船をチャーターしたのはわたしだが、署名してドクター・フェーヴルにゆずり、返金してもらっている。というわけで、いまはドクターが船の雇い主であり、古い顧客であり、彼の言い分がすべて通るのだ。

　最初の朝、わたしがひとりで船べりに立っていると、ミリーとローズがやってきた。初めのうちは、三人とも黙って海と空を眺めていた。少しして、ローズとミリーはおしゃべりを始めた。なんと美しく、同時になんと不気味な景色であることか。

　わたしは言った。「これは、船で陸が見えなくなったときにすることですね——というか、わたしはそうしてきました。陸でこんなことをする人はいません」

ローズは首をふった。「街の暮らしだって、穏やかさと激しさの両面があるでしょ、アーン。農民もそう。とくに疲れた夕方は。フェンスにもたれて空を見あげ、その広大さ、すべての陽射しと雨、すべての霧と雪、空を駆けるすべての風と鳥を眺めるの。平和で穏やかな日々も、都会の人たちが見たこともないような激しい嵐もすべて」

わたしは彼女に、農園で暮らしたことがあるのか訊ねた。

「ええ、あるわ。あたしは——初代のあたしのことね——農家の娘で、よくある下品な冗談に出てくる女の子そのものだったの」ローズは笑った。静かでひそかな笑みだ。「あたしはよくものを書いてたんだけど、母さんには宿題をしてると思われてた」

ミリーが言った。「ある意味、そうだったんでしょ」

「まあね。そして学校を出たあとは、家族が寝てるときに書いてた。五冊の本を書いて、さらにその次に書いた本が売れたの。タイトルは『魔法の川をこえて』。それが売れて、すごく誇らしかったわ！　でも、前払金が入るまで家族には言わなかった。入ってから、家族に見せたの。小切手を持った作家を笑う人はいないから」

家族がそのお金を奪おうとしなかったのか、わたしは知りたくなった。

「そんなことはなかったけど、お金の使い方をレクチャーされた。なにを言われても、そうするとは約束しなかったけどね。ただうなずいて、それもいいかもなんて言っておくの」ローズは笑った。「実際は、ロマンティックなデザインの新しい素敵なワンピースを買って、髪をセットしてもらって、写真を撮ってもらった。出版社から写真を求められたわけじゃないけど、次回は要求されると思ったから。そのとおりになって、あたしはその写真を送ったの」

わたしは、ぜひ拝見したいと言った。

「あたしだって。あたしも見たことないんだもの。初代じゃなくて、いまのあたしはって意味よ。図書館で、思いつくかぎりあらゆる場所を探したんだけど」

ミリーが言った。「探偵を雇うべきよ。わたしがいい人を知ってる。彼なら安い料金で働いてくれるわ」

「アーンのことでしょ」

「本当に必要なのは」わたしはローズに言う。「司書です」

ローズは考え深げにうなずいた。「あたしたち、ポリーズ・コーヴのあの小さい図書館に帰るんでしょ？」

「ええ、そうよ」とミリー。

「あそこは古い図書館です」わたしはローズに言った。

「それに規模が小さい。あのような小さい図書館では、大きい図書館なら廃棄してしまう本も、しばしば収蔵されているものです」

「あたしの本みたいな」

「わたしの本もです」わたしは肩をすくめた。

「もうっ、そんなわけないでしょ！」彼女は親切心からそう言ってくれただけで、わたしはそれをわかっていたので、心のなかで彼女に感謝した。

ミリーが言った。「図書館の蔵者なんて、たいした人生じゃないわ」

ローズは首をふる。「そういうこと言ってるのを、図書館の人に聞かれないようにね。焼却処分にされちゃうわよ」

ミリーは無視した。「あの島でわたしが気に入ったのはなんだと思う？」

「想像もつきません。なんですか？」とわたし。

「あの村の居心地のいいコテージで、そこの奥さんと料理をしたこと。ドクター・フェーヴルはそのためにわたしを借り出したの。もちろん、そうと知っていたら、図書館は貸し出しを許可しなかったでしょう」

　ローズが訊ねた。「彼があたしを借り出した目的も話さなきゃいけない？　ほんとに、そんなこと聞きたい？」

「わたしは知りたくありませんよ、ローズ」

「それって、聞かなくてもわかってるってことでしょ。そういう相手なら、ドクターにはもうリッチーとイドナがいる」

　ミリーも口を出す。「それに、ペギーも。あの純正な人間の若い女」

「ペギーも。確かに」

「リッチーとイドナがわたしたちと一緒にこの船に乗ってるのは、そういう理由に違いないわね」ミリーは考えこんでいる表情だ。「ドクターは、ふたりが騒ぎを起こすのを恐れたんじゃないかしら」

「ふん！」ローズは不愉快そうに言った。「彼が恐れてるのは、イドナに刺されることよ」

　のちに、わたしはその会話を思いおこした。重要な話ではないが、忘れようと思っても忘れられなかったのだ。

13　安い探偵

わたしたちがポリーズ・コーヴに到着したのは、ペギーとフェーヴル一家より一週間ほどあとだった。わたしの冒険がここで完結したふりさえできれば、ここで書くのをやめていただろう。このあとは不気味な話になるし、わたし——みなさんのふつつかな語り手、アーン・A・スミス——の片腕版が自分の喉を掻き切っただけで、充分ひどい話なのだ。真相がわかってからずっと、わたしはいつか自殺するかもしれないと知っている。気に入らないが、それが真実だと承知している。わたしがけっしてしないと思っているのは、このような記録を未完のまま残していくことだ。自分の話をするのなら——すでにかなり話してきたが——完成させるのに必要なだけは、なんとしても生きねばならない。

というわけで、やってみよう。続きはこうだ。

チャンドラはオードリーとわたしを、ポリーズ・コーヴ公共図書館に返却した。ふたりとも延滞になっていたので罰金がかかったが、それは保証金から差し引かれ、金額も微々たるものだった。

わたしたちが返却されるのをいやがったか？　オードリーはいやがっており、それを顔に出していたので、チャンドラが親切にも彼女をまた借り出してやった。わたしは書架にもどれて満足だった。長年、本物の冒険に出てみたいと思っていた。真の意味で興味深く、複雑で、驚きに満ちた冒険に。誰にも借りられず、〝クーガーのシャスタ〟（ヒューストン大学スポーツチームのマスコット。本物のクーガーが飼育されていた時期もある）のあれこれなどを思いおこしつつ、静かにすごしていた日々のことだ。

確かに、わたしは冒険を体験してきたし、どれも本物の冒険だったが、もう終わったことだ。今度は、それらをあらゆる角度から考えてみるときだ。物事がどのように見えたか、どう聞こえたかを思いおこす。海の匂い、あのぎらぎらと輝いていた日々に口にしたさまざまなものの味。もし可能ならば、それらすべてを自分の作品に取りいれただろうか？　それについては、さんざん考えてきた。答えはおわかりだろう。わたしはずっと物書きをしてきたし、いまもチャレンジしている。

やがてチャンドラがやってきて、二度目の借り出しをしてくれた。今回は、図書館からアダに画面通信《スクリーン》をする必要はなかった。チャンドラ自身が保証金を支払ったのだ。現金で。

図書館から出ると、わたしは言った。「またお会いできて光栄です」

チャンドラはうなずいたが、笑顔もなければ、ひと言の言葉もない。

「ひどく深刻なようすですね」

彼女はもう一度うなずき、大きく息を吸いこんだ。「あなたが必要なの。あたし以外は賛成しないかもしれないけど、そうだとしたら、みんなのほうが間違ってる」

その言葉についてよく考えてから、わたしは言った。「まずは、これをお聞きしましょう。あなたはお金を持っています。それはどこから手に入れたのですか？」

「父さんのへそくり」

「ドクター・フェーヴルのですか？」

チャンドラはうなずき、唇を固く引きむすんだ。

「お父上がくれたのですか？」

「説明すると長くなるの、ミスター・スミス。それに、そこは重要じゃない」目に涙がたまってきて、チャンドラは鼻をすすりはじめた。

「あなたを尋問するつもりはありません、チャンドラ。

わたしを必要としている理由を話す気になったら、それとほかの重要なことも――」

「あの人のことなんて、ほとんど知らなかったんだよ！」チャンドラの口からほとばしりでた。「あの人はあたしの父親だったし、少しくらい話したことはあるかもしれないけど、あの人は――あの人は……」

「彼はあなたのお父上でした。ドクター・フェーヴルのことですよね？」

彼女は悲しげにうなずいた。

「どうやら、悪いことが起きているようですね。いま、お話しする必要はないんですよ」

「あたしがそうしたいの！　話さなきゃならないの！」

「わたしはスパイス・グローヴ公共図書館にもどりたいと思っていますが」わたしは言った。「ときには待たなくてはならないこともあります」

このときにはポリーズ・コーヴ図書館を出ており、われわれは坂道をのぼって、アダの見晴台付きの背の高い白い家へ向かっていた。気温はあの漁船で流氷をぬって進んでいたころより低く、北西の風で体の芯まで冷えきる寒さだ。チャンドラは赤いウールのコートを着ていて大人っぽく見えるが、大きな房飾りのついた赤いウールのキャップが、まだ子どもだということを思いださせる。わたしが着ているのは、透明の蔵者カバーだ。冬に借り出され、上着を頼むべきだと気づいた場合に、図書館から支給されるものだ。蔵者カバー自体に温もりはない（もちろん、電池などついていない）が、少なくとも風は通さないし、衣服が汚れるのも防げる。それでも、わたしは帽子がほしかった。その冬は、ずっと帽子をほしがっていた気がする。アダの家へつづく坂道をのぼっていけば、体は温かくなるはずだ。少なくとも、多少は。おそらく温かくはなったのだろうが、わたしは気づかなかった。

チャンドラは鼻をふいている。ふきおわると、こう言った。「あの人は死んじゃったの、ミスター・スミス」

「あなたのお父上ですか？」

　悲しそうにうなずく、チャンドラ。

「なにがあったんですか？」

「誰にもわからない。だから、あなたを借り出したの」

　わたしは考えてみた。「わたしに調べてほしいのですね。犯人を突き止めて、あなたに教えてほしい。そして可能なら、有罪に持ちこめるか自白させるのに充分な証拠を集めてほしい」

「う、うん」

　わたしはよく考えてみた。第一に、わたしの見るかぎり、こちらの得になることはひとつもない。第二に、犯人はおそらくチャンドラの母親だろう。なにしろ、前の版のわたしの腕をたたき切ったのは、間違いなく彼女なのだ。

「どのくらい前の出来事ですか？」

「先週。先週の金曜日」

「それは亡くなった日ですか？　それとも、遺体が見つかった日でしょうか？」

　チャンドラは二回、鼻をかんだ。「ごめんなさい、まるで赤ちゃんみたいで。ミスター・スミス」

「あなたの反応は、きわめて自然なことですよ。もし、あなたがお父上の死をなんでもないことのようにふるまっていたら、本気であなたを疑うでしょう。というわけで、あなたの疑いは晴れました」

　涙をふいて、チャンドラはうなずいた。

「あなたが遺体を発見したのですか？」

　チャンドラは首をふる。

「では、誰が？」

「船長《レディ・キャプテン》」

「オードリー？　彼女のことですか？」

　うなずくチャンドラ。「キャプテン・オードリー・

ホプキンズのこと」

「金曜日と言っていましたね。何時ごろのことですか？」

「夕食の直前」

つまり、丸三日と数時間前だ。わたしはそれとほかのあらゆることについて考えながら歩き、やがてアダの家に着いた。大きい改まった雰囲気の応接間らしき部屋で、わたしはチャンドラに訊ねた。「お母上はほかになにか気づきませんでしたか？　遺体以外に？」

チャンドラは首をふる。「知らない」

「もちろん、お母上に訊くべきでしょう」わたしはほとんど独り言をつぶやいていた。「警察を呼んだのは誰ですか？」

チャンドラは考え、二、三秒たってから答えた。

「この家が通報したんだと思う。母さんは黙っていてほしがってた」

「お母上は家に怒っていますか？」

「怒ってると思うけど、母さんとその話はしてない」そこで間があった。「母さんは、警察が来る前にベッドに入っちゃった」

わたしはうなずいた。「それでも、警察はお母上と会って話をしたはずです」

「うん」チャンドラはみじめな声になる。「話してたよ、何人か。母さんを起こしたり、あれこれしてた」

三十秒かもっとだろうか、わたしはすわっている椅子のブロケード張りの肘掛けに、人さし指でぐるぐると円を描いていた。「刑事の名前はわかりますか？」

「知らない」これには正直、安堵した。「毎回、新しい人が来てる気がする」

「それについても、調べる必要があるでしょう」

チャンドラは黙りこんだ。もう二度と口を開かないのではないかと思われたころ、目元をふいて、鼻をかんだ。おもちゃの列車のようなつつましい小さな音だった。「あの人はもういない。見たいだろうけど……

もう、ここにはいないの」

「ドクターの遺体は、おそらく遺体安置所でしょう」

「なにそれ」

「犯罪に巻きこまれた可能性のある遺体を保管する場所です。少なくとも、二、三日は保管されます。その後、遺体は解剖のため監察医のところへ送られます」

わたしはコレット・コールドブルックの父親と兄の死を思いだしていた。「それは疑わしい死の場合です。疑わしい状況でなければ、解剖はおこなわれません」

チャンドラは息をのんだ。「じゃあ、これは疑わしいってことなんだ？」

「あなたから聞いた警察の話から察するに、そういうことでしょう。死因はなんですか？　とりあえず、明白な原因は」

「なんていうのかわからない」チャンドラは口をつぐみ、弓を引くまねをした。

「ドクターは矢を射《ショット》られていたということですか？」

チャンドラは目をみはった。「そう言うんだ？　撃つ《ショット》？　銃じゃなくても？」

わたしはうなずいた。「わたしの知るかぎり、ショットのもっとも古い意味は矢を射ることです」

「じゃあ、それ。大きな矢が刺さってたの。ちょうどここのところに」チャンドラは首にさわった。

「大きな矢？　どれくらいの長さですか？」

チャンドラは両手を広げられるだけ広げた。その長さは彼女の身長と同じくらい、おそらくそれ以上だろう。

「それは槍ですね」

「でも、後ろに羽根がついてたよ」

「それはまだありますか？」

うなずくチャンドラ。

「そのとき、そこには誰がいましたか？　この家にいたのは誰ですか？」

「母さんと父さんと、あなたの友だちのレディ・キャプテン。ヒューズさん――」

「ご両親はオードリーを図書館に返却しなかったんですか？」

「父さんは、いったん一緒に図書館に行けば、たぶんここにいられるだろうって言ってた。あたしも一緒に行ったよ」チャンドラは硬そうな大型ソファにすわった。「レディ・キャプテンも行って、父さんはいったん彼女を返却して延滞金を払ったの。でも保証金は返してもらわずに、そのまま預けてきた。それで、また彼女を借り出してきたってわけ」

「わかりました」

「図書館の人は、ほかの利用者が彼女を予約していたら、つづけての貸し出しはできないって言ってた。でも誰も予約してなかったから、大丈夫だったの」

「それで、彼女を借り出したんですね。お父上が島から連れてきたふたりの少女はどうしていますか？」

「リッチーとイドナ？　あのよみがえった女の子たちのこと？　まだ、ここにいるよ」チャンドラは少し間を置いた。「勧めないとすわりそうにないから、勧めるね。どこでも好きなところにすわって」[*12]

わたしは輝きの褪せた古い錫糸の織物をかぶせたウィングバックチェアに腰を下ろした。「ミリーとローズは図書館に返却されていません。ふたりもまだ、こちらにいるのですか？」

チャンドラはうなずいた。

「では、少なくとも八人の容疑者がいることになります。オードリー、あなたのお母上、ミリー、ローズ、リッチー、イドナ、ヒューズさん、そしてあなたです」わたしはため息をついた。容疑者は八人で、すべて女性。大きな矢を射る弓は、ほとんどの女性にはとうてい引けない。「あなたはやっていませんよね？」

「自分の父親を殺したかったってこと？　そんなことするわけないじゃん！」

わたしはまたため息をついた。口調に罪悪感が聞きとれないかと思ったのだが、気配すらなかった。「世の中には、そういうこともあるんですよ。いいでしょう、これで容疑者は七人になりました。心当たりはありますか？」

　チャンドラはこちらを向いて、わたしを見た。「あたしが先に考えるの？」

　わたしはうなずく。「はい。考えてみてください」

彼女は考え、三十秒ほど静かにすわっていた。「ふたりいる。イドナとローズ」

「次に訊かれることはおわかりですね。なぜ、そのふたりなんですか？」

　チャンドラは肩をすくめた。

「既婚女性が殺害された場合、犯人はたいてい夫です。夫が妻に殺害されることは、そこまで多くはありませんが、非常によくあることです。なぜ、お母上ではないと思うんですか？」

「理由はふたつ。母さんのことはよく知ってるし、母さんなら自分の大きな包丁を使うはずだから。それに、もし母さんが矢を持っていたなら、あたしが知ってるはずだもん」

「お母上が矢を入手したばかりだとしたら、それは当てはまりません」

「入手ってどこから？」

　わたしは笑った。「これは一本とられましたね。あなたはローズとイドナを選びました。その理由を説明してください」

　チャンドラは挑むように言った。「あたしがローズって言ったのが気に入らないんでしょ。どうしてか知りたい？」

「すぐわかるでしょう。なぜ、彼女の名前を挙げたのですか？」

「容疑者はすべて女性って言ったのは、そっちでしょ」

　それについては、考えなくてはならなかった。わたしは考えてから、こう言った。「おっしゃるとおりです。ローズは聴き手をほしがりますが、女性の聴き手は望みません。もし彼女があなたのお父上から高く評価されていないと感じ、彼をじゃまだと思ったとしたら……」

「ピンポン！　女なら彼女がどれだけ美人かわかるけど、たいていは嫉妬する。男なら彼女に夢中になる、ていうか、とにかく彼女はそう思ってる。父さんは彼女とデキてたけど、とにかくやたらと彼女を見てた。言いたいこと、わかる？」

「頭のなかで彼女の服をぬがせていたのでしょう」

「うん」チャンドラは考えこんでいる口調だった。「ときどき、ふたりは手を握りあってた。思うんだけど、ローズはたぶん、そういうことはどこかよそでやってくれなんて言われたら、その男を殺しちゃうんじゃないかな。ほかの男に近づけないようにする男とかも……」

チャンドラは口をつぐんだ。うながされずとも続きを話しそうに見えたので、わたしは黙っていた。誰かが上階をハイヒールで歩きまわっている音がする。わたしは足音に耳をそばだて、誰が歩いているのか推測した。

「イドナのことも聞きたい？」

わたしはうなずく。

チャンドラは大きく息を吸いこんだ。「イドナは自分が女王さまじゃないと気が済まないの。彼女のじゃまをしたら、殺されるかも。それだけ」

「そして、自分の間違いであってほしいと思っているのですね」

しぶしぶうなずくチャンドラ。

「それは、なぜですか？」

「もういい、ミスター・スミス、きっと間違いだから。べつに信じてほしいわけじゃないし」

「信じてはいません。なぜ、間違いだとわかるんです?」

「だって、どっちも筋が通らないもん。第一に、イドナは父さんを味方につけようとしてた。成功したかどうかは関係ない。だって、とにかく二週間はそうしただろうから。ひょっとしたら、もっとかも」

わたしはうなずいた。「あなたはたくさん理由があると言っていました。[13] ほかの理由も教えてください」

「OK。どうして、矢なの? もし犯人が矢で父さんを突き刺したとしたら、彼女はどこで矢を手に入れたの? それに、どうして包丁を使わなかったの? ヒューズさんはたくさん包丁を持ってるから、好きなのを選べた。もし彼女が矢を射たんなら、残りの矢と弓を処分しなきゃならなかったでしょう」

わたしがまだチャンドラの話について考えているとき、ドアが開かれ、われわれはなかに入った。[14]

ドクター・フェーヴルが亡くなったとあって、わたしはさぞめちゃくちゃな状況を目にするだろうと思っていた。しかし、そこまでひどくはなかった。女性たち全員が協力して家事をこなしているようだ。とはいえ、なかにはほかの女性よりかなり多く働いている女性もいるだろうが。わたしは手伝いを申しでて、一緒に働いた。ほとんどは、アダが配置換えを望む家具や、オードリーが下を掃除したいという家具を動かす作業だ。

窓の外が暗くなり、家のなかの明かりが点きはじめ、夕食になった。わたしはオードリーの隣に――彼女がわたしの隣に、といってもかまわないが――すわった。われわれはときどき手をつなぎ、誰にも見られないようにテーブルの下から手を出さずにいた。その夜、彼女とわたしはチャンドラのベッドの横で眠った。セックスが終わったとたん男性が眠りこむことに女性は決まって文句を言うものなのに、その夜、わたしはやらかしてしまった。まだ手を握りあったまま、眠りこんでしまったのだ。あれはけっして忘れないと思う。

目が覚めたとき、寝室はまだ真っ暗で、室内にわたしたちのほかになにかがいた。音を立てさえしなければ、小動物がいても、百回のうち九十九回は誰も気づかないものだ。この訪問者も音を立てはしなかったが、こちらはけっして小さくはなかった。影のように静かに、きわめてゆっくりと動いている。それは充分効果的だったが、床は静かにしていられず、訪問者の重みにきしみを上げる。

わたしはオードリーをつついて起こすべきだっただろうが、そうしなかった。彼女は悲鳴を上げるかもしれないし、わたしの知るかぎり、悲鳴は殺される原因になりうる。もちろん、わたしは彼女を守ろうとするだろうが、それには幸運が必要だった。なにしろ、相手は部屋全体をおおいつくすように見えるほど馬鹿でかいのだ。

ドアが開き、一、二秒、かすかな四角い光が見えたかと思うと、やがてドア口が黒い人影にふさがれた。人影はわたしよりはるかに大きい。

そしてドアは、人影の後ろで音も立てずに閉まった。

わたしはどれだけ恐怖に襲われていたか、起きあがろうとするまで気づいていなかった。そして気づけば──全身がガタガタ震えていた。

永遠に感じられるほどの時間がかかったものの、起きあがることはできた。わたしは勇敢だったと思うが、同時に体は死ぬほどおびえていた。ベッドから出るのはさらに困難だった。

わたしはできるだけ静かにドアを開け、外をのぞいた。寝室はずっと暗かったが、廊下には小さなランプがふたつある。さっきまでわれわれの寝室にいた何者かは消えていた。

誰かがドクターの首から引きぬいた大きな矢も、消えていた。

さっきの訪問者が窓から入ってきた可能性はあるだろうか？　おそらくないだろう──あの人影はあまり

に大きかった。となると、玄関か、通用口か、裏口か。

わたしは三カ所すべてを見てまわった。どこも夜間は家政婦のスノーさんが施錠する。少なくとも、わたしはそう聞いていた。すべて確認したところ、どれも施錠されておらず、大きな鉄のかんぬきは内側から何者かによってはずされていた。訪問者はまだ家のなかにいるかもしれないし、いないかもしれない。わたしとしては、後者のほうが非常に好ましい。キッチンでランプを見つけ、二階と三階の空いている部屋を確かめてみた。誰もいない。

地下室だろうか？　そこにも、誰もいなかった。

14　大陸警察

先走っているので、少し話をもどして説明させてほしい。普通なら、主導権を握る人物はアダになるだろう。そこは彼女の家なのだから。そうではあるが、彼女は何事であれ、主導権を握る者としてふさわしくない。調子のいいときは、確かにナポレオンなみの手腕を発揮したが、気分が落ちているときは子どもが遊ぶおもちゃの家すら管理できない。というわけで、主導権を握るのはオードリーだった。それもあって、チャンドラは彼女のことを船長《レディ・キャプテン》と呼んでいるのだろう。あるいは、こう言うべきかもしれない。キッチンではヒューズさん、ほかの部屋ではオードリーが主導権を握っていた、と説明したほうが正確だろう。わたしが主導権を握ることはできなかったのか？　おそらくできただろうが、わたしは望まなかったし、そうしようともしなかった。

代わりに、全員に質問した。最初はグループで質問を投げかけ、それからみんなのいないところで個別に話を聞く。グループでの聞き取りでは、たいした収穫は得られなかった。アダは誰かがこの家を奪おうとしていると感じており、リッチーはこの家には幽霊が出ると思いこんでいた。わたしはもちろん、それぞれにそう感じる理由を訊ねた。アダはただそう感じるというだけで、ここは自分の家だと主張するばかりだった。わたしはおっしゃるとおりですと賛同したが、彼女はかまわず言いがかりをつけてきた。そういうタイプの人間には、みなさんも心当たりがあるだろう。

リッチーは影を見たとおびえていた。それは誰の影でもなく、しばらくその場にたたずんで、やがて消えたという。

前にも触れたように、たくさんの部屋があるが、そのすべてに家具がそろっているわけではない。オードリーとわたしのように床で寝てもかまわないのなら、個室を使える。ただし、われわれは個室の使用を拒否し、わたしはチャンドラのベッドの横でオードリーと寝ていた（言うまでもなく、みなさんはそう推測していたことだろう）。チャンドラはオードリーをレディ・キャプテンと呼んでおり、そのせいでオードリーはほかの人たちに指示を出す女性のように聞こえた。それは少しだけ真実と言えるかもしれないが、わたしの場合、指示されるようなことはたまにしかなかった。

オードリーとわたしには多くの共通点があり、それはつまり同じチームということになる。どんなチームにも、コイントスをしたり記者と話したりするキャプテンが必要だが、試合中は〝キャプテン〟にたいした意味はない。わたしは自分の収蔵場所であるスパイス・グローヴ公共図書館にもどりたかった。オードリーはポリーズ・コーヴ公共図書館の蔵者だが、帰りたがってはいない。少なくとも、帰りたくてたまらないという感じではなかった。ときどき、彼女をわたしと一緒にスパイス・グローヴに連れていく方法はないかと、ふたりで考えることもあった。

真夜中ごろ、チャンドラがベッドの下に誰かいるとわめきだした。わたしはあわてて起きて、見てみたが、誰もいない。それで、もういなくなりましたよと伝えた。

翌朝、わたしはメモ帳を出し、各女性から聞きだしたことを読みかえしてみた。誰にも充分なアリバイはない。確定できた時間に二時間以上の幅があるからだ。誰も嘘をついているとは思えないが、嘘をついている人物がいるに違いない。わたしはそう確信していたものの、あれこれ考えては否定し、なんの結論も導きだせなかった。すべてをよく考えたあと、わたしは肩をすくめてため息をつき、彼女たちは本当のことを言っていると判断することにした。

それはすなわち、ドクター・フェーヴルは自殺した――あるいは、犯人は外部から家に侵入してきた人物――ということになる。わたしはドクターのことをそれほどよく知っていたわけではないが、自殺するようなタイプとは思えなかった。まあ、相当大きなことに全力を注いでいて、それが失敗したとか。それなら、ありえるかもしれない。しかし、大きなこととは？　そんなとてつもないことは思いつかないし、女性陣から聞いた話のなかに、そういうことをほのめかすものは一切なかった。ドクターはどこからか大きな矢を入手していた。そうだ、やはり彼は、自分に言い聞かせて自分を刺したのだ。

だとしたら、ヘビが自転車に乗ってもおかしくない。

ほかにもある。自殺なら、たいてい書き置きを残すものだし、学歴の高い者ほど書き置きを残す傾向がある。だが書き置きはなく、ドクター・フェーヴルの学歴はというと、大学で教えるほどなのだ！

それだけではない。自殺する人はほとんどの場合、何週間も前から死んでやると脅したり、死にたいと話したりするものだ。わたしはペギー・ペッパーに画面《スクリーン》通信で訊ねてみたが――彼女は自分のアパートメントに帰っていた――ドクターにそんなようすはなかったと言われた。

それに、あの大きな矢もある。彼があんなものを持っていたとは、女性陣の誰も知らなかった。あるいは、知らないと言っている。

結構。犯人は外部の人間だったのだろう。おそらく犯人が弓矢を使ったのは、大きな音を立てずにすむからだ。しかも、相手に近づく必要もない。開いた窓から矢を射ることもできただろう。そこまで考えて、わたしは行きづまった。これが、安い探偵を雇うことの問題点だ。

その夜、われわれはこの家で眠った。夜明けも間近というころ、わたしは目が覚めた。廊下で足音がしていたのだ、断言できる。何者かはすでに、われわれの部屋のドアを開けていた。

わたしは待った。オードリーはまだ眠っており、隣で小さな寝息を立てている。われわれの利用者は身じろぎもしない。怖がらせれば逃げていく、わたしは自分に言い聞かせた。誰であれ（たぶん、アダかローズだろうと思っていた）つかまえて、真夜中の訪問者はわたしが始末したとでも説明してやろう。そのとき、侵入者が月明かりのなかに踏みこんで、しばらくたたずんだ。わたしはちらりと見た――大きな男で、羽根のついたヘルメットのようなものをかぶっている。女性の帽子に羽根がついているのは一、二度見たことがあったが、男性用は見たことがない。男が近くに来ると、わたしは彼に手を伸ばしてなにかをつかんだが、それははずれ、男は行ってしまった。その後、わたしは手を放したに違いない。床に落ちる音は聞こえなかったが、おそらく落としてしまったのだろう。

　朝、起きると、それが床に落ちているのが見つかった。大きなナイフだが、わたしがこれまで見たことのあるものとはまったく違う。それについて、くどくならない程度に説明しよう。

　ずっしりとした大きい刀身はわずかに曲線を描き、両刃になっている。鍔《つば》は飾りのない平らな金属板で、わたしには銅のように見えた。柄《つか》はピンクがかった赤色で、なんらかの石でできているようだが、そこまで重くはない。指を置く溝は、わたしの手には一本一本が離れすぎており、握るときは溝を無視するしかなかった。柄頭は鍔と同じく、銅かなにかでできている。中子《なかご》（刀身の柄に入っている部分）が柄を貫通していて、刃が抜けないように平たく打ってあるのが見える。

　つまり、じつにすばらしいナイフということだ。鞘《さや》があったら、身に着けて持ち歩いただろう。しかし現実には鞘はなかったので、わたしはナイフをしまいこみ、そのうち誰かに鞘を作ってもらおう、あるいは自分で作ろうと考えた。ナイフを持っていた男が探しにもどってくるかもしれないとは、考えもしなかった。

　前に言ったように、わたしは延滞中の身だ。[*15] チャンドラと母親にそのことを伝えると、思ったとおり、アダがチャンドラにわたしを返却して保証金を返してもらうよう指示した。ときどき、チャンドラがかわいそうになる。まだ十三の子どもに大人なみの責任を負わせるのは、理不尽だ。ときにはやむをえない場合もあるが、チャンドラに関しては、ときどきではなくずっとだった。

　こうして、わたしはポリーズ・コーヴ公共図書館の、快適さではスパイス・グローヴにとうていかなわない書架にもどってきた。持ってきたあのナイフは、本の裏に隠した。わざわざ見るまでもなく、現在はもうそこにはない。

　オードリーとわたしは隣どうしの棚になるはずはな

いのだが、オードリーが図書館員のシャーロットに隣どうしにしてくれるよう頼んだ。そのため、われわれの分類番号はおかしくなったが、図書館員たちは気づいていないようだった。わたしたちは手を握りあうことすらしなかったからだろう。手を握ったのは六時以降、図書館が閉まってからのことだ。

じつにすばらしかった。たった二日後、わたしがこれまで見たことのないどこかの純正な人間の男がやってきて、オードリーを借り出した。ナイフで男を刺してやりたいところだが、そんなことをしてもなんのメリットもない。ある意味、それでよかった。わたしが人殺しになったと知ったら、オードリーはどう思うだろうか？　わたしの知るかぎり、その男はなにも間違ったことはしていない。オードリーは貸し出し可能な図書館の蔵者だ。二週間たてば、男は彼女を返却するか、再度借り出さなくてはならない。というわけで、口笛でも吹いて待つとしよう。

約一週間後、背が高く、茶色の髪を一本の三つ編みにして背中にたらした、厳《いか》めしい顔の女性がわたしを借り出した。彼女は大きい黒の地上車を持っていた。前部座席の彼女の隣にすわってダッシュボードを見たとたん、わたしはわかったと思ったので、それを口にした。「ポリーズ・コーヴの警察ですか？」

すると、横目でちらりと見られた。ほんの一瞬。

「大陸警察よ、スミス」

今度ばかりは、実際に口笛を吹いた。あまりうるさくない程度に。

「あなたは参考図書でしょ？　歩く辞書のようなものよね？」

そうだが辞書ではない、と伝える。

「あなた自身の作品に関する史料」

わたしはうなずいた。「そのとおりですが、実際は、なにもかも覚えているわけではありません」

「あなたの人生に関すること。それを調べるための参考図書ね？」そら、来た。こうなることはわかっていた。わたしはまたうなずく。「わたしの作品は、事実上、わたしの人生でしたから」

「あなたが書いていたのは……？」

「ミステリーです。『誰がコマドリを殺したか？』手がかりは、二十六ページ、百五ページ、二百九十九ページにあります」

「その事件では、あなたの知人がたくさん殺されたに違いないわね」彼女は本気で言ったわけではない。

わたしはにやりとした。「そうでもありませんよ。そうなるはずだっただけです」

笑いはなかった。ほほえみすらない。「ドクター・フェーヴルを知っているわね」

「少しですが。会って話したことがあります」

彼女は運転していて、わたしのほうは見ていない。

「彼のことは好きだった？」

それについては、考えなくてはならなかった。「感服していました。もっと深く知り合えたら、好きになったかもしれません」

「けど、好きではない。なぜ？」

「好きになるには彼のことを知る必要があるでしょう」

「あなたは少し知っていた。なぜ、彼を好きになれなかったの？」

「死人の彼には申し開きができません。話題を変えませんか？」

「まだ、だめよ、スミス。なぜ、彼を好きになれなかったの？」

「あなたがわたしに見たことのない森を見せようとしていると仮定しましょう」これについては、考えるまでもなかった。

一瞬、警察官はこちらを向き、やがてこう言った。

「わたしはカトリーン・ターナーよ、ミスター・スミス。警察バッジ番号も知りたい？」

わたしは名前を聞けて光栄だということ、バッジ番号は必要ないことを告げた。

「じゃあ、さっきの森の話を聞かせて」

「わたしは森をざっと見わたし、ハイキングや釣りのことを考えるでしょう。ひょっとしたら、狩猟のことも。木陰にすわって詩を読んだり、小川のせせらぎに耳をかたむけたりすることも。ドクター・フェーヴルが森を見わたして考えるのは、材木のことでしょう」

カトリーンは少しのあいだ黙っていたが、やがて言った。「図書館の蔵者がこんなに楽しい話し相手になるなんて、ぜんぜん知らなかった」

それは、つらい時期のためにとっておく価値のあるほめ言葉だ。「わたしも、警察官がこれほど魅力的な友人になりうるとは存じませんでした」

「それはありがとう、あなたの勝ちよ。捜査に協力してくれない？　どっちにしろ、あなたはそうしなきゃならないけど」

あなたは純正な人間でわたしはそうでない以上、従うしかないでしょう、と言いたい誘惑に駆られた。真実ではあるが、そんなことを口にしても、ふたりの関係がわたしの望まない領域に突入するだけなので、代わりにこう答える。「もちろん、できるかぎり協力します。どういたしましょうか？」

「ドクター・フェーヴルが殺害されたとき、あなたは現場にいなかった。これは合ってる？」

わたしはうなずいた。「そのとおりです。わたしは非常に居心地の悪い図書館の書棚にすわっていました」

「可能だったら、あなたは彼を殺していた？　ここは正直に答えて。嘘はあなたのためにならないわよ」

「いいえ。そんなことはしなかったでしょう」

「なぜ？」

「理由はたくさんあります。いくつぐらい聞きたいですか？」

「いちばんの理由は？」

「わたしは複生体《リクローン》だからです。ドクター・フェーヴルは純正な人間です。もし当局に——あなたと、ほかの百万人の方々のことです——彼を殺害したと強く疑われたら、わたしは焼却処分になってしまいます」

「ほかには」

「彼を殺害するのは、道義的に間違っているからです。こちらをいちばんの理由に挙げるべきだったかもしれません。わたしには私的な判断をくだしたり、私的な復讐を実行したりする権利はありません。三つ目は、彼が死んでも、わたしにはなんの得もないからです。四つ目は、彼から危害を加えられたこともなければ、侮辱されたことすらないからです。これで充分でしょうか？」

「いいえ、まだよ」

ポリーズ・コーヴはかなり後ろに遠ざかった。牧草地に点々と散らばる小さなベージュ色は、乳牛だろう。ほとんどの家にはとがった塔と特徴のない大きな建物があり、それらはおそらくサイロと納屋だ。どこへ向かっているのか気になったが、いま訊ねるのはまずい気がする。

「すでにお話しした理由に加えて、ドクターの娘さんのチャンドラがわたしを借り出してくれたという理由もあります。チャンドラはお母上の代理でわたしを借り出したのですが、わたしは彼女が自分の利用者のように感じていました。法的には、わたしの利用者はチャンドラではありませんが、心情的にはそうだったのです。法的には、わたしは自分の利用者の夫を殺害することになりますが、心情的には利用者の父親を殺害することになるわけです」

「つづけて」

「ドクター・フェーヴルは、わたしの友人ふたりを借り出しました。ミリー・バウムガートナーとローズ・ロメインです。当然、ふたりは心から感謝していたでしょう。誰かに借り出されたとき、わたしたち蔵者はかならず感謝の気持ちを抱きます。ふたりはわたしのことをよく言ってくれたのでしょう。わたしもそうしています。ドクター・フェーヴルとわたしは顔見知りだったこともあり、いつか彼がわたしを借り出してくれる確率は高いと思われました。わたしたち蔵者は、誰にも利用されなくなれば焼却処分されます。そのことはご存じですか?」

大陸警察のターナーはうなずいた。「恐ろしい人生に違いないわね」

「慣れるものですよ」

その後はふたりとも黙りこみ、わたしはこんなことを考えていた。大陸警察の人間は少なくとも、わたしが焼却される可能性と同じくらい、撃たれる可能性がある。それも恐ろしい人生に違いない。

15　家のなかの見知らぬ人

最初の数キロは、ポリーズ・コーヴにある警察本部へ向かっているのだと思っていた。ついに到着すると、そこはコンクリートの高い塀にかこまれた数棟の灰色の建物だった。幅の広い鋼鉄の門が半分開き、われわれが入るなり後ろでガチャンと閉まった。その後の静けさに、囚人はおらず、そのため警備員もいないのだろうとわたしは思った。窓のない建物の最上階にある部屋に入ると、わたしはある機械にすわるよう言われた。機械には六つのダイヤルと、わたしからは見えない大きな画面がある。頭にヘルメットをかぶらされ、またひと通りの質問を受けた。今回の質問者は、縁なし眼鏡をかけた小柄な男。わたしはカトリーン・ターナーに話したのと同じことを話した。男はそれに満足せず、しばらくすると、わたしはなにを言っても彼を満足させられることはない気がしてきた。

すでにとっぷり日が暮れたころ、わたしは黒い地上車で待つカトリーンのところへ帰された。尋問は永遠につづいたように思えたが、実際は六、七時間だったに違いない。「あなたを乗せたところまで送りとどけることになっているんだけど」カトリーンは言った。「ほかの場所のほうがいい？」

わたしは、はいと答えた。自分の収蔵場所であるスパイス・グローヴ公共図書館へ行きたいです。

「そこまで遠くには行けないけど、ポリーズ・コーヴ図書館の人にあなたのことをよろしく言っておいてあげる」

わたしは感謝した。大陸警察から言ってもらえれば、きっと効果があるだろう。

「あなたは知っているの――まだ意見を訊いていなかったと思うけど――スミス。あなたは、誰がドクター・フェーヴルを殺害したと思う？」

「思うのではなく、知っています」わたしは少し身がまえた。まず信じてもらえないだろうし、こんなことを言えばひっぱたかれるかもしれないと思ったのだ。図書館の蔵者は手荒な扱いを受けることがある。真面目な話、そういうことは頻繁に起こる。

「ヘルメットをかぶった大きな男です。とがったヘルメットには羽根と小物がいくつもついていました。男はわたしのいた階の横の廊下から出てきました。わたしはその細い廊下を歩いて、数ある部屋――部屋は十以上あったはずです――のドアをいくつか開くか試してみましたが、どれも鍵がかかっていました」そこで少しのあいだ黙って、彼女はこの話を信じるだろうかと考えた。「あれほど大きな男性は、ほかに見たことがありません。その後、彼の姿は見ていません。それでも、彼が犯人であると、わたしにははっきりわかります」

わたしが話しおえると、彼女は、ドアが開くか試したとき斧などの道具を使ったか知りたがった。わたしはノーと答えた。そんなことをして、なんになる？　あの大男を怒らせるだけだし、彼は人を殺すとわかっていた。

「その廊下を見せてもらえる？」

わたしはいいともと答えようとした。口から出るときどうなったかは、おわかりだろう。

「開かないドアがあったら、あなたとわたしでこじ開けましょう」と彼女。

実際、そのとおりになった。

そういうと単純で簡単なことに聞こえるだろうが、実際は違った。最初は、わたしがほぼすべてをおこない、そのあいだ彼女は監督していた。次に、わたしは道具をかき集めなくては――あるいは、彼女に購入してもらわなくてはーーならなかった。ひとつ目のドアを開けられたときには、バール、ドリル、斧、その他諸々の道具がそろっていた。バールとドリルは、わたしが船の道具箱から持ってきたもの。残りはカトリーンのお金で買わなくてはならなかった。ドアがこんなに頑丈だなんてと嘆く彼女に、わたしはこう言った。わたしが前回見たこの手のドアは鋼鉄製でしたよ。この木製のドアは硬くて厚く、鉄製の蝶番《ちょうつがい》で取りつけられているが、鋼鉄製のドアとなると難しさは比べものにならない。

そのあいだずっと、わたしは自信に満ちた口調を心がけていたが、内心は不安で気分が悪くなりそうだった。ああいう鋼鉄製のドアはこちら側の人間が設置したもので、それが誰か、わたしは知っているという確信があった。こういう木製のドアは、向こう側の人々によって取りつけられたものだ。

なぜ、わかったか？　単純なことだ。あらゆることが示している。鋼鉄製のドアは、貴重品を入れておく頑丈な箱の蓋や金庫の扉と大差ない。このドアは堅木でできており、その種類は樹脂木でも、オークでも、クルミでもなく、わたしが知っているどんな木材とも違う。この木材の硬さと重さは鉄と同じで、板も分厚く、わたしは船材ではないかと考えた。四つの蝶番はツーピースタイプで（つまりヒンジピンがどちらかに固定されている）、これまで見たことのないデザインだ。蝶番を固定しているネジは、頭部が五角形で工具を差す溝がない。

ということは、ドクター・フェーヴルは大工を雇ってこのドアを設置させたのだろうか？　ありえない！　コレット・コールドブルックの父親はああいう鋼鉄製のドアを取りつけ、こういう木製のドアを向こう側に設置していた。われわれは鋼鉄製のドアを通って、ほかの誰かの世界を歩きまわってきた。つまり、ほかの誰かがこういう木製のドアからやってきて、こちらの世界を歩きまわっているのだ。わたしはその人物が調べている原住民のひとり、あるいはおそらく、その人物があまり会いたくないと思っている原住民のひとりだろう。受けいれがたい考えだが、わたしにはそれが真実だとわかっていた。

一時間ほど重労働にはげんだところで、カトリーンから、ふんふん匂いをかいでいるのか、それとも呼吸が荒いだけなのかと訊かれた。わたしは両方だと説明した。

「それはどういう意味、アーン？」本当に知りたがっているような口調だ。

「ふんふん匂いをかいでいるのは、向こうから入ってくる空気がこちらと違っていい匂いだからです。あなたも胸いっぱいに吸いこみたくなりますよ」

カトリーンがやってきて、自分の鼻で確かめる。

「海辺の空気ではなさそうね」

わたしはうなずいた。

「熱帯雨林の空気をかいだことはある、ミスター・スミス？」

「ないと思います」

「葉の茂る植物がぐんぐん成長している香りがするの。それに湿った腐葉土のむせ返る匂いも。まさに植物の天国。これはそういう匂いとは違う」カトリーンは黙りこんだ。

「あなたの言ったように、海の匂いとも違います」

「ええ。これはからっぽの匂い。ほとんどなにもない匂いだわ。太陽と葉っぱだけ」

　彼女が代わりに説明してくれてうれしくなり、わたしは言った。「熱帯雨林の空気に似ていますが、熱と湿度がありません」

「熱帯雨林の匂いをかいだことはないって言ったじゃない」

「ありませんが、読んだことはあります。なので、どんなものかは知っています。あるいは、知っているつもりです」

　わたしは板をはがそうと奮闘していて、一分ほどでそのうちの一枚が割れると、なかをのぞいた。

　二回まばたきして、ようやく自分の見ているものがなにかわかった。その部屋は円形でほぼからっぽだった。天井板はなく、ななめの屋根があるだけで、天井近くに換気口も見当たらない。それから壁の解明にかかった。ダークブラウンの木材でできており、縦に走る板の隙間を白っぽいもので埋めてある。コルクか、漆喰だろうか。ほぼなんであってもおかしくない。窓はないが、厚い壁に開いた戸口があり、そこから明るい日光が見える。

「そこへ出てみる？」カトリーンはわたしを押しのけていく。

　わたしは首をふった。「とんでもない」

「どうして？」

「あの人物は、わたしたちにそうしてほしくないはずです。さっき破壊したドアは、わたしたちが入るのを止めるためのものでした。わたしたちが外へ出ることを、彼らは喜ばないでしょう」

カトリーンは少しのあいだ黙ってから、こう言った。

「わたしは行ってみる。あなたもついてきて」

「とんでもない！」今回ばかりは、できるかぎりきっぱりと断る。「わたしは行きません！」

「行くのよ。その斧を持ってきて」

くたばれ、とわたしは彼女に告げた。

「あそこへ行くのよ、ふたりとも」そのとき初めて、わたしは彼女の超小型ロケット弾発射ピストルを目にした。それも、真正面から。

「ロケット弾には少量の高性能爆薬が入っている。撃たれれば、体のなかで爆発するわ」

わたしは存じていますと伝えた。

「よろしい。さあ、入って。さもないと、ロケット弾を食らうのがどんなものか身をもって知ることになるわよ。斧を持ってきて」

実際に撃つつもりなどないでしょうと言いたかったが、言葉が喉から出てこない。彼女の目がこう言っていたからだ——撃つつもりはないと口にしたら、そのとたんに撃ってやる。しかも、彼女は純正な人間にして大陸警察だ。複生体《リクローン》を一体撃ち殺したからといって、誰が彼女を逮捕するだろう？ 誰もしない！

わたしは室内に足を踏みいれ、呼吸を整えてから窓辺に近づいた。背後で彼女がつぶやく。「不安になるわね」

ええ、毎回、不安になりますと答えたかったが、ぐっとのみこむだけの分別はあった。それに、あの窓辺に行って周囲を見まわしただけで、ほかに考えるべきことが一ダースも出現した。

わたしの肩ごしに、カトリーンが言った。「ここに、ひどい嵐はないわね」ほとんどささやくような声に、わたしはふり返って彼女を見た。

「強風が木々に吹きつけるところでは、ねじれた低い木しか育たないの。わたしたちだってそうでしょ」

そういうことは知らなかった。

「ここの木々はそれより大きいわね……」

彼女はそこで言葉を切ったので、わたしは待った。

「ここがどこかわかる、ミスター・スミス？」

「なんの役にも立ちませんが、わかります」

「なら、教えなさいよ！」

「ほかの太陽系に存在する地球型の惑星です。あなたは次に、なぜわかるのかと訊くつもりでしょう」

「いいえ。なぜそう思うのか訊くつもりだったけど、想像はつく。だからといって、あなたの考えを受けいれるわけじゃない」

「疑ったところで、事実は変わりません」

カトリーンがわたしに追いついた。そこからは、横に並んで歩いた。「あなたは前にここに来たことがあるんでしょ？」

わたしは首をふる。

「それでも、とにかく知っている」

「そうです」わたしはうなずく。

「でも、わたしは知らない。ともあれ、覚えておきましょう。帰るときはどうするの？」

「ただひき返して、さっきのドアからもどるだけです」

わたしがひき返そうとすると、彼女が腕をつかんだ。

「待って、ミスター・スミス！　ドクター・フェーヴルを殺害した男はここから来たの？　あなたはそう言ってるわけ？」

「はい。その男がしたことです」

「そしてたぶん、彼はここにもどってきて、家に帰ったのね」

話の行く先が見えてきて、わたしは肩をすくめた。

「とがった帽子をかぶった大男と言ったわね」

「とがった帽子ではありません。帽子というよりヘルメットに近いものです。ただし、耳当てがついていました」

「そう。じゃあ、もうひとつ教えて、ミスター・スミス。なぜその人物はここから――わたしたちの住むところに入ってきて、ドクター・フェーヴルを殺害したの？」

「おそらく、ドクター・フェーヴルが先にここへ来て、ここの人々の気に入らないことをしたのでしょう――ここの人間を殺したとか、まずい人を怒らせたとか」

このあともまだいろいろあったが、書き留めておく価値のあることはなにもなかった。

16 森

カトリーンがさらに数個の質問を投げかけ、わたしがさっぱりわからないと説明していたとき、われわれは一緒に窓の外を見つめていた。もちろん、彼女がいようがいまいが、あの階段を下りるべきだったが、わたしはあのロケット弾ピストルがほしかったのだ。もしピストルを渡されていたら、彼女を置いてさっさと歩き去っていただろう。だが現実はそうではなかったので、死んだ彼女の冷たくなった手から奪いとるしかないのではないかと感じていた。たぶん、彼女の背後に立って首を絞めることは可能だろう。とはいえ、彼女が息絶える前に手を止めれば、非常に困った状況に陥るだけだし、殺してしまえば、もっとひどい状況になる（そんなことができるという確信があったわけではないが）。もし彼女の死体をここに置いていったら、ドクター・フェーヴルを射殺したあの大男は、すぐさまわたしが犯人だとわかるだろう。

それとも、あのドアから押しこんでおく？　われわれの船に乗っていた誰かが見つけることになるのに？

わたしたちは暗い木の階段を手探りでよろよろと下りていった。階段は空洞になった木の内部を螺旋《らせん》状にのびていたが、当時のわたしはまだ木ではなく建物だと思っていた。そのうち誰かに出くわすに違いないと思っていたが、誰とも遭遇しなかった。ついにあるドアにたどりついたとき、わたしは言った。「上で見たようすから考えて、ここは木々や灌木《かんぼく》の豊かな地域です。そんなところに分けいるつもりですか？」

カトリーンはこちらを見もしなかった。「ここには誰かいるに違いない」

「いますとも、わたしたちが」べつに笑いを期待していたわけではないが、期待しなくて幸いだった。笑いは返ってこなかったからだ。

完全に未知の土地を探索したことのない人は、見るべきものなどたいしてないだろうと思うかもしれない。実際のところ、それについては、なにに関心があるか次第だと思う。

例えば、オードリーのように、ヨットに強い関心があるとしよう。もし新しい船に――これまで見たことのあるどんな船ともまったく違うタイプの船に――遭遇したら、あれこれ調べるのに一時間かそこらかかるだろう。ロープなら、静索はどのように設置されていて、揚げ索はどうなっているのか。さらに、なぜそうなっているのか、乗組員は甲板からどんなことができて、どういう場合にそちらやこちらのマストにのぼらなくてはならないのか。

いっぽう、べつの惑星の素朴な小道となると、状況は十倍悪化しうる。この灰茶色の小道は、雨水が両側に流れおちるように設計された道路のように、中央がまるく盛りあがっていた。それが、わたしが最初に気づいたことだ。小道の両側は森らしく、かなり大きな木々が小道のずっと上のほうで枝を重ねあい、木陰を作っている。それでも重なった枝葉に点々と光が見えて、梢《こずえ》の上空は晴れているのがわかる。わたしはそういったことをすぐに理解した。たぶん十分くらいだろう。その後、もう少しでカトリーンを殺すところだった。

そのあたりのことは、いまでもあまり考えたくない。まずは、けっして故意ではなかったと言わせてほしい。カトリーンが滑りだしたので、わたしはとっさに彼女をつかもうとした。彼女はわたしが突きとばそうとしていると思ったに違いない。ピストルに手を伸ばしたからだ。彼女が撃つより早く、わたしは彼女の手をつかみ、引き金の後ろに自分の指を差しこんだ。こうすれば、撃つことはできない。引き金を所定の位置まで引けなくなるからだ。二回ほど、わたしは小道の端に寄りすぎて、大きな枝のまるい側面にぶつかって後ろへ転びそうになった。そのとき、彼女が行動を起こした。わたしは彼女の腕をひねりあげ、空いているほうの手で銃身をつかんだ。彼女はピストルを放したに違いない。というのも、かなり後ろへよろけたからだ――止められないほど後ろへ。

その後、小道は静かになった。葉のすれあうかすかな音がするだけで、わたしには彼女が落ちていく音が聞こえた。といっても、実際に彼女が地面にぶつかる音が聞こえたわけではない。小枝がポキポキと折れる音が、だんだん小さくなって消えた。先ほど言ったように、地面にぶつかる音は聞こえなかったので、彼女は生きているだろうと思った。おそらく重傷を負って、下のどこかにいるだろう。

それまで、わたしはランチャーピストル――多くの人が超小型ロケット弾発射ピストルと呼んでいる――

を扱ったことはなかったが、安全装置を見つけるのに三十秒もかからなかった。安全装置は解除されているように見えたので、鮮やかな小さい石が隠れる位置に装置を動かしておく。その後、なんとなく上を狙って、引き金を引いてみた。引き金はまるで動かない。

そこであれこれいじりまわして、安全装置を上下に押してみたりしたが、自分にうんざりしてきた。うんざりというか、すっかり頭にきていた。次は狙いもつけず、ただきつく握りしめて引き金を引く。ヒュー、ドンのあと、金づちで殴るような音がした。べつの大枝が――かなり離れていてほとんど見えないが――震えてたわみ、枝の芯が砕ける音がした。大きな音で、枝がきしんで折れるのがわかった。

突然、わたしは怖くなった。

もし、カトリーンがずっと下で地面に倒れて死んでいたら？　わたしは殺人者になるのだろうか？　ひょっとしたら、彼女は重傷を負っているだけではないか？　彼女を放置して立ち去れるか？　彼女は本当の敵ではなく、職務をまっとうしようとしている警察官にすぎない。

そういったことをあれこれ考えていたときには、わたしは幹につかまり、ざらざらした樹皮を這いおりていた。足をかけられるところも、手でつかまるところもたくさんあったが、体重をかけたとたんにくずれることが頻繁にある。これは言葉で聞くほど楽しいものではない。十数回も落ちそうになった。

もうすぐ地面に着くというとき、コケの上に倒れたカトリーンの姿が見えた。あまり近くはないが、見つけるのが難しいほど遠くもない。

わたしは残りの距離を下りはじめ、ざらついた樹皮に足がかりを探した。疲労のため、半分ほど下りたところで止まり、休みながら考えた。

ドクター・フェーヴルがここに来たことがあったと仮定しよう。わたしには、こう思える。彼を殺した男は使命を持ってわたしたちの世界にやってきて、使命を果たすと、すぐ自分の世界へ帰ったのだろう。

つまり、正義のためだったと言える。あるいは、単なる復讐か。彼がドクター・フェーヴルを別の人間と勘違いした可能性もある。もっとくわしいことがわからないかぎり、判断のしようがない。われわれの世界のドアは、アダ・フェーヴルの家にあった。大男の世界のドアは、とてつもなく巨大な木の上にある奇妙な木造寺院のようなところにあった。

そこでわたしは、ドアの存在する位置について考えをめぐらせた。コールドブルック家の鋼鉄のドアが最上階にあったのは、理にかなっている。そこは動力源となる原子炉のある部屋に近かったからだ。今回のドアも同じだと思うが、そこのようすはまだ見ていない。

それらしきものを探してあたりを見まわしはじめたとき、ふと思いあたった。わたしは生まれてこのかた、ずっと二次元の住まいで暮らしてきた。そうとも、自分はいちばん下の書棚にいて、他人は上の棚、最上段の棚にいるといった住まいだが、単純な造りだ。わたしが見ていた森のなかの地面も、似たようなものだった。図書館の建物から下りてきたときだけ、ふり向いて、自分たちの出てきた場所を見ることができ、そこに並ぶ窓で各フロアの場所がわかる。窓の列は明るく光る長い線となって、まっすぐてっぺんまでつづいている。

トラブルと言われて、なにを連想するだろうか？わたしはたいてい、背の高い黒い人影を思いうかべる。人影はわたしの背後をうろつきながら、物事を台無しにする機会をうかがっている。わたしは苦労して幹を這いおりるとき、黒い人影《トラブル》が自分にそっくりだという考えを頭からふりはらえなかった。これまでの人生で経験してきたトラブルのほとんどは、自分自身が引き起こしたものだった。いますぐ、あのドアから元の世界へもどるべきだ、それはわかっていた。なのにこうして、木を這いおりて自分からトラブルに突っこんでいこうとしている。彼女に糞食らえと言って、後ろ手にドアを閉め、できるかぎりしっかりと施錠しておくべきだったのだ。

しかし、そうはしなかった。自分の世界はもう充分に見てきた——わたしは自分に言い聞かせた。自分の世界で海に出航し、何度も飛行してきた。飛行にはコレット・コールドブルックが一緒のときもあれば、そうでないときもあった。今回は一日、少なくとも一日はとどまって、こちらの世界を見てまわりたい。持ってきた斧は、這いおりる邪魔になったので、一日だけの短い滞在と決めたところで、ベルトから抜いて先に落としておいた。

想像のなかで、カトリーンにどれくらい滞在しようと思っているのか訊ねる。想像上のカトリーンは、わたしの予想どおりの言葉を返す——ドクター・フェーヴルを殺害した人物を見つけて罰を受けさせるのに必要なだけ、ここにいる。

「そして、あなたの仕事がすむまで、わたしにつきそってほしいんですね」

——あなたも当然、正義がおこなわれるところを見たいでしょう、ミスター・スミス。

「ここはうなずくべきところでしょうね」とわたし。

——あなた次第よ。

「そうですか。では、うなずくのはやめておきます」

——それは協力しないということ？

そら来た。わたしは熟慮して答えを決め、最終的にこう言う。「それが理にかなっているかぎりは、協力しましょう。ただしその範囲を超えたら、協力はいたしません」

カトリーンのところにたどりついたときには、彼女は上体を起こし、頭をふって立ちあがろうとしていた。わたしは彼女に手を貸して立たせ、ピストルを返した。

その後、一緒に歩いた。わたしは斧を持ち、カトリーンはロケット弾ピストルを持って。見るものはたくさんあったが、そのどれにも人間はふくまれていなかった。

樹木は見るからに不気味だった。わたしたちがどう感じたかを知りたければ、そこの樹木が巨大な建物くらいの大きさだったことを覚えておいてほしい。摩天《まてん》楼《ろう》ほどもあるのだ。しかも、われわれの世界の樹木と違い、そこの巨大な木々はじっと見つめ、待ち、耳をそばだてている。一度、そんな木から果実を取ろうとしたら、果実がくるりと回ってこちらを見た。その猫のような目に、わたしは凍りついた。

おそらく、わたしの斧を見て腹を立てたのだろう。あるいは、カトリーンのピストルだろうか。もしくは、その両方かもしれない。わたしには判別できなかった。なんであれ、木々は地面の下で根を動かし、地表に小さなでこぼこをいくつも盛りあげ、枝についた赤い小さな丸い目でわたしたちを見張っている。ひょっとしたら、単にわれわれが人間で、歩きまわることができたせいかもしれない。それは木々にとって、自然なことではないのだろう。あるいは、わたしにはそう思えた。とにかく、われわれは木々を苛立たせていた。

草も薄気味悪かった。ときどき風もないのに動いたり、風が吹いているのに動かなかったりする。ほかにもなにかが起きていたが、それがなんだったのかはわからない。食虫植物というものがあるが、そこにはそういう植物が捕らえる虫はいなかった。とにかく草は動いており、なんのために動いているのかはまったくわからなかった。

ここは、嘘をついて、ありとあらゆる奇妙な出来事をでっちあげてもかまわないかもしれない。実際、まともなものはなにもなかった。草と樹木はそれ自体がすこぶる奇妙で、そのような場所——暖かい風に震えてしまうような場所——に来たことのない人には、説明するだけ無駄というものだ。

その夜、わたしたちは野宿をした。テントも寝袋も二枚の毛布すらなくても野宿と呼べるのなら。カトリーンがロケット弾ピストルでひょろりとした白い木を殺し、わたしが斧でぶった切った——骨をたたき切っているようだった。それがすむと、切った木片を山にして、カトリーンがピストルで火をつけた。靴とブーツをぬいで、わたしたちは足をたき火のそばに伸ばし、頭をできるだけ煙から遠ざけた。彼女はわたしにレイプされるかもしれないと考え、わたしが行動を起こしたら殺すつもりだっただろう。というわけで、わたしは行動を起こさなかった。たぶん信じてもらえないだろうが、どっちみちわたしにその気はなかった。

その夜、夢を見た。わたしはアリスのティールームで席に着いていた。なにもかもがひどく現実的だったが、床だけはガラスでできていた。ガラスを通して、はるか下の通りが見える。バスや地上車やトラックが走る交通量の多い道路が、百階下に見えた。恐ろしいほどリアルで、ガラスのどこかにひびが入っており、爪でホワイトボードを引っかくような聞き間違いようのない音が、絶え間なく聞こえてくる。じきに床が落ち、わたしも落下するだろう。はるか下に見える道路のアスファルトへ向かって。

翌朝、わたしたちは目的の男を見つけた。男はカトリーンのロケット弾ピストルをベルトに差し、わたしたちを見おろして立っていた。転がれと合図した右手には、短い幅広のナタを持っている。わたしたちは転がってうつ伏せになり、男はわたしから先にわれわれを縛りにかかった。

それが間違いだった。男の両手がわたしとロープでふさがったとたん、カトリーンが男に飛びかかったのだ。

男は彼女よりはるかに大きく、力も強い。彼女は男より俊敏で、自分のしていることをよくわかっている。わたしは取っ組みあうふたりに手を伸ばし、男のベルでしょうからね」

「ええ、そういうこともあるでしょう。あのドアのことは、報告しますか？」

彼女はわかりきったことをという顔をした。「わたしをそこまで馬鹿だと思っているの？」

わたしは肩をすくめた。「わかりません。それを突き止めようとしているのだと思います」

「それもそうね。わたしは馬鹿じゃない。この報告が真実かどうかを、ほかの人間が確認できるかもなんて思っているとすれば、馬鹿かもしれない。でも、警察はそんなことしないわ。彼らはわたしを取り調べ、精神鑑定をして、たぶんわたしは残りの人生をつまらない事務作業についやすことになるでしょう」

「なんと報告するつもりですか？」

「真実を話すわ」カトリーンは後ろにもたれ、報告のちょっとしたリハーサルをしてみせた。「わたしはドクター・フェーヴルを殺害した人物を発見しましたが、彼らは真相を吐かせようと、あなたをぼこぼこにする

でしょうから」

カトリーンはにやりとした。「食い違っていたら、尋問されたら、わたしたちの話が食い違ってはまずいってておくべきだという気がするのです。もし警察からしれませんが、あなたが上司になんと報告するのか知た。「こんなことをお訊きするのは間違っているかもか食べながらカフェを飲んでいるとき、わたしは言っにひき返してあのドアから元の世界へもどった。なにわたしはうなずき、彼女にピストルを返すと、一緒ょう」

を直してから、こう言った。「用はすんだ。帰りましたぶん三十秒くらい、彼女は砂をはらい落として服手を取った。

わたしは手を差しだした。驚いたことに、彼女はそのその後、カトリーンが立ちあがるのに力を貸そうと、トからロケット弾ピストルを奪って、男に発砲した。

彼の本名は突き止められませんでした。彼は逮捕に抵抗したため、やむをえず射殺しました。これで、事件は解決です」

　わたしは言った。「もし警察の人間からなにか訊かれたら、あなたの報告を裏付ける供述をします」

17　ふたたび書架の生活

　わたしはカトリーンとアダの家にもどったとき、わたしを延滞しているふたりの女性に説明し[*16]、最終的に彼女たちはうなずいた。そこで、わたしは言った。

「誰もわたしを聴取しにくることはないと思いますが、もしそのような事態になったときは、みなさんに援護してもらえると助かります」

　その後、チャンドラとわたしは坂道をくだって図書館へ向かった。その短い道のりはなじみのあるものに感じるはずだった――が、まったく見知らぬ景色に思えた。足を一歩踏みだすたびに、わたしがまざまざと覚えている人生の一部が再生される。それも過去へ向かって。それはわかるが、わたしの心は藁《わら》にもすがろうとしていた。三十秒ほどだろうか、わたしはメロン・カスタードのホットクリームの店に立ち寄るものだと思っていたが、チャンドラは禁じられていたので、立ち寄らずに進んだ。歩きながら、彼女はわたしを借り出したのがいかに名案だったかという話をし、わたしは彼女にそれがいかに悪い考えだったかを説明した。

　チャンドラがわたしを返却し、わたしのカードにスタンプが押されると、彼女は保証金から延滞金を差し引いた額を受け取り、[*17] わたしの頬にキスをした。そして、わたしが別れにふさわしい言葉を思いつくより早く、去っていった。

「利用者さんに楽しんでもらえたのね」パートタイムの図書館員のひとりがほほえんだ。

　わたしはうなずき、よい読者でしたと言っておくのが無難だろうと思い、そう答えた。そして、ローズとミリーのことを訊ねた。

「それもそうね。あなたたち三人は一緒にこちらに来たんだったかしら」

　わたしはうなずき、トラックでの旅路とその他いくつかのことを思いうかべる。

「なにを訊きたいの？」

「ただ、どうしているか気になっただけです。たまたま、彼女たちを借り出した利用者が亡くなったと耳にしたものですから」

　その発言に、プレンティス館長が来てしまった。そうなることくらい、予見しておくべきだった。館長は、わたしがどういう経緯でさっきの発言内容を知ったのか訊ねた。

　わたしは時間をかけて説明した。すべてを明確に発音するよう努め、そのあいだ館長はこちらの唇の動きを読んでいた。「母親の代理でわたしをここに借りにきた少女は、ローズとミリーを借り出した男性の娘なんです。彼と妻は別居していましたが、まだ夫婦でした。離婚はしていません」

館長はうなずく。「つづけて」

「彼が亡くなったとき、当然、妻と娘にも連絡がありました」わたしはこれまでの説明のほとんどを館長が理解しているのか、いぶかしんだ。
一、二秒の間を置いて、館長は言った。「彼の借りた蔵者は両方とも、彼の相続人が返却すべきね」
わたしはうなずき、われわれとしては、彼女たちがそうしてくれることを祈るのみですとつけたした。

「あなたは、相続人たちのことを知っている。彼女たちは返却すると思う？」

われわれリクローンにとって、相手をだますことは容易ではないし、めったに要求されることはない。わたしは、彼女たちは彼の住まいがどこにあるか知らないと思います、と答えた。

「あなたは？」館長の反応はそのひと言だった——ほかの言葉は一切なし。

わたしは首をふる。

館長は向こうを向き、肩ごしに不明瞭な発音で言った。「館長室に来て、スミッ」

これはまずい。しかし、従うしかない。耳の不自由な人の多くがそうだが、彼女も窓を開けたりドアを閉めたりするときなどに盛大な音を立てる。館長は自分の机に着くと言った。「ミリーやローズのような図書館の蔵者が延滞になると、わたしたちは返却するよう督促状を発送する。当然、知っているわね」

わたしは彼女の机の上にすわって、うなずいた。

「今回、わたしたちはそうした。督促状は〝宛先人死亡〟のスタンプが押されて、もどってきたわ。驚いた？」

わたしは首をふった。

「けれど、あなたは利用者が亡くなったのは見ていないでしょ？」

わたしは見ていないことを認め、つけたした。わたしは彼の娘と残された妻と話したことがあり、彼が実際に亡くなっているのは間違いないと思います。

「シャーロット・ラングのことは知らないわよね」

その名前に、わたしはピンときた。一瞬の間のあと、こう答えた。「お会いしたことはあります。深い知り合いではありませんが」

「彼女はこの図書館のボランティアなの。それで、あなたも会ったことがあるのね？」

うなずくわたし。

「熱心なボランティアと呼んでもいいかも」館長はほほえんだ。「わたしのしゃべり方はわかりにくくない、スミッ？　集中すれば、理解できる？」

わたしはうなずいた。「ええ、実際のところ、きわめて明瞭にお話しされています」

「うちのボランティアのなかで献身的と呼べる人はほとんどいないけれど、ミズ・ラングはそう呼んでいいと思う。彼女は紛失中の蔵者を探してみると申しでてくれたのよ」

わたしはまたうなずく。「その申し出を受けたのですか？」

「ええ。すると彼女は、手がかりになりそうなディスクやキューブがないかと訊いてきたの。なんなら本でもいいって」

そんなつもりはなかったのだが、ため息が出てしまった。この話の行きつく先が容易にわかるからだ。

「わたしは彼女にある本を教えることができた。あら、驚いているように見えるわよ、スミッ」

「それは驚いているからです」

「その本のタイトルは『アマチュアのための捜索の手引き』。ひょっとして、知ってる？」

わたしは首をふった。

「わたしはその本を読んだことはないけれど、役に立つといいと思って。それに、その本より役に立ちそうなのは、ひとつしか思いつかなかった。あなたのことも、彼女に勧めたわ。あなたはもちろんうれしいでしよ」

わたしは果敢に嘘をついた。

「あなたはその本にはくわしくない？」

「はい」

「じゃあ、いま、目を通しておけるといいわね。あいにく、彼女はまだ返却していないけれど」

わたしは言った。「おそらく、わたしがミズ・ラングに借り出してもらえば、目を通せるでしょう」

館長はうなずく。「わたしもそう思っていたところ。あなたは本当に運がいいわね、スミッ。この図書館の蔵者でここまで運のいい人は、めったにいないわ」

自分の書架にもどると、わたしは読むことも、利用者たちについて調べることも、思い出にふけることすらできないことに気づいた。大いに愛すべき利用されていない蔵書の使用は、わたしには認められていない。こうなったら、シャーロットを待つしかない。ほかにできることはなにもなかった。

18　バック・バストン

「よう、調子はどうだ！」わたしの書架で足を止めた長身の男が言った。いい声とさらにいい笑顔の持ち主に、わたしはにこやかに答えた。「いまのところは、きわめて順調です。あなたはいかがですか？」

「昨日、借り出された」

彼のことを利用者だと思っていたわたしは、考える方向を調整した。

「会うのは初めてだな」彼は日に焼けた手を差しだす。

「俺はバストン」

わたしたちは握手した。彼の手は硬く、わたしよりいくらか大きい。それに、力も強い。「スミスです」わたしは言った。「アーン・スミスと申します」

彼は咳ばらいした。「会えてうれしいよ。俺は西部出身で、こっちのほうにはあんまり来ない。見りゃ、わかるだろう」

「わたしもこの図書館のあなたのセクションへは行ったことがないと思います、ミスター・バストン。じつに残念です」

「あんたは、ほかのほとんどの蔵者より貸出回数が多いじゃないか。あっぱれだよ、ミスター・スミス」

なにかが起きている。しかしこの時点では、それがなんなのかまったくわからなかった。「いえいえ、わたしの望む回数にはおよびません、ミスター・バストン」

「そうかい」バストンは少し間を置いた。「俺自身も蔵者なんだ、あんたとおんなじさ。テキサス生まれの牧場育ち。あんたは俺の正体をすぐに見抜いていた、そうだろ？」

うなずいても大丈夫そうだったので、わたしはうなずいた。

「俺は一週間くらい前に借り出され[*18]、すぐ延長手続きを受けることになってる。おんなじご婦人に」

わたしは待った。

「ここからは説明が難しい。あんたに誤解されたくないからな。俺は大げさに話したりしねえ。ただ真実を話す」そこでバストンはためらった。「俺のことは、バックと呼んでくれ。俺は毎日、教会へ行く日みたいにかしこまってるタイプじゃないんでね」

わたしはせいいっぱいの笑顔を向ける。「わたしもそうですよ、バック。わたしのことはアーンと呼んでください」

「アーンだと？　そんなの、聞いたこともねえ」バックは少し間を置いてから訊ねた。「どんな意味か、知ってるか？」

「ええ。鷲《わし》という意味です」

「インディアンの名前みたいなもんか？」

わたしはうなずく。「おそらく、そうだと思います」

「そんな名前だったら誇らしいだろうな。といっても、自分の名前が誇らしくないわけじゃねえ。友人からは、たいていバックと呼ばれてる」バック・バストンはためらってから、つづけた。「じゃあ、アーンでいいんだな？　どうやら、俺たちは同じチームで働くらしい」

それは奇妙だ。わたしは興味を引かれた。「あなたは貸出延長の手続きを受けるんですよね」

「そういや、あんたの利用者はどこにいるんだ？　あとの問題はそれだろ、アーン？」

「問題の一部です」わたしはにやりとして、つけたす。「それは認めましょう」

「いい時計、持ってんな。いま何時だ？」

わたしはちらりと腕時計を見た。「あと十五分で十時です」

「彼女とは正面で待ち合わせることになってる。十時きっかり、と言ってた。ちょっと用事をすませてくるだけだからだとさ。そう言ってた。ちょっとした用事。もしかすると、先にいるかもしれねえな。もう正面へ行って、見張ってたほうがいいんじゃねえか？」

「自分の書架にもどるよう言われてしまいますよ」

バック・バストンはにやりとした。「でかい辞書を見たことあるか、アーン？」

「書見台にある辞書ですか？」

バストンはうなずいた。「四十年近く、あそこにあるらしい。ふたりがかりでページをめくらなきゃならないんだぜ。図書館の連中はあれがあそこにあるのが気に入らないんだが、三人でなんとかしようとしたものの閉じることすらできなかった。それであきらめたって話だ」

わたしがなにも言わずにいると、バストンはつけたした。「俺も同じさ」唐突に、彼の右手に銃が握られていた。彼は銃をくるりと回し、上着の内側に身に着けた装飾のある革製ホルスターにもどした。銃を抜いたときとほとんど変わらないすばやい動作だ。カウンターの図書館員たちは、もし見ていたとしても、なんの反応もしない。

ロビーには二脚の長いベンチがあり、シンプルな樹脂木製の椅子もあちこちに置かれている。ふたりでベンチに腰を下ろすと、わたしは彼の利用者の名前を訊いた。

「ミズ・ハーパー・ヒースさ。おれの銃が気にならねえのか?」

わたしは気になることを認めてから、彼の利用者は銃のことを知っているのか訊ねた。

彼は小さく笑った。「彼女は知ってるが、この図書館は知らない。銃は彼女からもらったんだ、弾もな。あんたもほしいか? 自分の銃は持ってるか?」

「銃があったほうがいいかもしれませんね。彼女がわたしを借り出した目的がわかったら、伝えるつもりです」

「幽霊さ、俺はそう呼んでる」

「幽霊? 本気で言っているんですか?」わたしは自分の誤解ではないかと思った。

「俺は二回撃った。弾は幽霊の体を通りぬけて壁に当たった」バストンはそこで言葉を切った。「あの娘っ子がやってるんだ、俺はそう思ってる。彼女が幽霊を連れてきてるんだが、本人はわかっちゃいねえ。〝あたしじゃない〟ってんだぜ。信じられねえよな」

わたしは待った。

「そんなことが自分にいったいなんの関係があるんだ、と思ってんだろ」

わたしはうなずく。「ええ、とまどっているので、早くご教示いただきたいものです、バック」

「あの娘っ子がやってることもな。だから俺は、ミズ・ヒースにあんたに近づくなって言ったんだ」バストンはため息をついた。「なのに、彼女は気にも留めやしねえ。もうしゃべっちまったほうがいいよな。きっとあんたが気づくのに、たいして時間はかかんねえだろうし」

「〝あの娘っ子〟とは、誰のことですか？　純正な人間ですか？」

「本人は誰にでもそうだと言ってる。証明する書類がないだけだって。ミズ・ヒースが東部のでかい学校から連れてきたんだ、てか、彼女はそう言ってる。以前は、その学校で教師をしていた医者のところにいたらしい」

たくさんの記憶が、ハゲワシのように舞いおりてきた。ほとんどつぶやくように、わたしは言った。「ドクター・バリー・F・フェーヴル」

「そいつだよ。死んだって聞いた」

「ええ。彼は亡くなりました」

「たぶん、娘っ子はそいつの研究室ですわってるところを発見されたかしたんだろうよ、俺はそう思ってる」

「まさに、おっしゃるとおりでしょう。少女の名前はリッチーですか？」

うなずくバストン。「確か、そうだった。あんた、あの娘っ子を知ってるようだな」

「知っています」わたしは言葉を切り、記憶を呼びさました。「一度、彼女をなぐさめたことがあります。誰かが――それはどうでもいいことです――彼女を深く傷つけることを言ったものですから。わたしはなんとか……」そこで、もう一度言葉を切った。「彼女に忘れられていなかったら、うれしいのですが」

わたしの新たな利用者、ミズ・ハーパー・ヒースがもどってきた。わたしたちは彼女に従って図書館を出ると、バストンが彼女のつややかなシルバーの飛翔機《フリッター》のドアを開け、彼女が乗りこむのに手を貸した。驚いたことに、彼女は自分の横の座席をポンとたたいてこう言った。「隣にすわって、スミス。話があるの。いろいろ訊きたいこともあるし。乗っているあいだに両方すませれば、ちょうどいいでしょ」

少なからぬ不安を抱いて、わたしは反対側へ回り、曲線を描くぴたりと閉まったドアを開け、いくぶんもたつきながら乗りこんだ。フリッターが日光に照らされた雲の上まで上昇すると、ミズ・ヒースは訊ねた。

「オカルトについてなにか知ってる、スミス？」

そんなものは存在しないとだけ答えたい誘惑に駆られたが、さすがに失礼に思われたので、わたしはこう言った。「普通の人と同じ程度のことしか存じあげません。ひょっとすると、それ以下かもしれません」助けを求め、座席で体をひねって後ろのバストンを見る。

「あなたはいかがですか、バック？　オカルトにくわしいですか？」

彼は黙って肩をすくめ、首をふる。

「でも、ふたりとも、図書館員から勧められたのよ」

フリッターが上昇し、座席に体を強く押しつけられているあいだ、わたしたちの利用者は言った。

強情にも、バストンはまた首をふる。

「あなたは超常現象に関する経験はまったくないと主張するの、ミスター・スミス？」

「経験はあります」わたしはできるだけ力強く聞こえるように答えた。「リッチーとは、短時間ですが、リッチホウムの氷穴で会ったことがあります。彼女は友人とは言えませんが、敵でもありません。リッチホウムはご存じですよね？　リッチホウム島のことは？」

「ドクター・フェーヴルがそこで研究をしていたということしか知らないわ。そこは素敵なところ？」

わたしは首をふる。「とんでもない。そこへもどりたいとは、露ほども思いません」

バストンが口をはさんだ。「氷穴でごろごろしたいとは思えねえよな」

「どうやらドクター・フェーヴルは、あのリッチーっていう少女を島から連れてきたようね。あなたの話が本当なら、彼を称えたい」

フリッターは速度を上げ、水平飛行に入った。

19 ヒース家でくつろぐ

「わたしたちの家は、いわゆる成長型なの」ミズ・ヒースは説明した。その口調は誇らしげで、熱がこもっている。「収入が増えれば、家も成長する。例えば、去年はビリヤード室なんてなかった。わたしたちは生き物のなかに住んでいるけれど、寄生しているわけじゃない。その生き物に食べ物と保護とケアを提供しているわけ」

樹木の内部で暮らすようなものだろう。わたしはそう思ったが、口に出すのは最善ではない気がした。その考えに、一ダースもの記憶が呼びさまされた。

「あなたにはうちの図書館で寝泊まりしてもらうわ、アーン・スミス。バストンはすでに図書館のすべての部屋を知っていて、それぞれの特徴を説明できるのよ」

「すばらしい」わたしは家を見つめたまま答えた。「美しいお住まいですね、風格があります」

「ありがとう!」ミズ・ヒースの声は本当にうれしそうだった。「ヴェニスへ行ったことはある?」

わたしは首をふる。「残念ながら。いつかイタリアを訪ねてみたいと願うばかりです」

「はるか昔、ヴェニスでは水上に宮殿が建っていたの。いまではほとんどが流されてしまったけれど、すばらしい宮殿のいくつかは文書化されて保存されている。わたしたちはそういう宮殿の図面と全体的な外観を、ここにある自分たちの家の生体プログラムに勧めたの」ミズ・ヒースは一、二秒黙って、わたしがすでに知っているかもしれないことを説明しようか迷っていた(ようだ)。「そういうことが可能なの。建築に関する提案をすればいい。自分の勧める建物はお城なのか、コテージなのかといったことを」

バストンがわたしをつついた。「大宴会場を見せてもらえよ、スミス。ありゃあ、ぜったい十六ヘクタールはあるね」

フリッターが驚くほどガクンと下がり、やがて屋根の開いた格納庫へ向かってすばやく降下した。格納庫のなめらかな金属製の床に着陸すると、わたしは空からざっと見たこの家の外観を頭のなかで整理してみた。いくつものとがった屋根と大きなドーム、バラの茂る庭から突きだした何本もの輝く塔からは小塔が張りだしていた。

バストンとわたしが降りると、フリッターはすぐ浮きあがり、黒い翼をたたんで、またいなくなった。

「この家は」格納庫を出ると、バストンが説明した。「なかに人が住んでるかぎり、家自身が勝手に建築しつづけるんだ」

わたしは建築の速度を訊ねた。

「住人がどれくらい金をつぎこむかによる。家は食わなきゃならねんだ。食料品を買ってやらなきゃいけねえ。それが材木、釘、レンガ、配管、その他諸々ってわけだ。建築業者に必要なものと同じだな。その次は、建物の大きさ次第だ。すでにでかけりゃでかいほど、より早くより多く建築できる。この家はもうでかいから、小さい部屋ふたつくらいなら一日でつくっちまう。小さい部屋ふたつか、でかい部屋ひとつならな。いま、おれたちが目にしてるものは——」バストンは手をふって家を示した。「——すでにバカでかい」

　確かに。わたしはうなずいた。

「もちろん、おかしな要求をすりゃ、建築の速度はいくらか下がるだろう。損傷を受けた場合も。損傷を受けると、家は勝手に修繕にかかるから、新たな建築はしなくなる」

　わたしは思いきって、魔法みたいですねと感想を述べた。

「そうだな、けど、本物の魔法じゃねえ。そのうち、俺とあんたで少しばかり、本物の魔法について話をしたほうがいいな」

「幽霊についても話したほうがよさそうですね」とわたし。

「あんたがふたりばかり幽霊を見たら、すぐその話ができるさ」バストンはそこで言葉を切った。「百聞は一見に如《し》かずって言うしな。それは幽霊も金も同じだ」

　家の正面で、バストンが横幅の広いドアに話しかけると、ドアはすぐに音もなく後ろに開いた。「歓迎されなかったな」彼はわたしに言った。

　わたしはうなずく。「ええ、わたしも気づきました」

「俺たちが純正な人間を連れてりゃ、ほら、ミズ・ヒースみたいな人がそばにいりゃ、歓迎されただろう。家にはわかるんだ」バストンは声を落として、つけたす。「純正な人間が――あるいは、大金を持っている人間が」

わたしは咳ばらいをした。「あの、もっとも幽霊の出そうな部屋に行くべきではないでしょうか」

「日のあるうちは、まず出ねえ」バストンのしわがれた声は、ささやき声ほどに小さくなっていた。「じきに日が落ちりゃ、どこにでも出てくるさ」

わたしは家のなかの探検を始めた。バストンは三、四歩後ろをついてくる。数分後、大きな四角い部屋を見つけた。窓は大きな天窓ひとつだけ。小さなテーブルがいくつかあり、テーブルの両側には背もたれのない長椅子とすわり心地のよさそうな椅子が並んでいる。大きなスクリーンが一角を占め、べつの一角を火のない暖炉が占めている。

わたしは腰を下ろして考えることにした。

バストンは風変わりなふたり掛けの椅子を選んだ。馬の皮と、一本角と、枝角でできている（あるいは、そのように見えた）。「ここで幽霊を待つことにしたのか？」

「はい、それと、よろしければなにか食べたいのですが」わたしはスクリーンに向かって、太陽とその下の地平線を見せてほしいと頼んだ。思ったとおり、日没間近だ。

「あんたがそれを操作するついでに、俺にもなにか注文できるか、アーン？」

「おそらく」わたしはうなずく。「なにがいいですか？」

「なんでもいい。前にここで食ったことがあるが、全部うまかった」

スクリーンにお勧めのメニューが映しだされた。わたしはふたつほど適当に選んだ。

――幽霊の存在を信じているか？

わたしが首をふるのと同時に、バストンが言った。

「いいや！」

そのひと言は宙ぶらりんになり、やがてバストンがぼそっと訊ねた。「あんたが訊いたんだよな？」

わたしはもう一度首をふる。「いいえ。しかも、あなたがわたしに訊ねたわけでもないとなると、答えは当然、スクリーンが訊ねたということになります。ですが、あの声は背後から聞こえた気がします」

「うーん、さっき訊いてきたやつがあんただとは思えねえ。あんたでもなけりゃ、そのスクリーンでもねえ。この家じゃ、日が暮れると悪ふざけが始まるんだ。さっきのは、俺らにしかけられた最初の悪ふざけってわけさ」

そのとき、部屋がだんだん暗くなっていく気がした。といっても明かりが消えていくわけではなく、室内の空気に黒い瘴気《しょうき》が浸食してきたせいだ。「彼らの目的はなんですか？」わたしは内心の恐怖が声に出ないように、なんとか訊ねた。

「幽霊のことか？」バストンは少し考え、あごをさする。「わかるわけねえだろ。あいつらはそんなこと言わねえんだから、てか、とにかく俺には言ってこねえ。おおかた、あいつらもわかってないんじゃねえか」

わたしは次の疑問に注意を向けた。

「けど、幽霊ってのは、そういうことを言ってくるもんだよな？　目的のものを用意しろって言ってくるもんだろ。あるいは、俺らがそれをすでに持ってると思ってる場合は、ただよこせと言ってくるもんだ」

「ですが、ミズ・ヒースは、わたしがそれを持っているか、そのありかを知っていると思っているに違いありません。そうでなければ、わたしを借り出した理由がわかりません」

「そうとはかぎらないんじゃねえか、アーン。ほかに理由があるんだろう。彼女は図書館員から勧められたって言ってたぞ。彼女がそんなウソをつくわけないだろ？」

わたしはため息をついた。「彼女が嘘をついたとは思っていません。図書館はわたしのことを不平家と思っていたのでしょう。それでわたしを追いだしたかったのです」

「それだけじゃねえ、アーン。ついさっき幽霊の存在を信じるか知りたがったやつは、誰なんだよ？　なにか心当たりはあるか？」

　まったくないので、わたしは首をふる。

「なら、可能性はふたつだ。ひとつ目はこれ。さっきのは幽霊がしゃべったのか？」バストンは口をつぐみ、おしゃべり好きな幽霊という可能性を検討する。「そう思うか？」

「ほかのすべての可能性が消えないかぎり、そうは思いません」

「俺もだ。俺が思うに、いちばん可能性の高い犯人はこの家だ。家はしゃべれるし、家の内部を見ることもできるからな」バストンは言葉を切り、考えこむ表情になった。「この説には賛成するよな？」

　わたしはうなずく。「確かに、それがもっとも現実的な説明でしょう。とはいえ、実際に幽霊にとりつかれてでもいないかぎり、家があのような質問をするとは思えません」そこで、新たな考えがひらめいた。「あるいは、幽霊にとりつかれている、もしくはとりつかれているかもしれない、と家がおびえている場合です」

　室内に目を走らせてから、バストンはうなずいた。

「この家には誰がとりついているのでしょうか、バック？　心当たりはありますか？」

　彼は黙って、こちらを見つめている。

「お持ちの銃で、これまで何人殺してきましたか？」

　怒るのではないかと思ったが、その質問に彼は気をよくしたようだった。「純正な人間のことを言ってるのか？　いや、ひとりも。まだひとりも殺《や》ってねえ」

「種類は問いません。クローンや複生体《リクローン》、なんでもふくめた場合は？」

バストンは首をふる。「答えるのもバカらしい。あんたはどうなんだ、アーン？　男でも、女でも、ボットでも、赤ん坊でも、ガキでもいい。これまで、何人殺った？」

「ゼロだと思います」

「幽霊はどういうわけか、人をつけまわすことはできねえと聞いたことがある。とりつかれてるのはこの家であって、人じゃねえ」

「その説が正しいことを祈りましょう」

「まあな、俺は正しいと信じてる。もし悪さがひどくなったら、幽霊を退散させる方法もあるしな。それでうまくいくこともある」

「ですが、あなたはそういった儀式をご存じないでしょう」わたしはいつのまにか笑っていた。「わたしも存じません」

「たぶん、俺らで儀式を考えりゃいいんじゃねえか」

わたしは考えてみた。「かもしれませんね」

「前にやったことのある人間がいるだろ？　喪服を着て、適当な話をすりゃいいんじゃねえか」

わたしはうなずいた。「あなたがその話を持ちだしたので、除霊について思いだしたことがあります。ベルと本と蠟燭のことが書いてある文章です」

「まともな本が見つかるかもしれないのか？　そいつが見つかりゃ、なにも難しいことはなさそうだ」

「ええ、難しくはないでしょう。適切な本を選んだら、祝福の言葉を三回唱えます」わたしは言葉を切って、考えた。儀式は必要だろうが、けっして難しくはない。「それから家のまわりを三周します。そのあいだベルを鳴らし、蠟燭の明かりで、選んだ本からふさわしい文章を読みあげます」

「そんなことするのか？」

わたしは首をふる。「第一に、わたしたちには蠟燭も、ハンドベルも、ふさわしい本もありません。第二に――それについてはいくつか注意点があります。ひと組の幽霊を退散させると、しばしばべつの幽霊に入れかわるだけという結果になり、たいていの場合、状況は悪化します。賢明な人なら、その幽霊は悪意があり危険であると判断しないかぎり、除霊しません。こちらの幽霊は、この家の住人を困らせていますか？」

その質問に答えたのは、バック・バストンではなく、わたしの背後にいる声だった。「まったく困らせてないよ。ぼくは」

わたしはふり向き、椅子の背もたれごしに目をこらすと、一瞬、よみがえった死者かと思った。

彼はほほえんだ。「この家はぼくのものだ。きみたちを招待した覚えはないが、全面的に歓迎しよう――少なくとも、夜明けまでは」

そのときのわたしより冷静に、バストンが言った。「ミズ・ヒースのほうは、それに対して言いたいことがあるんじゃねえか。彼女はここを自分の家だと思ってる」

「それは彼女の誤解だが、そのことで彼女と言い争うつもりはない」

その時点では、わたしも冷静さをとりもどしていたと思う。「わたしは、彼らがあなたの遺体を運びだすのを見ました……ドクター」わたしは息をのむまいとした。「あなたの遺体を運びだすところを[19]」そこでためらってから、やっとつけたす。「あなたは亡くなったはずです」

ドクターの笑みが大きくなる。「せっかくの見ものを見逃してしまった。ぼくの死因はなんだね？」

「矢です」わたしは自分の首を指した。

「おお！　野蛮人どもめ！　そこのミスター・バストンが喜ぶに違いない」

わたしの後ろで、バストンが言った。「俺はそんな連中と面倒を起こしにいく気はねえ」

「それは賢明だ！　あの馬鹿よりは確実に賢い――」

発言は、わたしたちの食事がとどいて中断された。

ドクターは匂いをかぎ、料理を調べる。

「よろしければ、あなたの分も注文できますよ」わたしは言った。

「そうしてもらおうか。サーモンがいい。まだ、この家にあればだが。ホウレンソウとブラウンライスを添えてくれ」

わたしは注文し、彼は礼を言った。「ぼくはこの幽霊屋敷騒ぎの真相を突き止めたいが、まずは殺された弟の件だ。きみたちはきっとわかってくれるだろう」

これには不意を突かれ、わたしはまじまじと見つめた。やがて、バストンがわかったとつぶやいた。

「ぼくのかわいそうな姪《めい》は泣いていたかい？」

「はい」わたしは少し間を置いた。「姪御さんをお呼びしましょうか？ 彼女にぜひ知らせるべきです。あなたの弟さん――で合っていますか？ たとえ、彼女のお父上がもはやこの世にいないとしても、伯父上はまだ生きていることを知るべきです」

「すぐ呼んでくれ。ちなみに、ぼくも彼女と同じように生きている。まだ生きているという表現はおかしい。べつに、死ぬと思われていたわけじゃないんだから。ぼくの食事を注文してもらえるかな」

わたしはすでに注文したことを説明し、そのあいだずっとバストンのしゃがれた笑い声が聞こえていた。死人になると――この新たなドクター・フェーヴルは、バストンに言った――食欲が増すんだよ。

わたしは五分ほどかけて、推理してみた。弟は亡くなったというのに、彼はいかにして生きのびたのか。たまたまこの長大な記録を読んだ方なら、おそらくすでにわかっていることだろう。念のため説明しておくと、彼はずっとこの家に身を隠していて、ここから出ることも、客をまねくこともなかったのだ。

バストンが立ちあがり、この新しいフェーヴルに訊ねた。「ミズ・ヒースを連れてこようか？」

ミスター・フェーヴルは首をふる。「そんなことをしたら、きっと自分の家で使用人のような扱いを受けたと思われてしまうだろう。頃合いを見て、早めに自己紹介するつもりだ。そのときには、娘と話す心構えができていなくてはならない。彼女はいま、なにに困っているんだ？」

「幽霊のことだと思います」とわたし。

彼は笑った。「ちょうどぼくのような？」子どもたちから不満を伝えられた親のような笑顔だ。

わたしは肩をすくめた。「わたしはあなたを幽霊だとは思いませんが、おそらく彼女はそう思うでしょう」

彼は考えこむようにうなずいた。「法律上、ぼくは自分の娘の被後見人とされるだろう。残念ながら、しばしば法律はそういうことをする。娘はここにいるかね？」

「いらっしゃると聞いていますが、まだ見かけていません」

「ショックを受けるだろうな」ミスター・フェーヴルは少し考えた。「できるだけ、ショックを小さくしてやらねばならん。なんとかできないものか――うむ……」

「お嬢さんはあなたを見てきっと喜ぶはずです」わたしの頭に、新しい考えが浮かんだ。「幽霊はときおり、生きている人間に間違われることがあると聞いたことがあります。とくに、夜間は」

ミスター・フェーヴルは本当におもしろがっているかのように、ほほえんだ。「じつに興味深い！　それならきっと、生者と死者を識別する厳密な検査のことも知っているんだろうね？」

わたしは首をふった。

「霊というものは、見た目や感触さえも実体があるように思えるが、飲み食いはできない。注文したサーモンが来たらすぐ、喜んで生きた人間である証拠を見せよう」

「俺らは、あんたを幽霊だとは思っちゃいねえよ」バストンが口を開いた。「けど、サーモンはキッチンで調理中じゃねえか？　俺の食い物と、アーンの分も。[20]ミズ・ヒースが俺らのところに持ってきてくれると思っていいよな？」

　ミスター・フェーヴルかわたしが答えるより早く、バストンはつけたした。「そういや、彼女は用足しに出かけるって言ってたよな。彼女の帰りを待ってたら、料理が冷めちまう」

　彼の言葉が終わると同時に、一台のボットが部屋に入ってきた。「わたくしが喜んでご用をうけたまわります。ここはわたくしの担当です」

　わたしたちは用意ができ次第、食事を持ってきてほしいと頼むと、三人で慌ただしく家具の配置を替えたところで、先ほどのボットが配膳ワゴンを押してもどってきた。

「あんた、探偵だろ？」バストンはステーキを切り分けた。「ミズ・ヒースはあんたになにをしてほしがってんだ？　知ってるか？」

「実際には、探偵ではありません」わたしは説明する。「ミステリーというジャンルの本を書いていた作家にすぎません。作品の登場人物として考えだしたのが、行きがかり上やむをえず探偵になった美しい若いモデルに、懸賞金のかかった犯罪者を追うワニ・ハンター、そして自分の逮捕を延期してもらう代わりに警察に協力する犯罪者です。というわけで、ミズ・ヒースはそういったわたしの本の話をしたいのではないでしょうか」

「そうじゃなかったとしたら？」

　わたしが答える前に、ミズ・ヒース本人が部屋に入ってきた。バストンとわたしは立ちあがった。

20　昼も夜も

「幽霊を見なかった？」

少しのあいだ、その質問は宙に浮き、最終的にわたしが口を開いた。「見ていないと思いますが、幽霊というものは、しばしば生きた人間に間違えられると言われています。あなたがいらっしゃる数分前まで、わたしたちはその話をしていました」

「あら、そうなの？　わたしはぜったい見たくないわ」ミズ・ヒースは細長い脚の椅子にどっかりと腰かけ、わたしたちにもすわるよう合図した。

わたしはすわった。「わたしを借り出した理由は、それですか？　除霊のためですか？　それなら、もっとふさわしい人がたくさんいるはずです。わたしには除霊の経験はありませんが、お望みでしたら最善をつくすつもりです」

「いいえ、そんなわけないでしょ。あの図書館で、除霊したことのある人を知ってる？　誰でもいいけど？　もし知ってるなら――」

わたしは首をふる。「心当たりはありません」

「あなたを借りたのは、謎を解いてもらいたかったから。そのほうがいいでしょ？　わたしの身も守ってほしい」

「護衛には、こちらのバックのほうがふさわしいはずです」

「それもそうね」ミズ・ヒースはバストンにちらりと笑顔を向けた。「ともあれ、あなたたちふたりがいてくれる。ふたりいれば、わたしは二重に守られることになる――というか、そうであることを願うわ。そういえば、謎のことを訊かなかったわね」

ほんの一瞬、わたしはそれについて考えた。「こちらが訊いても訊かなくても、あなたは話してくださるでしょう」

「ええ。じつは、謎は三つあるの。ひとつ目は、ここに隠されている宝はなにか？」

バストンが身を乗りだす。「隠れされたお宝があんのか？　確かなのか？」

ミズ・ヒースは彼に苦笑いを向けた。「そう言われているわ。断言はできないけれど」

わたしは訊ねた。「誰がそう言っているのですか？」

「この家よ」彼女はため息をついた。「家に尋問しないであげて。家も宝のありかは知らないの。なぜ隠されているのかも。これが、ふたつ目と三つ目の謎。たぶん、家もかつてはそういうことを知っていたんでしょうけれど」

バックもわたしも黙っていると、彼女はつけたした。「人間の記憶でさえ消去できるんだもの。それはもちろん知っているわね」

わたしはしぶしぶうなずいた。

「無生物のほうが記憶を消すのは容易だけれど、痕跡が残ることがあると言われている。専門家なら、消した記憶を見つけだせるらしいわ」

「俺には無理だ」とバストン。「アーンにも無理だろ、てか俺はそう思ってる。どうだ、アーン？」

わたしは彼の言うとおりであることを認め、ミズ・ヒースになぜ専門家を呼ばないのか訊ねた。

「その手の専門家は、みんな純正な人間らしいの。気づいてた？　そうじゃない専門家をあちこち探してみたけれど、純正な人間以外の専門家はいないって返答が来るばかり」

「それは存じませんでした」わたしは言った。「純正な人間か否かで、なにが違うのですか？」

「大きな違いがあるのよ。料金に――天文学的数字で、とても手がとどかない。宝を見つけてくれたら山分けにしましょうと提案してみたわ。わたしと専門家で半々にしましょうって。でも、断られてしまって」ミズ・ヒースはこちらに両手を差しだすという誤解しようのない仕草をした。「あなたに半分あげるという提案はしないわ、スミス。その代わり、すでにミスター・バストンにしたのと同じ提案をするつもり」

わたしはバストンのほうを見た。「承知したんですか？」

うなずくバストン。「ああ、したよ」

「もし宝が見つかったら」ミズ・ヒースはつづけた。「わたしはポリーズ・コーヴ図書館へ行って、ふたりとも紛失してしまったので保証金は没収してくださいと言うわ。あなたたちはここでわたしと一緒に暮らせる。この巨大な家のなかで、どこでも好きなところに住んでいい。自由に出入りしていいし、お金が必要なときは、常識の範囲内でいくらでも出してあげる」

彼女が立ちあがり、バストンとわたしも立った。

「それまでは、あなたたちはうちの図書館で寝てもらう。といっても、家のなかと敷地内では自由に動いてもらってかまわない。あなたたちに休んでもらう書架は、三番目の部屋にあるわ」

彼女がいなくなると、わたしは言った。「きっと上のほうの棚ですよ」

「この家じゃ」バストンはつぶやいた。「そこがいちばんいい場所だろう」

彼はシャワーを浴びられるバスルームに案内してくれた。ここなら、いま来ている服からローブに着替えられる。バストンが出ていくとすぐ、わたしはローブに着替えた。当然、腕時計はつけたままだ。バストンのほうは、ガンベルトと両方の銃を持ったままだった。

わたしは眠るのに苦労することはめったにないが、その夜は例外だった。夜のかすかな物音に耳をすましながら、一時間かそこら起きていたに違いない。最終的に眠っていたのは明らかだ。目が覚めたとき、わたしはクロスのかかっていない長いテーブルに向かって歩いていた。テーブルのまわりには八脚の椅子がある。わたしの左側は湾曲したクリスタルガラスの壁で、その向こうにはなだらかに起伏する草地が広がり、そこかしこに白っぽい木立ちがあり、月明かりに照らされていた。数秒、いや数分間、わたしはそれらの木立ちを見つめてから、ドアを探しにいった。

二、三分後、カーテンの裏に隠れていた幅のせまいドアが見つかった。そこから出て、背後でドアがカチャリと閉まったときの感じに、わたしは閉めだされたと確信した。ドアハンドルを引いてみて、それは証明された。

閉めだされるのは、ある意味、深刻に思えるが、べつの意味ではそうでもない。深刻に思えるのは、利用者から逃げようとしたと思われかねないからだ。深刻に思わないのは、じきに鍵のかかっていないドアか開いた窓が見つかるに違いないという気がしたからだ。

なにしろ、これだけ巨大な家だ。あるいは、バストンが目を覚まして、わたしを入れてくれるかもしれない。

ひょっとしたら、そのドアをたたいたり窓に小石を投げつけたりして、バストンを起こすべきだったのかもしれない。だが、どちらもしなかった。大きな音を立てれば、ほかの人間を起こしてしまうだろうし、この巨大な家の周囲をぐるりと歩けば、ほかの入口が見つかるはずだ。もし見つかれば、この家の図書館の場所もわかると確信していた。わたしは左へ行き、鍵のかかっていないドアか窓を探しはじめた。

そう歩かないうちに、大きな黒い——少なくとも、かなり黒っぽい色の——犬がついてくることに気づいた。昔から犬好きのわたしは足を止め、小さい声で犬に話しかけ、手の匂いをかがせてやった。

その瞬間、腕時計が午前一時を告げ、犬が両耳をぴんと立てた。わたしはやさしく言い聞かせる。「腕に着けている小さな時計の音ですよ。ほら、番人《ウォッチ》と呼ばれていますが、時間を知らせることもできるんです」

犬は大きな頭をかしげた。

「そういうことは、知っておかなくてはいけませんよ。きみは番犬《ウォッチ・ドッグ》でしょうから」

もし犬が尾をふっていたとしても、暗くて見えなかった。この犬は初代のわたしが生きていた時代の犬より賢そうだったので、こちらに敵意がないことを示すには、穏やかに話しかけるのがいちばんだろうと考え、わたしは言った。「家から閉めだされてしまいました。なかにもどる方法を知りませんか？」

犬はうなずいたように見えた。そして向きを変えると、小走りを始めた。わたしは遅れないように早足でついていく。大またで二、三百歩進むと、広いポーチが現れた。屋根があり、がっしりした柱に守られ、玄関ポーチが、暗がりにたたずんでいる。反対側に幅のせまいドアらしきものがあるのが、かろうじて見えた。そのドアを開けようとしたが、びくともしない。疲れたため息をついて犬を見おろすと、ちょうど犬の尾がドアの向こうに消えるのが見えた。

わたしは両手両膝をつき、小さい声で「ワン！」と言いながら、犬用ドアは犬と人間を見分けられるだろうかと考えていた。それはないだろう。わたしは犬用ドアからすばやく這って入った。たいした苦労もなく、犬に見守られて。きっと犬は、わたしの犬らしさを満足のいくものではないと判断していただろう。

もぐりこんだその部屋を、この家の住人がなんと呼んでいたかはわからない。そこにはハープがあった。風格ある金色のハープで、弦は少なくとも百本はありそうだ。わたしはそういったものに触れないよう気をつけた。イーゼルに架けられた絵画もある（はっきりとは見えなかったので、完成した作品かどうかまでは不明）。檻のなかでなにかが犬にうなり、それからわたしにうなった。その緑色の目が、光を反射してエメラルドのように光る。実物の二倍のサイズの人物彫刻があった。あごひげをたくわえ、女性の胸を持つ彫刻は、かがんでわたしを調べたが、とくにコメントを発することはなかった。

　捕まってはたまらないので、部屋の中央あたりでちらつく炎をよけて歩いていくと、新しいドアを見つけた。ドアは施錠されていた。あるいは、たぶん反対側でかんぬきがかかっていたのだろう。ふり返ろうとしたとき、背中の下のほうをなにかにつつかれた。「手を高く上げろ！」

　わたしは両手を上げた。「バック？　あなたですか？」

「決まってるだろ」つつくのはやんでいた。「いったいぜんたい、こんなところでなにしてんだ、アーン？」

　わたしは説明しようとした。

「まあ、俺らのどっちかより悪いものにふたりとも捕まっちまう前に、もどろうぜ」バックが先導する。

「なにしに出てったんだ？　寿命が来る前に焼却処分されたいのか？」

　さんざん言葉をつくして、わたしは眠ったまま歩いていたことを必死で説明した。話が終わると、バストンは言った。「そういうことはよくあるのか、アーン？　幽霊みたいに歩きまわることが？」

「いいえ」わたしは首をふる。「これまでは一度もなかった、と思います」

「なら、なにかがあんたを捕まえてたんじゃねえのか。そいつがなんだったか、わかるか？」

　わたしは首をふる。「まったく、わかりません。人はときどき眠ったまま歩行することがあるものですよ」

「たぶん、そいつらもなにかに捕まってたんだろう。あんたはお宝を探してたわけじゃねえんだな？」

「探していたのかもしれません」わたしは肩をすくめた。「わかりませんが」

自分の書架にもどったが、わたしは一時間すぎても眠れず、頭のなかではあらゆる思考が飛びかっていた。やっと眠りにつくと、夢のなかで火を見ていた。年老い、腰が曲がり、疲れきった自分がいる。ドクター・フェーヴルから外科用メスを盗み、それを使ってポリーズ・コーヴ図書館でみずからの命を絶った、前の版の老いた自分だ。わたしはその老いた自分に、鉄が磁石に引きつけられるように、吸い寄せられていく。すると、女性の手が――硬く筋肉質だが、間違いなく女性の手だった――わたしを引きもどした。目が覚めると、わたしは汗ぐっしょりになっていた。

また眠ったかもしれないが、疑わしい。べつの部屋で誰かの足音が聞こえたとき、わたしは書架から出た。ひげを剃り、服を着て、キッチンでミズ・ハーパー・ヒースを待った。

「ミスター・スミス！　起きてなにしてるの？」

「起きて自分の書架から出て、ですか？」わたしはほほえんだ。「じきにあなたから訊かれるであろうことがあります。あなたの手間をはぶけるかもしれないと思って、まいりました。朝食をとるあいだ、お話を聞かせていただけますか？」

「聞くのはこっちでしょ」ミズ・ヒースは言葉を切って、首を左にかたむけた。「もし、すでに宝を見つけたという報告だったら、もちろん聞くけど。そうなの？」

「いいえ、残念ながら。ただ、ひとつ提案があります」

「朝食はすませた？」

わたしは首をふる。「いいえ、残念ながら」

「また、同じ返事。すわって、なにか注文しなさい。なんでも好きなものを頼んで」

わたしはすわり、オートミールとコーヒーを頼んだ。

「ニシンの燻製を頼もうか迷った、ミスター・スミス？」

「いいえ。ニシンの燻製は思いつきもしませんでした」

「そう、どっちみち注文するつもりだから、あなたがオートミールを食べおわったら、味見させてあげる。それが目的だった？　わたしが朝食に食べるものを味見するのが？」

わたしは首をふる。「さっき申しあげたように、提案したいことがあるのです。あなたのおっしゃる宝について考えていました。この家のなかに隠されているか、ひょっとすると敷地内に埋められているかもしれない宝について。敷地内に埋められている可能性はありますよね？」

「ええ、わたしの知るかぎりは」

「わたしが考えていたのは、それです。埋められた宝といえば、たいてい海賊が埋めたものです――少なくとも、本の世界では」

一瞬、ミズ・ヒースはわたしを見つめた。ニシンの燻製の小さなかけらをフォークで刺したまま。「ここの宝も海賊が埋めたと言ってるの？　どうかしてるわ」

「いえいえ、そういうことではありません。誰が埋めたのか、なぜ埋めたのかについては、わたしにはさっぱりわかりません。あなたには心当たりがありますか？」

彼女は首をふる。「まったくないわ。この家は宝があると言うけれど、それ以上の情報はメモリから削除されているの。わたしはすでに裕福よ、でも……」

「確かに。もっとお金があれば、あなたはバストンとわたしを図書館から買い取るかもしれません」

「そして、あなたたちをこの家に自由に出入りさせ、好きなだけお金を使わせてあげる。その話はもうすんでるわね」

「わたしたちのうちのひとりを図書館から借り出せば、お金はかかりません」

ゆっくりと、ミズ・ヒースはうなずいた。

「多額の保証金を預けなくてはなりませんが、蔵者を返却すれば全額返還されます」

「そのとおりよ。なにが言いたいの?」

ここからだ。売りこみは困難かもしれないが、わたしはなんとしても成しとげる決意だった。「ひとつ、提案があります。わたしの知り合いに、昔、海賊に捕まって人質にされたことのある蔵者がいるのですが、その蔵者を連れてきてはいかがでしょうか」

「つまりあなたは、その男性なら……」

わたしは首をふる。「女性です。それも、かなりの切れ者です」

「わたしが聞いたことのある人かしら?」ミズ・ヒースは興味を引かれたようだ。

「その可能性は高いでしょう。彼女はたくさんの本を書きました。筆名はオードリー・ホプキンズ——オードリー・ホプキンズ船長《キャプテン》です」


その結果、ミズ・ヒースはバストンとわたしと一緒に公共図書館へ行った。オードリーは貸出中だったので、ミズ・ヒースは彼女を予約した。

帰り道、バストンは前の座席にミズ・ヒースと並んですわった。ときどき、ひとりが口を開いた。ひょっとしたら、わたしは話しかけられているのに無視していたかもしれない。じつは、考えごとに集中していて、ふたりの会話の内容や地上車の走る道すじにはほとんど注意をはらっていなかったのだ。わたしにはオードリーより前に親密になった女性たちがいたし、オードリーと一緒にいたころは、彼女と別れればほかの女性と親密になるだろうと思っていた。ところがいまは、彼女に焦がれ、再会する策略を練ることしかできない。

バストンと家に帰ってふたりきりになると、わたしはすぐ彼についてくるよう合図し、外にあるピクニックテーブルへ案内した。「なにか話があるんだろ」バストンは断言した。「この家に聞かれたくない話が」

わたしは首をふった。「なにか聞きだせればと思っているだけです。わたしがなぜミズ・ヒースにオードリーを借り出させようとしたか、説明が必要ですか？」

バストンはにやりとした。「あんたが話したくないなら、いらねえよ」

「では、そこは飛ばします。わたしたちが宝を発見したとしましょう。その場合、ミズ・ヒースは約束を守るでしょうか？」

「あんた、ちっとは賢いんだな、アーン」

「あなたの意見を尊重する程度には賢いですよ。彼女は約束を守ると思いますか？」

「そいつは、出てきたお宝によるな」バストンは銃のひとつを抜き、親指で撃鉄を半分起こすと、考えながらシリンダーを回した。「いいお宝だったら、こいつを使うことにはならないだろう。いいお宝じゃなかったら、こいつの出番かもしれねえな」

「そんなことをしたら、焼却処分になりますよ」

バストンは肩をすくめる。「悪《バッドランズ》地に行ったことはあるか、アーン？」

「それは実在する場所ですか？　伝説の場所のような名前ですが」

「そこに逃げこめば、百人に捜索されたって、何年でも潜伏できる。そのうち、ふたりでその話でもするか。あんたはベッドにもどるのか？」

わたしは首をふる。「眠れないでしょう」

「俺もだ。一時間かそこらで日が昇る。まあ、俺は頭の回転が速いほうじゃねえが、あのキッチンくらいは見つけられる」

21 新しいフェーヴル

キッチンのテーブルには、見慣れた人物がすわっていた。わたしはほほえみかけ、椅子を引いて彼女の隣にすわった。「おはよう、ローズ。わたしが誰か、わかりますか?」

彼女は長々とわたしを見つめてから、ぱっと明るい笑顔になった。バック・バストンも合流して、わたしの左にすわる。わたしはうなずいた。「ええ、わたしはアーン・A・スミスの複生体《リクローン》です。トレーラーであなたとミリーと一緒にこちらへ来た当人です」

ローズはわたしに感謝した。

「教えてほしいんだけど、アーン……」ローズは言葉を切って、考える。「あたし……あたしはまったくの無知ってわけじゃないけど、もっとたくさんの経験が必要なの」

「教えてほしいこととは?」

「あたしは――あの、純正な人間だと思うんだけど、合ってる?」

「残念ながら、間違っています」

「じゃあ、あなたは……?」

わたしが口を開く前に、ドクター・フェーヴル[*21]がやってきて、テーブルに湯気を上げるカップを置き、椅子を引いた。

わたしは言った。「わたしはリクローンですよ、ローズ。あなたもそうです。わたしは現在、スパイス・グローヴ公共図書館から図書館間相互貸借でこちらに来ています。ドクター・フェーヴルの奥さまが、少し前にポリーズ・コーヴ公共図書館からわたしを借り出してくださったんです。あと二、三日で、わたしは延滞になります[*22]」

「そうなの……」

「延滞になったら、可能なら図書館へもどらなくてはなりません。そのとき、あなたに協力してもらいたいのですが」

ゆっくりと、ローズはうなずく。

「いいですか？　協力してもらえますか？」

彼女は考えているようすだ。「あたしはドクター・フェーヴルに借り出されてるの。彼にあなたも借り出してほしい？　それとも、返却されたい？」

ドクター・フェーヴルは笑ったが、なにも言わない。

「もちろん、借り出してほしいです。そうなれば、今年三回目[*23]の貸出になります。わたしの立場は、かなり長いあいだ安泰でしょう」

ローズは少し悲しげにうなずいた。「あたしはとっくに安泰よ、アーン。もちろん、現在のあたしは最新版だけれど。あたし……あたしたちロマンス作家は、年をとるのがとんでもなく速いの」

「それは愉快ではないですね」わたしは本当に同情しているのが伝わる口調を心がけた。

「ときどき、死が楽しみに思える。平和と静けさを夢見てしまう」ユリのように白い手でデコルテをおおう。「書架で丸一年間、湿った手でなんでもなでたがる孤独な男性がどこにもいない日々をすごしてみたい」

バストンがつぶやく。「銅はじきに金になるが、金はじきに銅になるだけだ。人から人へ渡りあるいて世間を知るこった」

「何年も書架から出ることなく、自分にも他人にも役に立てないというのは、少なくとも焼却処分と同じくらいつらいと思いますよ」わたしはローズに言った。「わたしたちは食べて眠り、こちらには推測することしかできないものを探して苛立つ利用者を眺めてすごします。それをわたしたちは、〝埃をかぶる〟と呼んでいます」

「そして、そのあとは……」

わたしはうなずく。

ドクター・フェーヴルはずっと聞いていたが、スクリーンのところへ行き、自分の名前を告げた。「家内がアーン・A・スミスという名の蔵者を借りています。[*24] 家内の名前はアダ・フェーヴル」彼は名前の綴りを教える。「スミスがいまここにいて、もうすぐ延滞になると言っています。ぼくが彼を借りたいのですが」

「図書カードはお持ちですか?」

「ユニヴァーサル・カードを持っています」ドクター・フェーヴルはプラチナ色のカードを出して、スクリーンに見せる。

まもなく、彼はふり向いてわたしを見た。「よし、これであと二週間の延長手続きがすんだ。宝について、なにを知ってる?」

「わたしたちが発見して、あなたが所有しているということだけです」数個の質問を投げかけたいのをぐっとこらえて、つけたす。「あなたがわたしに望んでいるのは、それがなんなのか突き止めることですよね」

「あれがなにをするものなのか、どうしたら安全に使用できるのかを突き止めてほしい。ぼくがいるときでも、いないときでもかまわない。突き止めたら、それをぼくに——きみの利用者に——返し、わかったことを教えてもらう。きみにはかなりの報酬を約束する」ドクター・フェーヴルはそこで言葉を切った。「宝が期待にそうものだったら、きみが自分を買い取れる以上の金額を出そう」

わたしは訊ねた。「それは法律で認められているのですか? 自分を買い取るという行為は? わたしは聞いたことがありません」

「かなり稀な例だからだろう。記録の買い手となってくれる純正な人間の助けがいるからね。まず買い取ってもらい、それから解放してもらう必要がある。それには多額の金がかかる。もしそれだけの金を持っていれば、協力してくれる純正な人間を見つけるのも容易ほとんど独り言のように、わたしは言った。「その宝がもし、あなたが思っているほど価値のあるものだったら、わたしは自分を買い取ることができます」

ドクター・フェーヴルはうなずいた。「きみの分け前が大きければ、それも可能だ」

「たとえ、そこまでの大金にはならなかったとしても……」

「金はいつでも役に立つ。間違いなく、使い途は見つかるだろう」

「焼却処分されることについては、じつは心配していないんです」わたしは言った。「少なくとも、自分自身のことは。毎年一日、わたしを借り出してくれる女性がいるので。おかげで、結構長いあいだ、生きていられるはずです」

「たぶん、きみの言うとおりだろう。その女性が約束を守り、かつ死なないかぎりは」

ローズが自分のオムレツから顔を上げた。「彼女は純正な人間ってこと？」

「そうです。あなたは、わたしたちの見つけた宝のことをご存じですか？」

ローズは首をふる。「あたしが知ってるのは、あんたたちふたりが見つけたってことだけ。それがなにか、もうわかった？　なんだか、おもしろそう」

「この家は、あれが強力なものだと確信しているようです」わたしは説明する。「ですが、それ以上のことはわかっていませんでした」

わたしが言いおえたとき、ローズはオムレツの残りにタバスコをふりかけ、黄色い卵に緋色の液体を点々と散らしていた。「黄金と宝石かもしれないと思ってるんでしょ」

わたしは首をふった。「そうだったらいいのですが、その可能性はなさそうです。現金も、ほぼありえないでしょう。実際は科学の神秘かもしれません」

「そっちは、つまらなそう。あたしには理解できないだろうし。あなたはわかる？」

「おそらく、わからないでしょう。それがなにかによりますが」

「まあ、なんでもそうよね」ローズは口をつぐんだ。わたしがなにも言わずにいると、彼女は口を開いた。「あたしたちはあのトレーラーで一緒にここまで来たのよね、アーン。でも、あなたは一度もあたしのベッドにもぐりこもうとしなかった。ただの一度も。つまり、あたしたちは友人ってこと？」

わたしはしばらく黙って、思い返した。「あまり親しい友人ではありません、ローズ。ですが、敵でないのは確かです」

彼女は口のなかのものを咀嚼してのみこんだ。「お腹すいてないの？　たぶん、あなたにもなにか注文してあげられると思う」

わたしは首をふった。

「あたしはぺこぺこだったわ。ついに平和が訪れ、空腹に気づいたって感じ」

「どうぞ、召しあがってください。わたしのことは気になさらず」

三十秒ほどそうしてから、ローズは言った。「あなたがどうやってここに来たのか話してくれない、アーン？」

「お望みなら。ドクターの奥さまがわたしを借り出したのです。彼女はわたしに相談したかったのですが、自分の家から――そのときは――出たくなかったのです。それで、チャンドラを図書館へ行かせ、わたしを連れてきました。フェーヴル御夫妻にひとり娘がいることはご存じですよね？」

「もちろん。彼女はここにはいないわよね」

「はい。わたしの知るかぎり、彼女はお母上と自宅にいます。ドクター・フェーヴルの奥さま、と言ったほうがいいでしょうか。彼が結婚しているのはご存じでだろうし。あなたはわかる？」

したか?」

「ええ。あたしが生きてると知ったら、奥さんはショックを受けるでしょうね」ローズは頬をほころばせた。

「おそらく、心配ないでしょう。彼女の心のサイクル次第だと思います。情緒に浮き沈みがあるのです。それについてはご存じのはずです」

ローズはうなずいた。「そういうことは、あなたにも、あたしにもある。誰にでも当てはまることよ」

「では、こう言いましょう。彼女の場合は、ほとんどの人より、気分の浮き沈みが激しい――かなり激しいのです」

「そうね」ローズは少し考えた。「あたしにできるのは、彼女が喜んでくれるのを祈ることだけ」

22 埋まっていない宝

ようやくオードリーが入ってきたが、彼女はわたしのことを覚えていなかった。「ずいぶんがっかりしているようね、ミスター……」

「スミスです」わたしは打ちのめされながらも、なんとか笑顔を取りつくろった。「最後にeのつくスミスです。わたし――わたしたちは恋人どうしだったんですよ、オードリー。もちろん、前の版のあなたのことですが。残されたわたしは孤独です」

「あなたの身長はわたしとほとんど変わらないじゃない」

わたしは努力してもっと背すじを伸ばした。「言うまでもありませんが、あなたのおっしゃるとおりであることは認めましょう。わたしはそれほど背が高くありません。この件については、無理強いするつもりはありません。恋愛において、無理強いは常に無意味ですから」わたしは深呼吸した。「以前、わたしたちは〈サード・シスター号〉の船べりで、ともに海を眺めました。彼女があなたの前の版であることはわかっています。ですが、ひとり残されたわたしは、このわたしは、まだあなたを愛しているのです。もしも千体のあなたに出会ったら、喜びのあまりおかしくなってしまうでしょう」

「誠実な人なのね」オードリーはため息をついた。

「もし、わたしの生涯で一点の曇りもなく心から誠実な時期があるとしたら、いまがそのときです。生まれてこのかた、複生体《リクローン》として生まれてからずっと、わたしは焼却処分を恐れていました。しかし、いま恐れているのは、あなたを失うことです」

「焼却処分より？」

わたしはうなずく。

「死にはさまざまな形があるわ、ミスター・スミス」オードリーはわたしに話しかけているが、視線は緑の箱から動かない。

目の前のオードリーと箱の両方を守ろうと考え、わたしは立ちあがった。しかし、ほぼ手遅れだった。オードリーも箱をつかんでいて、わたしは彼女の手から奪わなくてはならなかったのだ。

わたしは勝利したものの、現実が揺らぎだした。

（未完）

訳注

*1　原文ではこの船をThird SisterとThree Sistersの二通りの船名で呼んでいるが、訳文は「〈サード・シスター号〉」に統一した。

*2　前作『書架の探偵』とは棚のかぞえ方が違っている。

*3　これ以降は「ロビー」にいたことになっている。

*4　4章でアダの話す内容は、いくつかほかの記述と矛盾があるが、あくまでそのときのアダが考えていることにすぎないのかもしれない。

*5　三八頁ではチャンドラが「夜ずっと明かりを点けてる」といったのを聞いている。

*6　前の版のアーン・A・スミスを見たのはチャンドラに連れられてミセス・フェーヴルの家に行くとき（三五〜三六頁）。亡くなっていたのを見つけたのは、その日の午後、図書館にもどってきてから（七六頁）。

*7　ラガーについては、六一頁でアダから説明を受けており、八五頁のアーンのセリフにも出てきている。

*8　一二五頁で、ドクター・フェーヴルはすでに乾いた服を着て、カフェをすすっている。

*9　九二頁では「奥さんが娘の監護権を持っていますす」と説明されている。

*10　七九頁では、アーンはロビーにすわっておらず、ミリーはローズとドクター・フェーヴルと一緒にロビーを通り抜けてはいない。

*11　七九頁では、ローズとドクター・フェーヴルがロビーで待っているところにミリーが呼ばれていき、その直前に古いアーン・A・スミスの死体が

発見されている。
＊12　一九四頁ですでに椅子にすわっている。
＊13　チャンドラはたくさん理由があるとは言ってない。
＊14　一九四頁で、すでに家に着いて応接間らしき部屋ですわっている。
＊15　島からもどってから返却され、新たに借り出されたばかりなので、延滞中ではない。
＊16　二〇六頁で、アーンは警察官のカトリーン・ターナーに借り出されており、延滞中ではない。
＊17　アーンはカトリーン・ターナーに借り出されており、返却すべきはチャンドラではない。
＊18　二三〇頁では「昨日、借り出された」と言っている。
＊19　アーンはドクター・フェーヴルの遺体を運びだすところを見ていない。
＊20　このふたりの食事は、二四三頁ですでにとどいている。
＊21　亡くなったはずのドクター・フェーヴルが登場している。このあとで種明かしがある予定だったのかもしれない。
＊22　アーンを借り出しているのはミズ・ヒースであるし、まだ借り出されたばかり。
＊23（チャンドラが代理で）アダ・フェーヴルが一回、チャンドラが一回、警察官のカトリーン・ターナーが一回、ミズ・ヒースが一回で、今年すでに四回借り出されている。
＊24　アーンを借り出しているのはミズ・ヒースで、アダ・フェーヴルではない。

ウルフの遺作にして、超絶技巧文学のジグソーパズル

SF研究家
牧 眞司

本書はジーン・ウルフ *Interlibrary Loan*（2020）の全訳である。『書架の探偵』（酒井昭伸訳、ハヤカワ文庫SF）の続篇だ。物語そのものは独立しているが、主人公であるE・A・スミスの来歴・経験・知識において前作とのつながりが深いので、未読のかたはぜひ前作から読まれることをお薦めする。すでに読んだよというむきも、前作を手元に置いて折々に参照なさるとよい。設定でのつながりというだけではなく、文芸的な仕掛けというかテーマやモチーフでの共鳴があるので、立体的に読むと興趣が倍増する。

この作品は前作と同様、未来を舞台とした複生体《リクローン》E・A・スミスが語り手を務めるSFミステリだ。スミスのオリジナルは二十一世紀に活躍したミステリ作家で、一世紀ほど前に亡くなった。主人公のスミスはその記憶を引きついでいるが、独立したアイデンティティがある。いまの彼は公共図書館の開架に蔵書ならぬ蔵者として住まい、貸出あるいは閲覧されるのを待つだけだ。長いあいだ利用がな

い蔵者は処分される。リクローンには人権がない。

先に言っておかなければならないのは、この『書架の探偵、貸出中』はウルフの遺作（歿後出版）であり、完結していないということだ。物語が第22章なかばでプツンと途切れているだけでなく、第20章や第21章も先行する章とスムーズにつながっていない。章単体でみるとエピソードの体裁は整っているので、これら章のあいだに別な章が予定されていたのかもしれない。また、小説全体を通して見ても、矛盾する箇所が散見される。推敲前の原稿なので仕方ないとも言えるが、なにしろSF界きっての超絶技巧派ウルフの作品なので、そのうちいくつかはいっけん矛盾に見えて実はなにかの仕掛けかもとも勘ぐれる。たとえば台詞のなかでの不整合は、話者の都合であえて嘘をついている可能性も捨てきれない。そもそも、スミスが「信頼できる語り手」とは限らないのだ。「記憶」は前作品と本作品において通奏低音をなすテーマである。前作品では本人が「わたしは半世紀ぶんの中年男の記憶と若者の精神を持っているわけではない。これは少々事実とちがう。図書館からはそう信じるように教えこまれているが、実態はそれほど単純でもない」と独白していた。

執筆途中のテキストの空隙や不整合であれ、著者がひそかに確信的に忍ばせたもの（叙述トリック的なものかもしれないし、文芸的な仕掛けかもしれない）であれ、ピースが揃っていないジグソーパズルをあえて組み立てるべくあれこれ試すのは、ジーン・ウルフ愛好家にとっては無上の楽しみだろう。それだけの甲斐がある作家なのだ。ピースを裏返したらピッタリと嵌《は》まる場所が見つかったりするかもしれない。

前作ではオリジナル（つまり人間）のE・A・スミスの著作『火星の殺人』が、本作では「大きな革装の本」が、リクローン版スミスが探偵として冒険に赴く重要なきっかけになった。この小説の読者である私たちにとっても、真相――『書架の探偵、貸出中』というひとつの世界が示す謎――に接近する手がかりはあくまで本のなかにある。それが、いかにもジーン・ウルフらしい。前作の解説で若島正氏が「本そのもの、そして本を読むという行為が、物語の中心に置かれているようなウルフ作品は、それこそ枚挙にいとまがない」と指摘なさったとおりだ。

本を読むという行為。文芸の超絶技巧という点でウルフの先輩格にあたるウラジーミル・ナボコフは、『ナボコフの文学講義』のなかで「良い読者」になるための条件として、想像力、辞書、なんらかの芸術的センスを持つことと並んで、記憶力を持つことをあげている。ここで言う記憶力とは、作品を設定・あらすじ・ネタのように雑駁に把握することではなく、細部にまで目を凝らす姿勢である。もちろん、すべてを記憶するなど常人には不可能だが、再読によって印象を鮮明にすることはできるし、そこから得られる体験や発見は素晴らしい。だから、再読・三読に値する作品を読みなさい――というのがナボコフ先生のご託宣なのだろう。

『書架の探偵、貸出中』のなかから一例を示そう。図書館間相互貸借によってスパイス・グローヴ公共図書館からポリーズ・コーヴ公共図書館へと移送されたスミスが、第3章で、貸出利用者であるミセス・フェーヴルと対面するくだり。奇妙な探偵仕事の依頼を受け、その内容や周辺事情についてかなりのやりとりをしたあげく、スミスは「フェーヴル！　その名前にぴんと来なかった自分を蹴とばしたくなる」と嘆息する。前作をお読みになっている読者ならば、ここで膝を拍《う》つところだ。先の事件にかかわったスミスが長距離バスで移動するときにたまたま乗りあわせ、捜査を手助けしてくれた男の名がジョルジュ・フェーヴルである。

ミセス・フェーヴルとジョルジュ・フェーヴルのあいだにいかなる関係があるのかは明かされず、たんなる偶然かもしれないのだが、このあたりがジーン・ウルフのやっかいなところで、第4章でいきなりスミスはミセス・フェーヴルに向かって「あなたは高地平原《ハイ・プレーンズ》で育ちましたね？」と訊ねる。前作を読んでいてフェーヴルの名にピンときた読者でも、このスミスの台詞は不可解に思えるだろう（もし即座にわかったとしたら驚異的な記憶力の持ち主だ）。お手元の『書架の探偵』ハヤカワ文庫SF版の二百六十九ページ（《新☆ハヤカワ・SF・シリーズ》版なら二百十六ページ）を開いていただきたい。ただし、ハイ・プレーンズうんぬんは通常の意味での伏線ではなく、ミステリの謎解きにも（おそらく）かかわってこない。そうは言っても、ウルフがわざわざ筋立てに不要な記述をしたことにはなんらかの意図があるわけで、そこをあれこれ考えるのも超絶技巧文学ジグソーパズルに挑む面白さのひとつだ。

フェーヴル（Fevre）と言えば、フランスで一般的な姓であるLefevreは鍛冶屋を意味するラテン語faberに由来する。鍛冶屋を英語で言えばsmithだ。この知識はwolfewiki.com（http://www.wolfewiki.com/）で教えてもらった。ちなみに、われらが主人公E・A・スミスは、作中で本人が繰り返し述べているとおり最後に黙音のeがつくSmitheである。そして、作者ジーン・ウルフも最後に黙音のｅがつくWolfeだ。さらに言えば、ジョルジュ・フェーヴルも初登場時に「［ジョルジュ（Georges）の］最後のｓは発音しない」と自己紹介をする。

テキスト的なことばかりを述べてきたが、ＳＦは基本的にリアリズム――自然主義的リアリズムではないが日常的な辻褄・合理・実在性を前提とする――であり、ウルフもそこを大きく違えようとはしていない。リクローンは記号的登場人物ではなく、あくまでテクノロジーによって創りだされた実在であり、呼吸をし食事や排泄もする。また、謎の中核にかかわると思われる「平たい緑色の箱」も、伝統的なＳＦのガジェットだ。物語が途中で終わっているせいでメカニズムまでは描かれないが、前作における太陽系外惑星へつづくドアのように、魔法ではなく科学の発明と考えるのが妥当だろう。

そうしたＳＦの文脈で捉えると、『書架の探偵、貸出中』はひとつのディストピア小説でもある。舞台となる未来世界は『書架の探偵』と共通だが、物語はより抑鬱的だ。図書館間をトラックで移送されるときの酷い扱いにはじまり、借り出された蔵者が利用者の欲望や気まぐれで使役され、ときにモノのように傷つけられること、そして図書館側もあくまで器物破損として処理するさまが淡々と描かれていく。なによりもリクローンたち自身がそうした境遇を、感情が麻痺したように受けいれていることが恐ろしい。そう、これは奴隷に関する小説なのだ。

人権については社会的に論じられるのは当然として、当事者ひとりひとりの意識にもかかわってくる。版の違いによって経験・記憶が変わってくるリクローンというアイデアを梃子として、ウルフは人権とアイデンティティとをどのように結びつけて考えるか、その問いを投げかけている。

A HAYAKAWA SCIENCE FICTION SERIES No. 5061

大《おお》谷《たに》真《ま》弓《ゆみ》

愛知県立大学外国語学部フランス学科卒
英米文学翻訳家

訳書
『ミッキー7』エドワード・アシュトン
『無情の月』メアリ・ロビネット・コワル
『男たちを知らない女』クリスティーナ・スウィーニー＝ビアード
『12歳のロボット　ぼくとエマの希望の旅』リー・ベーコン
『翡翠城市』フォンダ・リー
（以上早川書房刊）
他多数

この本の型は、縦18.4センチ、横10.6センチのポケット・ブック判です。

〔書架《しよか》の探偵《たんてい》、貸出中《かしだしちゆう》〕

2023年9月20日印刷　　2023年9月25日発行

著　者　ジーン・ウルフ
訳　者　大谷真弓
発行者　早川　浩
印刷所　三松堂株式会社
表紙印刷　株式会社文化カラー印刷
製本所　株式会社明光社

発行所　株式会社　**早川書房**
東京都千代田区神田多町2－2
電話　03-3252-3111
振替　00160-3-47799
https://www.hayakawa-online.co.jp

（乱丁・落丁本は小社制作部宛お送り下さい
送料小社負担にてお取りかえいたします）

ISBN978-4-15-335061-8 C0297
Printed and bound in Japan

蒸気駆動の男

朝鮮王朝スチームパンク年代記

기기인 도로（2021）

キム・イファン、パク・エジン、パク・ハル、
イ・ソヨン、チョン・ミョンソプ

吉良佳奈江／訳

蒸気機関が導入され発達した、もうひとつの李氏朝鮮王朝。ある時は謎の商人、またある時は王の側近と、歴史の転換点で暗躍した蒸気駆動の男＝汽《き》機《き》人《じん》都《ト》老《ロ》の五百年の彷徨を描く韓国スチームパンクアンソロジー

新☆ハヤカワ・SF・シリーズ